講談社文庫

大友二階崩れ

赤神 諒

講談社

天文19年（1550年）ころの九州北・中部

（制作）ジェイ・マップ

大友二階崩れ　目次

主な登場人物

人物	説明
吉弘左近鑑理（よしひろさこんあきただ）	大友家重臣、大友義鑑腹心
吉弘右近鑑広（よしひろうこんあきひろ）	吉弘鑑理の実弟
楓（かえで）	吉弘鑑広の室
世戸口紹兵衛（せとぐちじょうべえ）	吉弘鑑理の軍師
大友義鑑（おおともよしあき）	吉弘鑑理の室
大友義鎮（おおともよししげ）	大友家第二十代当主
角隈石宗（つのくませきそう）	大友義鑑の嫡男、後の大友宗麟
田原宗亀（たわらそうき）	謎の大友家軍師
入田親誠（にゅうたちかざね）	大友家重臣、大友義鎮腹心
斎藤長実（さいとうながざね）	同右
林左京亮正俊（はやしさきょうのすけまさとし）	同右
丹生小次郎（にゅうこじろう）	同右、吉弘鑑理の盟友
静（しずか）	吉弘鑑広の家臣、楓の実弟
吉弘賀兵衛鎮信（よしひろかへえしげのぶ）	同右
佐伯惟教（さいきこれのり）	吉弘鑑理の室、義鎮の姉
戸次鑑連（べっきあきつら）	吉弘鑑理の長子
	大友家重臣、大友義鎮派
	大友家最高の将、後の立花道雪（たちばなどうせつ）

登場人物・関係図

```
                                          星野実親
                                          │
                  大友義鑑    吉弘氏直      │
                    │          │     左京亮（林）  小次郎（丹生）
         塩市丸  晴英  義鎮（宗麟）  静  鑑理   楓
                                          │    │
                                  鑑広    │   五郎太
                               鎮信（賀兵衛）
  斎藤長実
  佐伯惟教 ── 鎮実（左馬助）
  戸次鑑連
  田原宗亀
  他紋衆    大友宗家      吉弘家
         軍師：角隈石宗  軍師：世戸口紹兵衛
```

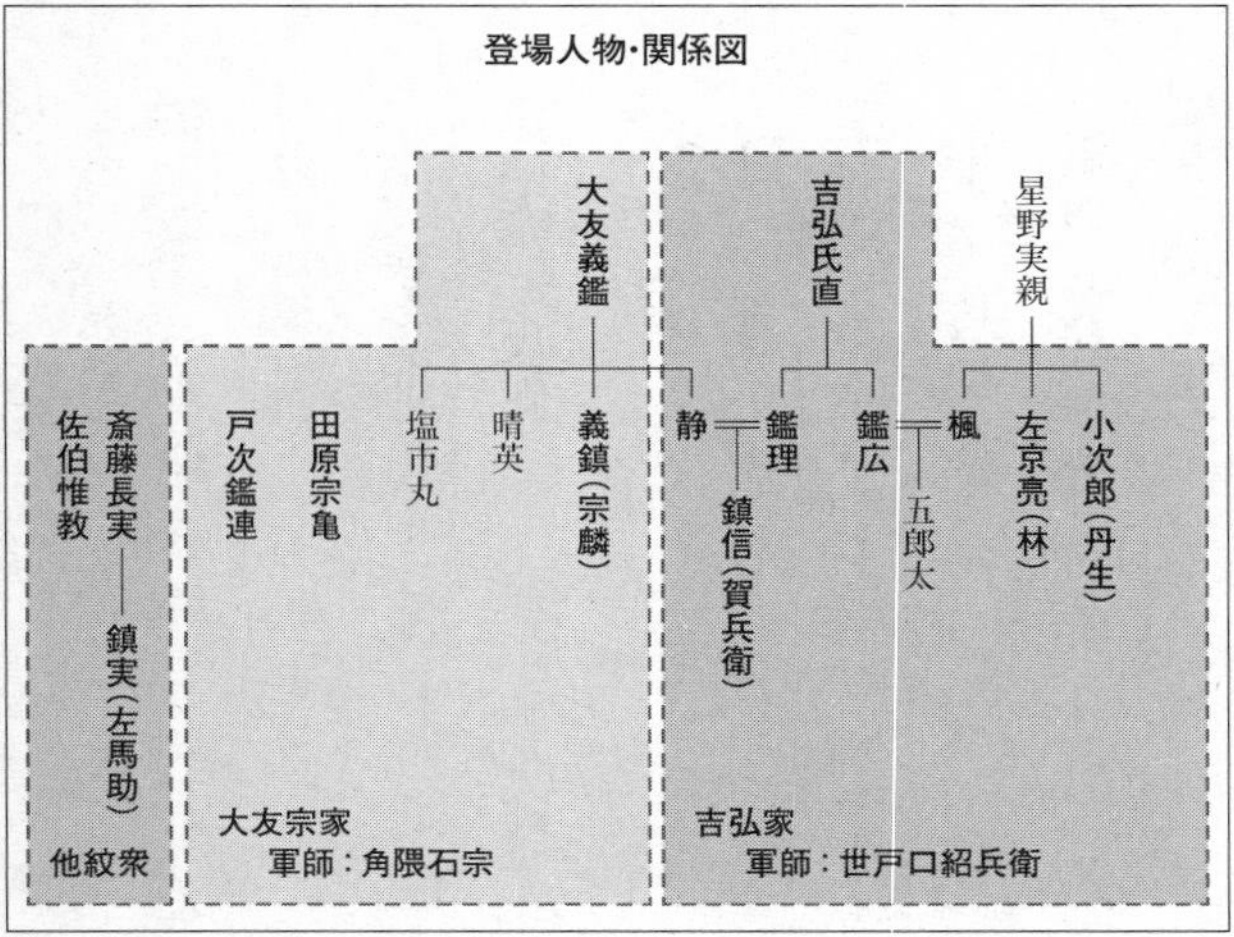

大友二階崩れ

第一章　大友二階崩れ

一、大友館

――左近《さこん》！　左近はおるか？　大友《おおとも》家の一大事ぞ！

天文《てんぶん》十九年（一五五〇年）二月、豊後《ぶんご》（現在の大分県《おおいた》）の国都、府内《ふない》。去ろうとする冬があわてて逃げ出し、来ようとする春さえ思い直して踵《きびす》を返しそうな雷声である。ほどなく、屋敷の廊下が抜けそうなほど荒々しく踏む音が聞こえてきた。

にわかに湧いた嵐のごとき喧噪《けんそう》に吉弘《よしひろ》左近鑑理《あきただ》は年来の盟友、斎藤長実《さいとうながざね》の来訪を知った。鑑理は庭にちらつき始めた幾枚かの雪片から室内に視線を戻すと、家臣の世戸《せと》口紹兵衛《ぐちしようべえ》に苦笑いして見せた。

「政情定まらぬ今、わしが真に信じうる朋輩《ほうばい》は、府内に長実しかおらぬでな」

鑑理にもわかっていた。豊後はこれから、大きく荒れる。打つ手をひとつでも過《あやま》てば、果てなき内戦へと突入しよう。外敵の侵入を許せば、故郷はまたたく間に蚕食《さんしょく》され、大友家は滅びかねない。いかに動いてこの難境を乗り越えるか。雪催《ゆきもよ》いの空が時おり身を削って落としてくる天の欠片《かけら》を見ながら、鑑理《あきただ》は今朝がたからずっと思案してきたのである。

四枚立《よまいだち》の襖《ふすま》が両手で勢いよく開かれた。引き違いの襖が音を立てて両の柱から跳《は》ね返る。

鴨居《かもい》に頭をぶつけぬよう、潜《くぐ》るようにして入ってきた巨漢が、丸い眼玉をぎらつかせて仁王立ちした。獰猛《どうもう》さを表徴するがごとくにせり上がった虎髭《とらひげ》は、剃り落とせばこの漢《おとこ》が別人になり果ててしまうほど長実に似合っている。

「左近！　由々しき事態じゃ！」

巨体を揺らしながら腰を下ろした長実は、鑑理のかたわらに控えて手を突く紹兵衛をじろりと見た。まるで夜道を襲う野伏《のぶせり》にでも出くわしたかのように睨《にら》みつけている。

「見馴れぬ顔じゃな」

「長実がめずらしく小声で話すそうじゃ。ちと外してくれぬか」

一揖《いちゆう》した紹兵衛が音もなく部屋を去ると、長実は鑑理ににじり寄った。

「口止めされておるのじゃがな」と前置きしてから、長実は大きな顔をさらに近づけてきた。荒くはずむ息が鑑理の顔に掛かる。

「上原館《うえのはる》で、五郎《ごろう》様に会うてきた」

長実と鑑理の間には長年、政争と戦場を生き抜く中で培われた揺るがぬ信頼があった。ゆえに隠し事はない。棺《ひつぎ》を蓋《おお》う時まで、両人の固い絆《きずな》は断たれぬであろう。

「左近。俺の首を賭けてもよいが、五郎様に叛意はない。されど御館様は塩市丸《しおいちまる》様ご元服の一件で四人衆をお呼びになった。今夕、大友館でお会いする」

鑑理の心ノ臓が勝手に動悸を始めた。やはり杞憂《きゆう》ではない。かねて抱いてきた懸念が、現実になろうとしていた。

鑑理はわずかばかり身を引くと、一度深く息をした。

鑑理と長実の主君大友義鑑《よしあき》は幾多の能臣に恵まれた。鑑理の吉弘家のように大友宗家の家紋「抱《だ》き杏葉《ぎょうよう》」の使用を許された一門衆は「同紋《どうもん》衆」と呼ばれる。同紋衆はそれ以外の「他紋衆」と区別され、三百年来優遇されてきた。が、義鑑は因習にとらわれず、他紋衆の有望な子弟を近習《きんじゅ》に登用し育てた。腹心としてかたわらに置き、子飼いの家臣として封土《ほうど》を与え力を持たせた。これは成功して、大友は強国となった。中でも長実と小佐井《こさい》大和守《やまとのかみ》、津久見《つくみ》美作守《みまさかのかみ》、田口《たぐち》蔵人佐《くらんどのすけ》の四人衆は義鑑の信厚く、長実はその筆頭であった。

鑑理は腕を組んで、正面から長実の髭面を見つめた。

「いよいよ御館様が、五郎様廃嫡《はいちゃく》の肚《はら》を固められたか」

義鑑は近ごろ二十一歳の嫡男五郎義鎮《よししげ》との不仲を隠そうとしなくなった。もともと武断派で戦と政争に明け暮れてきた義鑑と、戦嫌いで文芸をこよなく愛する義鎮はまるで反りが合わなかった。それでも義鑑は跡目争いを回避すべく、早くから義鎮を後継者と定め、家臣らに忠誠を誓わせていた。

事情が変わり始めたのは、義鑑の愛妾《あいしょう》奈津《なつ》が塩市丸を生んだころからだった。庶子が愚鈍であったなら問題はなかった。が、塩市丸は幼少からその英邁《えいまい》を周りによく示した。九歳となった塩市丸は今や「聡明子」と謳《うた》われている。義鑑は塩市丸を溺愛《できあい》した。先だっては、鑑理を塩市丸の傅役《もりやく》に任じたいとの打診が、義鑑から直々にあった。鑑理も幾度か会ったが、塩市丸が噂どおりの器であると認めるに吝《やぶさ》かでない。

義鑑は中国の覇者大内《おおうち》家と互角に渡り合って北九州を侵蝕し、有能な家臣団とともに大友家の隆盛を築いた。九州の雄として名乗りを上げた大友の後嗣には、塩市丸こそがふさわしいと、義鑑は考え始めた。塩市丸の元服を急ぎ、これを機に義鎮を廃嫡して、新しい後継者を内外に広く示す肚に違いない。嫡子義鎮は今や邪魔者でしかなかった。

「四人衆はそろって廃嫡に反対じゃ。おそれ多くも御館様に不満を持つ輩《やから》は少なくない。もし佐伯《さえき》ら他紋衆が五郎様を担げば、豊後は真っ二つに割れようぞ。四人衆は命を賭して御館様をお諫《いさ》めする覚悟じゃ」

義鑑は気性が荒く、好悪が激しかった。才ある者を大いに愛し、取立てる一方、無能な者、意に沿わぬ者を容赦なく見捨て、時には討ち果たした。攻めねば滅ぼされる乱世とはいえ、毎年のように兵を起こす義鑑は、家臣や民草の不満を買ってもいた。

年来の宿敵である大内を除けば、豊後大友は九州一の強国となりはした。が、義鑑に認められなかった家臣は同紋、他紋の別を問わず不遇を託《かこ》って久しい。大友義鑑という峻烈な暴風が過ぎ去った後、世に出られる日を心待ちにする者も少なくなかった。義鑑もむろん事情を弁《わきま》えている。権謀術数に長《た》けた義鑑が、内乱の火種となる嫡子を漫然と放置するはずもなかった。

「長実よ。御館様はやはり豊前《ぶぜん》をもお望みか」

「さよう。されど左近。今、豊後は兵を休ませ、家中の和を取り戻して、力を蓄えるべき時ぞ。大内と事を構えるは得策でない。やはり五郎様しかないのじゃ」

義鑑の亡き正室は大内家の出であり、義鎮は大内家当主義隆《よしたか》の甥にあたる。向背常なき乱世とはいえ、大内の血を引く義鎮による後継は、大友と大内の休戦を支えるよすがでもあった。しかるに義鎮廃嫡はそれ自体、大友による和平路線の変更を半ば以上意味していた。義鑑は大内の血を大友に残したくないのやも知れぬ。

鑑理は間近に顔を寄せる長実に向かい、声を落とした。

「実はな、長実。わしも昨日、五郎様に呼ばれて同じ話を伺うた。京の大徳寺で頭を丸めたいと仰せであったわ」

義鎮が出家を口にしたのは初めてではない。義鎮は政《まつりごと》にこそ関心のない様子だが、愚かではなかった。塩市丸の成長とともに加速していく廃嫡の気配に、己が身の危険を感じ取っていた。大友史上、最強の君主となった父義鑑に抗したところで勝ち目はない。次期国主の座を自ら進んで放棄すれば、実父に命まで奪われはすまいと義鎮は考えたのであろう。

「お気の毒な話よ。されど左近。あの御館様がお許しにはなるまい。必ずや五郎様のお命を所望されようぞ」

義鎮の実姉を妻とする鑑理は、義鎮の義兄にあたる。若い義鎮は昔から義鑑を怖れ、父との橋渡しを温厚な鑑理に頼んだものだった。もとより親が無辜《むこ》のわが子の命を奪うなど、天道に背く所業である。

「何ら咎《とが》なき子を討つは不義の極み。わしは何があろうと五郎様をお守りする。さようにお答え申し上げた」

長実は相好《そうごう》を崩し、太くごわついた手で鑑理の肩を幾度も叩いた。

「よくぞ申した。ならば話が早いわ。これよりともに大友館へ参り、御館様に直諫《ちょっかん》いたそうぞ」

鑑理も端《はな》からその覚悟だった。盟友の長実とともに動けるなら心強い。

「朝からお目通りを願い出ておるが、なかなかお許しが出ぬ」

「昨今、入田風情《にゅうたふぜい》が御館様に取り入っておるゆえの。度し難き佞臣《ねいしん》よ。君側《くんそく》の奸《かん》を除くも家臣の務めと思うが、どうじゃ？」

「長実よ。無益な殺生は無用。親誠《ちかざね》は捨て置け」

義鑑は近ごろ追従者の入田親誠をかたわらに置いていた。今回の義鎮廃嫡の首謀者は、愛妾奈津の意を受けた入田と目されている。だが入田ごときの妄動で、義鑑と鑑理の絆に罅《ひび》が入るなどと、鑑理は露ほども思っていない。

大友義鑑と吉弘鑑理は通常《ただ》の君臣の間柄ではない。

鑑理の父吉弘氏直《うじなお》は、大友家が宿敵大内家と激突した勢場《せいば》ヶ原《はる》の決戦で、義鑑を守る盾となり、全身に矢を浴びて戦死した。氏直の凄絶な死に報いるため、義鑑は氏直の遺児である鑑理を重用し、家臣ながら末娘の静《しずか》とも娶《めあ》わせた。ゆえに義鑑は鑑理の義父でもあった。義鑑の三人の娘のうち他の二人は伊予の守護河野通宣《みちのぶ》、土佐の守護一条房基《ふさもと》にそれぞれ嫁しているから、有力家臣とはいえ破格の扱いとも言えた。

義鑑はいかなる時も絶対の忠誠を尽くす婿の鑑理に、他の家臣とは質的に異なる絶大な信を置いた。他方、鑑理は義鑑への忠節を全うする義に生きがいを感じていた。鑑理が四人衆筆頭の長実とともに衷心《ちゅうしん》から諫けば、義鑑が翻意《ほんい》する可能性も皆無ではない。これまでも二人で無理な出陣を諫め、中止させた経験が幾度かあった。

——殿。大友館より使いが参りました。大殿のお召しにございまする。

襖越しに紹兵衛の声が聞こえた。

勢いよく立ちあがった長実は、再び両手で襖を開け放つと、鑑理をふり返った。

「参るぞ、左近。俺も同道する」

「おそれながら必ずお一人でお越しになるように、とのお達しにございまする」

長実が憤然と鼻を鳴らした。

義鑑は腹心らの反対を見越して、別々に説く肚づもりらしい。

長実を伴えば、同伴したこと自体を義鑑に責められよう。今は無用の入り口論争を避け、廃嫡の是非を正面から論ずべき時だった。

「お言いつけに逆ろうては面倒じゃ。わしが先に行って、お諫めせねばなるまい」

鑑理が腰を上げようとした時、長実が襖を閉めて戻り、耳元でささやいた。

「左近よ。怪しげな男をそばに置いておるのう。あやつは何者か？」

鑑理も昨秋召し抱えた紹兵衛について、実はまだよく知らなかった。豊前の出身で、諸国を放浪していたらしいが、数年前、大友家軍師の角隈石宗《つのくませきそう》に招かれて来豊して以来、長らく食客《しょっかく》となっていた男である。説明すると、長実は太い眉を顰《ひそ》めた。

「どこぞの馬の骨とも知れぬ例の流れ者か。俺のもとへは来なんだが、皆、あやつの仕官を断っておるぞ。身のほど知らずにも、法外な禄を求める胡乱者《うろんもの》よとの悪口《あっこう》はいくらでも聞く。府内商人をけしかけて商いの真似事なぞもしておるらしい。よい評判はとんと耳にせぬがな。石宗の回し者やも知れん。気をつけたがよいぞ、左近」

早口で言い終えると、長実はわざとらしく咳払いをした。

来た時と同じく、長実が喧《やかま》しく襖を開けて嵐のように去ってゆくと、紹兵衛が手を突いた。

「不穏な時世なれば、ご身辺に留意召されませ。館へは某《それがし》がお伴仕《つかまつ》りましょう」

長実の忠告が頭に引っかかった。ややあって、鑑理は頭《かぶり》を振った。

「いや、麟可《りんか》が退屈そうにしておったゆえ、連れて参るとしよう。あの者の太刀捌《さば》きは天下一品じゃ。一人おれば、足る」

萩尾《はぎお》麟可は二十年来、鑑理の身辺を常に護ってきた武芸者であった。

紹兵衛は太い唇を固く結び、無表情のまま鑑理に頭を下げた。

†

大友館の二階では、鑑理が主君大友義鑑と押し問答を繰り返していた。

奈津と塩市丸の前で鑑理が傅役《もりやく》に任ぜられ忠誠を誓った後、義鑑と密談を始めてから優に一刻《とき》（約二時間）は過ぎたであろう。

懸念したとおり、義鑑は五郎義鎮の廃嫡と塩市丸の元服・擁立を決意していた。大友を内紛で滅ぼすわけにはいかぬ。鑑理は必死で説いた。逆鱗《げきりん》に触れると承知で、かつて大友に反旗を翻した義鑑の実弟、菊池《きくち》義武《よしたけ》の名まで挙げた。

「左近、勘違い致すな。余はそちに諮《はか》っておるのではない。命じておるのだ」

怒気を含んだ義鑑の言葉に、鑑理はかしこまって平伏したが、それでも怯《ひる》まず諫言《かんげん》を続けた。

「お世継の一件、お国の大事にございますれば、まずは加判衆《かばんしゅう》の皆に諮り――」

義鑑は面倒臭そうに、右手で鑑理を制した。

「諮って何とする？　あの石宗も、塩市丸を世継とするなら、そちと宗亀《そうき》、長実以外の加判衆に、決して漏らしてはならぬと申しおったぞ。おお、そうじゃった。長実は余の言うことを聞かぬゆえ、任を解いたがな」

鑑理は慄然《りつぜん》とした。ふだん義鑑は腹心たちに諮って後に、石宗に献策を命じた。だが、今回は順序が違っている。鑑理の脳裏に、骸骨《がいこつ》のごとく痩《や》せこけた石宗の顔が浮かんだ。

角隈石宗《つのくませきそう》は奇矯《ききょう》な男であった。手足が震える難病を抱え、たいていは病を理由に所領のある別府《べっぷ》の温泉に入り浸っている。そのためまれにしか政《まつりごと》の表舞台に姿を現さない。

それでも大友の興隆の少なくも半分は、石宗の力によると言われた。義鑑も知謀の塊《かたまり》のごとき倜儻不羈《てきとうふき》の小男を重用した。石宗の献策は容れればことごとく当たり、そのたびに大友は政に、戦に勝ち、着実に勢力を広げた。

「されど御館様。軍師殿とて、こたびの一件には強く反対しておるはず」

鑑理の反問に、義鑑は不快そうに頭《かぶり》を振った。

「あやつに己が意志はない。余が城を望めば、手に入れる策を立てる。敵との和を望めば、和睦する術《すべ》を教える。是非善悪なぞありはせぬ、石宗にはただ可否と、可ならば可とする策があるだけじゃ。それが軍師というものぞ。さればこたび余は、塩市丸を世継にすると決めた。そのための謀《はかりごと》を石宗に問うたまでよ」

石宗は謎めいた男であった。吉弘家とは浅からぬ因縁もあって、鑑理も親しくはない。石宗は難病のゆえ世を達観しているのか、立身出世などまるで望まぬらしく、妻子も持たず、さながら世捨て人の風であった。

石宗は別府の北、その昔、源 為朝《みなもとのためとも》が砦《とりで》を築いたと伝わる貴船《きふね》に小領を望み、与えられた。が、居城も家臣に任せきりで、日ごろは温泉に心地よさそうに浸かっているらしい。石宗は問われれば答えるが、自ら動き、何かを変えようとはしなかった。

石宗はいかなる策を義鑑に授けたのか。石宗の知謀は鑑理の及ぶところではない。が、廃嫡は時機を失している。どう考えても得策でなかった。

「いまさら五郎様を廃嫡すれば、大友は真っ二つに割れましょう。大内への義理もございまする。赤子にもわかる道理なれば、軍師殿とてとうにお見通しのはず」

「むろんじゃ。謀もなく廃嫡すれば、多くの血が流れる。ゆえに石宗は最も傷の少ない策を立てた。この大役を果たしうる者、吉弘左近をおいてなしと申しておったぞ。こたびは特に隠密を要するゆえ、余の腹心だけで万事進めておる」

義鑑はすでに田原宗亀《たわらそうき》と斎藤長実の名を挙げていた。宗亀は義鑑に追従しその意のままに動く権力亡者《もうじや》であり、主君にあえて反対はすまい。が、四人衆は、長実を筆頭に廃嫡反対で意志統一されている。

時が悪すぎると鑑理は思った。今、大友軍の主力は肥前《ひぜん》にあり、戸次鑑連《べつきあきつら》、臼杵鑑《うすきあき》速《すみ》ら重臣が府内を不在にし、外交を担当する吉岡宗歓《よしおかそうかん》も幕府工作のため京にあった。

――いや、違う……。

謀に邪魔な重臣たちを、石宗が府内からあらかじめ追い払っていたのだと鑑理は気づいた。ならば何としても鑑理と長実の力で、義鑑の企てを止めねばなるまい。まだ時はある。まずは鑑理が今、あたうかぎりの直諫を試みねばならぬ。

「御館様。古来お家騒動で力を失うた家は数多《あまた》ございまする――」

「左近、講釈はよい。余の心はもう定まっておる」

鑑理は手を突いたまま義鑑を直視した。齢を重ねてはいるが、まだまだ精気の漲《みなぎ》る剽悍《ひようかん》な表情は昔と変わらなかった。

「五郎にはまだ男子がない。五郎さえおらねば、誰も文句は申すまいぞ」

「何ら咎なき継嗣のお命を頂戴すると仰せにございまするか?」

「跡目争いを避くるに、他に道はない」

「されど、五郎様は御館様のお子におわしまする！」

当たり前すぎる話を訴えた。鑑理には子がすでに三人あり、身重の正室静《しずか》の腹には四人目の子が宿っていた。わが子の命を奪うなど思いも及ばなかった。

「そちも知っておろう。五郎は惰弱《だじやく》にして移り気、およそ国主の器にあらず。必ずや大友を滅ぼすであろう。こたびの廃嫡は、大友のゆくすえを想うてこその決断じゃ」

「御館様には他にも男子が一人おわしまする。塩市丸様が継がれれば、常に大友は内に火種を抱えながら、乱世を渡る羽目に陥りましょう」

義鎮には若年だが晴英《はるふさ》という弟がいた。義鎮を亡き者にしても晴英がいずれ、義鑑に不満を抱く家臣に担がれて謀叛を起こすおそれは十分にあった。

「逆らえば、わが子とて容赦はせぬ。余の目の黒いうちに塩市丸に国主の座を譲る。余が補佐し、そちらが塩市丸を支えれば、大友は安泰じゃ」

義鑑は齢《よわい》四十九を数えるが、すこぶる頑健で病とも無縁であったから、あと十年、二十年は平気で国を治められそうだった。塩市丸を中心とした体制の再構築は不可能でなかった。後は塩市丸の真の器と、新当主を支える鑑理ら家臣の尽力次第であろう。

それでも主君義鑑が何ら非のない嫡子を討つは、天道に背《そむ》く悪行である。義鎮が不《ふ》憫《びん》だった。義鎮は実姉の静を慕っていた。義鎮を討てば、静も鑑理を赦《ゆる》すまい。

「おそれながら五郎様とて、みすみす――」

「五郎は今ごろ浜脇《はまわき》で石宗と湯に浸かっておるはずじゃ。いまさら後へは引けぬ」

鑑理は狼狽した。

「五郎様が！　もしやすでに――」

「石宗の策じゃ。この世に五郎がおるかぎり担ぐ者も出よう。無用の流血を避けるためには、生きておってはならぬのよ」

鑑理は平伏したままうなだれた。義鑑は今、酒に酔っていない。

脳裏に三歳になった孫七郎（後の高橋紹運《たかはしじょううん》）のあどけない笑顔がよぎった。身重の妻と三人の子ら、弟鑑広《あきひろ》とその家族、鑑理に忠誠を誓う家臣や、野良仕事に勤《いそ》しむ領民らの顔が次々と浮かんだ。鑑理には義鑑に忠義を尽くし、他方で一族郎党を守る義務があった。

鑑理は両手を突いたまま心死で思案した。大友を割らず、義鎮も守る術《すべ》は本当にないのか。咎なき義弟を討たねばならぬのか。

苦い沈黙を、義鑑が容赦なく破った。

「石宗はそちが必ず請けると申しておったがな。左近、もしそちがわが意に沿わぬなら、ちと心もとないが、親誠《ちかざね》に命ずるまでよ」

手だけでない、鑑理の心が震えている。全身から冷や汗が噴き出していた。

たとえ主命に従わずとも、主君に不義を為さしめんことこそ、忠臣の義なのではないか。

鑑理は義鎮の身を捕縛するが、殺害はしない。吉弘家の本領である都甲荘《とごうのしょう》にひそかに幽閉する。鑑理が主命を着実に履行《りこう》し、塩市丸擁立劇の立役者となれば、せめて義鎮の命だけは守れないか。義兄の鑑理から説けば、義鎮も己が運命を受け容れてはくれまいか……。

他の者が義鑑の命《めい》を請ければ、義鎮を守れまい。入田親誠は義鎮の傅役《もりやく》を務めた男だった。だが昔から折り合いが悪く、長じてからは義鎮の女遊びに苦言して不興を買い、さんざんに打擲《ちょうちゃく》され、以来、足を少し引きずって歩くようになった。義鎮への遺恨もあって、親誠は今回の廃嫡を買って出、裏工作を進めてきたらしい。親誠なら義鑑に従い、義鎮を討ち果たすに違いなかった。

——五郎様をお救いするには、わしがやらねばならぬ。

鑑理はゆっくりと顔を上げ、何とか声を絞り出した。

「……委細、承知仕りまして、ございまする」

†

鑑理は地に足の付かぬような体《てい》で、大友館を出た。

萩尾《はぎお》麟可《りんか》を伴い、彷徨《さまよ》うごとくに府内を歩いた。冬の日はまだ空高くあるはずだが、垂れ下がってきた雪雲のせいか、心の憂さのせいか、夜《よ》さりのような暗さだった。

鑑理は廃嫡を阻止できなかった。それどころか、廃嫡を実行する役回りとなった。主君から最大の信を受けるがゆえに与えられた使命ではある。が、心は鬱々として、疼《うず》いた。

大きな鉛の玉でも引きずるような重い足どりで歩いた。屋外でする話でもない、鑑理はうつむきかげんで黙々と歩を進めた。麟可が鉛玉の後に無言で続く。

府内の町は大分《おおいた》川の河口西岸に広がっている。川に沿って広大な敷地を持つ大友家菩提寺《ぼだいじ》の萬寿寺《まんじゆじ》があるが、家臣の居館は大友館の東、萬寿寺の北にあり、吉弘屋敷は川岸にほど近い今小路の一角にあった。

三ツ辻の手前で、麟可のささやき声がした。

「殿、誰ぞが、後をつけており申す。道を変えましょうぞ」

足を止めて顔を上げた。何も気づかなかった。前方にも何やら人影が蠢《うごめ》いている。

しかたなく辻を左に折れた。が、ゆく先にも黒い人影が見える。

鑑理の命を狙うとすれば、誰か。政を担う者は必ず敵を作る。義鑑を恨む者、義鎮の後継を望む者、加判衆の地位を狙う者、幾人か心当たりはあった。あるいは義鑑の下で保身と、さらなる栄達を願う入田親誠の差し金か。

麟可が柄《つか》に手をかけたまま、身を寄せてきた。

「ちと相手が多うござれば、殿もお抜きくだされ」

鑑理は武芸が不得手であった。人並み以下と言ってもいい。相手はおそらく手練《てだ》れであろう、抜いたところで別段意味もない気がした。

小路の左右には武家屋敷の高い土塀が続いていた。前後から人影がゆっくりと近づいてくる。刀を抜く気配がした。逃げ道はない。土塀を背にした鑑理を庇《かば》って、麟可が前に出た。

麟可がすらりと打刀を抜いた。気が進まず、鑑理はまだ抜いていない。

身を守る自信はなかった。が、麟可と戦えば、兇手《きようしゆ》らの幾人かは必ず命を落とすに違いない。豊後の兵も民も、大友の宝であった。己が身の危険より、ついに始まった跡目争いのせいで、同じ大友侍が早々と血を流す愚を腹立たしく思った。

仁王立ちした麟可が、ほとばしる気で相手を制していた。時も止まりそうなほどに痛々しい緊張が走っている。張りつめた弦がついに切れそうになった時、にわかに右手で、耳を塞ぎたくなるような喧《かまびす》しい音がし始めた。

見やると、銅鑼《どら》や鐘《かね》をさんざんに打ち鳴らす者たちがいた。これから祭りでも始めそうなほど派手な衣装を身にまとっている。辻を折れる際、前方に見えた者たちのようだった。

意表を突かれ、気が削がれただけではない。雪の積もる音さえ聞こえそうだった静寂を破られ、辺《あた》りの屋敷から、驚いた下人たちが小路に飛び出してきた。

不意の珍事出来《しゅつたい》に毒気を抜かれた兇手らは、何もなかったごとく刀を鞘《さや》に戻すと、降雪に紛《まぎ》れて消えた。

麟可が刀を納めると、鑑理も柄から手を放した。

鳴り物を手にした者たちが鑑理を囲んでいる。いずれも吉弘屋敷に仕える中間《ちゅうげん》、小《こ》者《もの》たちであった。いつの間にか現れた紹兵衛が、鑑理の前に片膝を突いている。

「殿、ご無事で何よりにございまする」

「礼を申すぞ、紹兵衛。大友の宝を失わずに済んだわ」

静けさを取り戻した町には冷気が張りつめている。が、紹兵衛らのにぎやかないでたちを見て、心温まる気がした。長実なら、これも紹兵衛が仕組んだ狂言ではないかと疑うやも知れぬ。だが、鑑理は紹兵衛を信じようと思った。

回雪《かいせつ》が、吉弘屋敷の冬ざれの庭に積もり始めている。

†

義鑑の命《めい》を請けた以上は無事にやり遂げ、大友の分裂を回避せねばならぬ。最重要の役目を担わされた鑑理の双肩に、豊後のゆくすえが懸かっていた。

「当家が府内へ兵を進めてから、佐伯惟教《さえきこれのり》に謀叛の疑いありとして、居城の栂牟礼《とがむれ》城を奇襲すべく南下する、という段取りでございまするな」

豊後の絵地図を指でたどりながら礁かめる紹兵衛に、鑑理は重くうなずいた。

吉弘家は、長く肥前《ひぜん》戦線にある戸次《べっき》勢と交代すべく、都甲荘《とごうのしょう》で派兵準備を進めてきたから、すぐにも兵を動かしえた。今から思えば、派兵要請があった時点で石宗の策が発動し、吉弘家は策謀に組み込まれていたに違いない。

今回の作戦では、吉弘勢を二手に分つ。

鑑理が率いる一手は、田原宗亀の手勢とともに府内に駐留し、義鎮派の動きを封じる。もう一手は鑑理の府内進駐と時を同じくして、別府で石宗に捕縛されている義鎮を急襲する。これが義鑑と取り決めた手はずであった。義鑑は腹心のみを用いて電光石火で義鎮の廃嫡を進め、既成事実を全家臣に押しつける肚づもりであった。

「佐伯は義鎮様に阿《おもね》る佞臣《ねいしん》ゆえ、御館様に弓を引くは必定。あらかじめ潰しておくは良策にございまする」

麟可の言うとおり、義鑑に疎《うと》んじられてきた佐伯惟教は、他紋衆ながら次代の大友家中枢に食い込むべく義鎮に接近していた。二十数年前、若き義鑑は二代前の佐伯家当主で、惟教の伯父にあたる惟治《これはる》を謀殺している。惟教は義鑑を怖れ、遺恨を抱いている様子だった。義鑑はこの機会に佐伯を滅ぼしておきたいと考えていた。

「田原勢は府内にて御館様とともに睨みを利かせる。われらの佐伯攻めには、丹生《にゅうの》庄《しょう》の斎藤長実が合力《ごうりき》する手はずじゃ」

麟可は功名を立てるのが待ち遠しいのか、舌舐めずりした。

「佐伯も、肥前攻めの援軍がまさか栂牟礼を攻めるとは思いますまい。よき策と存じまする」

生粋《きっすい》の武芸者の性《さが》か、麟可は昔から戦を好んだ。戦は勝たねば意味がない。情けも無用と割り切っている様子だった。非力な嫡子義鎮の敗亡は世の道理であって、麟可も別段の感慨を抱かぬのかも知れなかった。

無表情な紹兵衛の心は読めぬが、乱世の諸国をつぶさに見てきた者として、親子の骨肉の争いなどめずらしくもないのであろう。鑑理が将来の主君として忠誠を誓ってきた義弟を討つよう命ぜられたと聞いても、眉ひとつ動かさなかった。吉弘に仕えて日も浅く、義鎮と面識もないため、滅びゆく者への情も湧かぬのか。

紹兵衛はなおしばし思案していたが、静かに意見した。

「大友の跡目争いはすでに水面下で進んでおりますれば、危ない綱渡りでござる。宗亀様は表裏比興《ひきょう》のお方。田原勢が敵に回れば、われらは退路もなく、挟み撃ちに遭《あ》いましょう」

言われてみれば今、大友家の主力は肥前にあり、府内を不在にしていた。万一、重臣田原宗亀が義鎮を担いで謀叛《むほん》を起こし、さらに佐伯と結べば、義鑑の身も吉弘家も危ないのは事実だった。それでも、義鑑方には勇将斎藤長実がいる。いったい、軍師の角隈石宗は……。

腕を組んで考え込む鑑理の前に、紹兵衛がかしこまって手を突いた。

「おそれながら、御館様の専横に不満を抱く家臣は佐伯にとどまりませぬ。他紋衆とて、四人衆以外は陽の目を見られぬ家臣も多く、御館様の御世の終焉を願うておる様子。非力ゆえに大友に屈従した国人衆、無能と退けられし同紋衆も、相次ぐ戦で疲弊させられ、怨嗟《えんさ》の声を上げておりまする」

義鑑への反感を受け止めて家中の和を保つのが、鑑理ら重臣の役回りでもあった。

たしかに、批判の矢面《やおもて》に立つ鑑理に対する風当たりは日増しに強くなっていた。

「この一件、当家にとっても一大事なれば、思案が必要でござる。おそれ多くも義鎮様にお味方するほうが、当家にとって得策やも知れませぬ。御館様は殿を信じておわしますれば、こたびの謀《はかりごと》を義鎮様にお伝えし――」

鑑理は激しく頭《かぶり》を振って、紹兵衛をさえぎった。

「わしが御館様を裏切るなど金輪際《こんりんざい》ありえぬ話ぞ！　そなたはまだわしを知らぬであろうが、わしは御館様より死を賜れば、その場で果てる。そういう男じゃ。されどわしは命を懸けて五郎様のお命だけはお守りする。さればこそ他の者には任せられぬ。このお役目、わしが請けるほかなかったのじゃ」

鑑理にとっては、主君義鑑の命に従うことが義であった。しかし同時に、あえて主命を最後まで遂げずに義鎮を守り通し、主君に不義を為させぬこともまた、義に適《かな》うと考えた。

「では、石宗様の策に従わず、義鎮様を討たぬと仰せにございまするか？」

「しかり。五郎様が爾後《じご》、別のお人としてこの世におわすのであれば、問題ないはずじゃ」

紹兵衛は息を呑んで鑑理を凝視した。

「御館様ではない、わしが勝手に五郎様のお命を頂戴したことにいたす。されば、塩市丸様への矛先がいささかなりとも和らごう」

鑑理は汚名を被るが、死んだ世継は誰も担げまい。大友が二つに割れる事態は防げるはずだ。

紹兵衛は呻《うめ》いた。

「大友への忠義とは申せ、吉弘への反感はますます募りましょう」

「わが父亡き後、わしは御館様に育てられたも同然。わしが忠義を尽くさずして、誰が尽くすと申すのか。加うるに、静《しずか》を悲しませとうない」

「御館様の殿へのご信頼はますます強固となりましょうな。この麟可、どこまでも殿に従《つ》いて参りまするぞ」

大事を前に興奮する麟可を尻目に、紹兵衛はむしろ諭すように提案した。

「されば殿、失敗は許されませぬ。急ぎ都甲へ取って返しましょうぞ」

大友館から戻ってすぐに都甲荘へ早馬を走らせてはいた。鑑理の懐刀である実弟右近《う》鑑広《こんあきひろ》は義鑑の命に従い、肥前出兵の支度を進めている。が、実際は何のためにどこへ出陣するのか、主だった家臣にはあらかじめ説明しておく必要があった。

「麟可よ。急ぎ都甲へ戻り、右近に明日出陣するとのみ伝えよ。仔細はわしから話す。まだ長実が館から戻らぬゆえな」

麟可が慌《あわただ》しく発っても、鑑理はすぐに動かなかった。大友館から義鑑の使者が来るのを待っていた。

鑑理は意を尽くして義鑑を強く諫めた。その後、入れ違いで呼ばれた盟友の斎藤長実ら四人衆が、より厳しく義鑑を諫めたに違いない。長年仕えてきた腹心らの必死の直言に義鑑が翻意《ほんい》して、今回の謀《はかりごと》を取り消す使者を遣わしてはくれぬものかと、鑑理は宛てもない期待を抱いて、降り積もる雪を眺《なが》めていたわけである。

†

――お待ちくださりませ！　主に取り次ぎをいたしますゆえ！

――斎藤長実《ながざね》を知らんか？　退《ど》けい！

家人らの悲鳴に、鑑理は長実の再訪を知った。襖がまた乱暴に開かれた。

「左近！　お主ともあろう者が、見損のうたぞ！」

鑑理が廃嫡に同意し義鑑《よしあき》の命を請けたと聞き、長実は激怒していた。

府内じゅうの蛙《かわず》という蛙が冬眠から目覚めそうなほどの怒声である。長実はただでさえ大きな地声を荒らげ、鑑理に噛みつかんばかりに詰め寄った。

「長実、声が大きい」

もともと継嗣謀殺のごとき密事は直情径行《ちょくじょうけいこう》の長実には不向きなはずだった。忠臣には違いないが、なぜ石宗《せきそう》がかかる企ての実行者に長実を加えるよう義鑑に進言したのか、鑑理には判じかねた。いや、石宗は鑑理が必ず親友の長実に諮《はか》ると見越したうえで、最初から巻き込んだに違いない。あの痩せこけた男は何をどこまで計算しているのか。

四人衆が説いても駄目だったなら、鑑理の策を進めるほかあるまい。鑑理は覚悟を決めてじゅんじゅんと長実に説いた。

鑑理が肚の内を話し終えても、長実の爛《らん》と光る丸い眼は、鑑理を睨みつけたままだった。

「お主の策でまこと五郎様をお救いできると申すのか？　御館様が本当にお許しになると思うか？　詮《せん》ずるところ大友が真っ二つに割れはすまいか？」

義鎮の跡目相続は、長年にわたり公認されてきた大友家の決まり事であった。

豊後では、小人《しょうじん》から大物に至るまで、義鎮の後継を前提に動いてきた。鑑理の長子賀兵衛鎮信《かへえしげのぶ》も、長実の長子左馬助鎮実《さまのすけしげざね》も、義鎮から諱《いみな》を一字賜り義鎮への忠誠を誓っていた。

この決まり事を変更する。不可避と見える流血をどれだけ減らせるかが思案のしどころだが、石宗が義鑑に授けた計がおそらくは人の考えうる最善の策なのであろう。

「俺が入田親誠《にゅうたちかざね》を討ち、腹を切る。この企てを熱心に進めておる愚か者が死ねば、御館様も目を覚まされよう。それにてこのばかばかしい話は終わりじゃ」

「入田を討ったとて何も変わらぬ。お主もしかと聞いたはずじゃ、塩市丸様をお世継とするは、御館様の固いご意志ぞ。入田も主命で動いておるにすぎぬ」

「大友にはよき家臣が数多《あまた》おる。われらが五郎様をお支えすればよいのじゃ。塩市丸様がお可愛いのはわかるが、御館様さえあきらめてくだされば、血を流さんでよいではないか」

虎髭の長実が巨体を乗り出して熱く弁ずるたびに、唾《つばき》が容赦なく鑑理の顔にとんできた。

「長実よ。残念じゃが、わしとお主でお諫めしてもお聞き届けなしとあらば、御館様のご決意はもはや変わるまい。それに、五郎様はすでに軍師殿の手中にある。いまさら謀を中断しても、五郎様は御館様のご決意を知ってしまわれた。たとえ暫時《ざんじ》丸く収めえたとしても、いずれ佐伯ら御館様に不平を抱く他紋衆に担がれて謀叛を起こされよう。大友は結局、二つに割れる」

義鑑による廃嫡の意志をはっきりと知った義鎮は追い詰められ、保身のために義鑑へ反旗を翻すであろう。すでに義鑑は矢を放っていた。

「左近よ。五郎様に叛意あらば話は別じゃ。されど、何ら非のない五郎様を討つは、義ではない。違うか？」

鑑理は袖口で、顔に掛かった長実の唾をゆっくりと拭《ぬぐ》った。

「わかっておる。大友が避けねばならんのは内戦じゃ。申したであろう、五郎様はわしが責任を持って必ずお守りする。今となっては、五郎様をお救いする道もこれしかない。長実、わしに力を貸してくれい」

長実は大きな丸目で鑑理を睨んだ。眼光こそ射抜くように鋭いが、邪気のない子供のような瞳だった。二人はしばし睨み合った。これまでも同じだった。考えが食い違ったとき、二人は夜を徹して論じ合った。が、最後には必ず解し合い、大友のために力を合わせてきた。

やがて長実は天を仰いで大笑した。

「左近。お主の心はようわかった。されど、俺はまだあきらめておらぬ。四人衆が賜《し》死《し》の覚悟でいま一度お諫めする手はずになっておる。御館様は聡明なお方よ。されば左近。しばしここで吉報を待っておれ」

荒々しい音を立てて廊下を走り去る友の後ろ姿を、鑑理は祈る気持ちで見つめた。

すでに雪空の薄日は由布《ゆふ》の山の端に沈んでいた。そのまま二度と昇らぬのではないかと、鑑理は気弱に杞憂《きゆう》さえ抱いた。

今ごろ長実は、義鑑に向かって吠え猛《たけ》っているであろう。四人衆の他の者は長実を慕い、長実以下、結束は鉄のように固い。義鑑自らが育て上げた腹心であり、忠義を尽くしてきた四人衆全員の決死の反対まで、義鑑は押し切るだろうか。

かたわらには紹兵衛が微動だにせず、瞑想するかのごとく控えている。気配を殺しているのか、うっかりすると存在さえ忘れそうだった。

紹兵衛は鍛え抜かれた肉体を持つ武芸者だが、精悍《せいかん》な表情には常に翳《かげり》があった。太い唇は最初から笑みを拒むかのように、いつも固く閉じられていた。

「紹兵衛よ。そなた、先刻はわしの帰りを案じておったのか」

「麟可殿では、ちと心もとないと存じましたゆえ」

紹兵衛は仕えてまだ半年ほどの新参者であった。その紹兵衛に、父の代から仕える武芸者、萩尾麟可の力量を貶《おとし》められたように感じ、鑑理は心中穏やかでなかった。

「そなたは刀法に非凡の腕ありと聞くが、さきほどは何ゆえ刀を用いなんだ？」

「同じ豊後者なれば、いずれ時流が変わり、今日の敵も味方となりましょうゆえ。それに、某《それがし》は人を斬りすぎました。近ごろはあたうかぎり殺生をせぬよう努めております る」

風変わりな男であった。齢のころは鑑理と変わらぬが、心の奥まで開かねばついに解らぬ男であるやも知れぬ。

斎藤長実も懸念していたごとく、吉弘家中でも紹兵衛の前評判はすこぶる悪かった。大友諸将への猟官がことごとく失敗に終わった顚末《てんまつ》を家中の皆が噂してもいた。が、紹兵衛と実際に会った鑑理は、下馬評とはまったく異なる感慨を抱いた。

鑑理に面会を求めるに先立ち、紹兵衛は都甲荘《とごうのしょう》の村人を訪い、稲穂の実りぐあいを確かめながら、親しく交わったらしい。

相対して話すうち、この男は相手に品定めをさせているのではないと気づいた。逆に紹兵衛こそが、鑑理を値踏みに来たのだと直感した。

紹兵衛は切れ長の鋭い眼で鑑理をじっと見た後、「この者、王佐の才あり」との み、くせ字で記された角隈石宗《つのくませきそう》の推挙状を見せた。その後、二、三の言葉を交わしただけで、すぐに仕官を願い出た。己は武芸百般に通じ、武経七書《ぶけいしちしよ》を究め……と、ありふれた売り込みをしてから、

「貴家の軍師としてかたわらに置かれれば、必ずやお役に立つはず」とだけ他人事《ひとごと》の

ように述べ、鑑理の返事を待った。

噂とは違い、俸禄についてはいかなる要求もしなかった。尋ねると、「御意のままに」と答えたが、鑑理の直臣として用いねば、俸禄に見合う働きは難しいとの断りを入れた。

鑑理は紹兵衛を召し抱えると、しばらく都甲の農政を預からせた。鑑理が府内にあって不在の間も、紹兵衛は所領を隈《くま》なく歩き、民の声に耳を傾けていたらしい。台風の後、民を指揮して壊れた土手をすぐに復し、分水をめぐる諍《いさか》いが起こると、言いぶんを聞いてただちに収めた。評判を聞いた鑑理は、紹兵衛を優れた民政家と見ていた。それでも吉弘家中には、紹兵衛を得体の知れぬ軍師、角隈石宗の回し者よと警戒する者が少なくなかった。

大友後継をめぐる裏の駆け引きがいよいよ激しくなり、政の雲行きが怪しくなると、紹兵衛は府内へ己を同行するよう鑑理に強く求めた。逡巡《しゆんじゆん》する鑑理に対し、紹兵衛は迫りくる国難を予測して、その原因と、ありうるいくつかの帰趨《きすう》を論じてみせた。石宗から聞いているのか、政権の中枢に身を置いてきた鑑理さえ舌を巻くほど、紹兵衛は裏表の政情に通じていた。鑑理は結局、紹兵衛を伴って府内入りした。

「順風の舵取りは簡単至極《しごく》。されど、吉弘家はすでに嵐の海に漕《こ》ぎ出しておりまする。御館様、石宗様、宗亀様、さらには義鎮様。いずれも喰えぬ御仁ばかり。他紋衆には大内の手も伸びておりましょう。これよりは一寸先も読めませぬ」

言われてみれば、裏表のない人間は鑑理と長実くらいだったろうか。

「紹兵衛よ、大友は試練の時を迎えておる。しかと頼んだぞ」

「吉弘家軍師としての務め、今こそ果たすべき時と心得てございまする」

紹兵衛の太い唇の端に、わずかに笑みが上った気がした。

二、主命

雪が止み、あえかな月影が銀雪を照らし始めても、斎藤長実《ながざね》は大友館から戻らなかった。

代わりに主君義鑑《よしあき》から鑑理《あきただ》を呼ぶ使者が来た。うたた寝から覚めた鑑理は何やら胸騒ぎを覚えたが、急ぎ身支度を整えると、紹兵衛《しょうべえ》を伴って大友館を再訪した。

館の二階奥の一室には、盃を片手に酔った義鑑が不機嫌そうな顔で待っていた。

「この大事を前に、屋敷で雪見酒でも楽しんでおったのか？　何ゆえ都甲へ戻らぬ？」

義鑑の糾問《きゅうもん》に、鑑理はあわてて平伏した。長実の諫言は届かなかった様子である。

「すでに早馬を走らせ、出陣の手配は愚弟が万端済ませておりますれば、ただちに――」

立ちあがりかけた鑑理を、義鑑は盃を持ったままの右手で制した。

「左近。ひと仕事、終えてからにせよ」

鑑理は改めて義鑑の前にひれ伏した。

「何なりとお申しつけくださりませ」

「石宗《せきそう》もしょせんは人よな。こたびの謀《はかりごと》、どうして石宗の申したとおりには運ばぬようじゃ」

義鑑は盃の酒をのみ干してから、冷然と言い放った。

「左近。裏切り者を館の土牢《どろう》に放り込んである。……長実に、腹を切らせよ」

鑑理は仰天し一瞬、茫然《ぼうぜん》自失した。が、どうにか気を取り直して言上した。

「おそれながら、長実は命がけで御館様をお諫めせんと――」

「黙りおれ、左近！　そちも余の命に背くと申すか？」

「お待ちくださりませ。無二の忠臣に腹を切らせて、いったい大友が何を得られましようや」

斎藤長実を失えば、精強で知られた大友軍は、戦場の得難い一翼を失う。

「戦なら、長実がおらずとも、鬼ひとりで十分じゃ」

鬼とは今、肥前戦線にある大友随一の将戸次鑑連《べっきあきつら》の渾名《あだな》である。鑑連は義鑑でさえ手に負えぬ猛々しき男であった。

「鬼は稀代《きたい》の名将に相違ありませぬ。されど鬼も長実もおるがゆえ、大友は強いのでござりまする。長実は加判衆として長年お仕えして参った重鎮。家中に慕う者も多く、長実を誅《ちゅう》すれば、家臣団の心が御館様から離れるやも知れませぬ」

腹心の長実まで斬られたとなれば、義鑑に疎んぜられてきた諸将も、次はおのれの番かと怖れよう。恐怖に駆られた諸将は叛乱を起こすか、大内ら外敵に寝返るおそれさえあった。

義鑑は聞き咎めるように、鑑理に反問してきた。

「意外じゃな、左近。そちの心まで、余から離れると申すか?」

「お戯《たわむ》れを。どうか、お気を確かになされませ。名将が死んで喜ぶ者は大友におりませぬ。ただ大内を利するのみにございますれば――」

「控えい、左近！　余が塩市丸《しおいちまる》のため、長実ほどの腹心を討ったとなれば、余の揺るがぬ決意が家臣らにしかと伝わろう。猛将斎藤長実の荒ぶる血をもって、塩市丸の下、大友家臣団はますます結束するのじゃ」

鑑理は額を板の間にすりつけながら、必死で訴えた。

「何とぞ、こればかりはお考え直しのほどを！」

沈黙があった。おそるおそる顔を上げて見ると、義鑑が酔眼で鑑理を睨みつけていた。酔わねば長実を斬れぬために、酒を呷《あお》っていたに違いない。義鑑は大友家を強大にした名君だったが、酒乱癖が玉に瑕《きず》だった。

「左近、たまげたぞ。そちまでが余の敵と化そうとはな」

「滅相もございませぬ。某《それがし》は――」

「ならば長実を斬って、余に忠義の証《あかし》を見せい！」

激怒した義鑑は手にしていた盃を、鑑理めがけて思い切り投げつけた。鑑理の額が割れた。噴き出した血で視界が赤く染まってゆく。

「おそれながら御館様は今宵《こよい》、酒を過ごしておられまする。酔いから醒《さ》められし時、この世に長実がもうおらぬと聞し召さば、後悔されるは必定《ひつじょう》――」

義鑑はゆっくりと首を左右に振った。

「長実は義に背く企てゆえ、余の命には従えぬ、すぐに別府《べっぷ》に参り五郎を助け出すなぞと抜かしおった。それが余のため、大友のためじゃともな。あやつの気性じゃ。捨ておけば、まこと、やりかねぬ」

義鑑はやおら立ちあがると、鑑理に背を向けた。

「長実め、五郎を斬るなら己を斬れとまで抜かしおったわ。よいな、左近。長実の件、しかと申しつけたぞ。半刻《とき》のうちに斎藤長実が首、余のもとへ持って参れ」

「なりませぬ、御館様。何とぞ！　何とぞ！」

鑑理は去ろうとする義鑑の袴の裾に、懸命に取りすがった。

「木辺《きべ》の戦をお忘れにございまするか？　隈本《くまもと》攻めの砌《みぎり》、長実がおらねば大友は――」

義鑑が立ち止まると、鑑理は急ぎ下がって両手を突いた。

「この左近、大友家、御館様の御為を思えばこそ、かようにお諫め申しております！　どうかこの儀だけは――」

義鑑は踵を返し、平伏する鑑理に半歩、歩み寄った。

「左近、面《おもて》を上げよ」

顔を上げるや、義鑑は鑑理の顔を足蹴にした。激痛に、鑑理は鼻を押さえた。

「こたび余は幾人《いくたり》かの腹心にのみ、石宗の策を明かした。されど余が心底、信じておる家臣はただひとり、左近、そちだけじゃ。そちに裏切られたなら、余もそれまでよ」

「もったいなき、お言葉……」

鑑理が改めて平伏すると、義鑑は鑑理の震える肩に手を置いた。

「よいか、左近。長実を殺せ。これまでの忠義と勲功に免じ、斎藤家を改易にはせぬ。五郎が出家すれば、都甲での蟄居《ちつきょ》謹慎も許そう。そちに身柄を預ける。静《しず》も得心しようゆえな。じゃがもし抵抗すれば、迷わず五郎を斬れ。情けは無用じゃ」

「おそれながら――」

なおも食い下がろうとする鑑理を、義鑑は手で制した。

「小佐井《こさい》も余に従えぬと申しおったゆえ、すでに親誠《ちかざね》に討たせた。そちが長実を殺せぬのなら、親誠にさせるまでよ」

絶望した鑑理は天を仰いだ。

小佐井大和守《やまとのかみ》は四人衆の一人で、長年義鑑に仕えた近習《きんじゅ》であった。もはや何をしても、乱心の義鑑を翻意させられまい。わが子への盲愛ゆえに義鑑は分別を失っていた。

入田《にゅうた》親誠に討たれるくらいなら、長実も親友の鑑理に斬られたいであろう。

立ちあがった義鑑の後ろ姿は、目に流れ込んでくる血のせいでよく見えなかった。

「左近。明日の昼には吉弘勢を府内へ入れよ。宗亀《そうき》の田原《たわら》勢も待っておるはずじゃ」

義鑑が言い捨てて去ると、鑑理は視界を赤く染めたまま平伏した。

†

「縛《いまし》めを解けい！　いやしくも斎藤長実は加判衆《かばんしゅう》を長年務めし功労の臣ぞ！」

鑑理のめずらしく上ずった怒声に、牢番は泡を食った様子だったが、土牢《どろう》に転がされていた長実の荒縄をすぐに解いた。

長実は主君大友義鑑からの沙汰《さた》を聞くため、土牢の中で居住まいを正し、鑑理に対した。

「斎藤播磨守《はりまのかみ》長実。上意で、ある……」

鑑理は長実に向かい、重々しく告げようとした。が、腹の底から込み上げてくる無念さに足を突き、歯を食いしばった。

「済まぬ、長実。お諫めしたが、力及ばず……御館様のお聞き届けは、なかった」

「その様子じゃと、御館様にひどく食い下がったようじゃな」

長実は顔を負傷した鑑理を見て豪快に笑い、大きな手を鑑理の両肩に置いた。

「さればこそ俺が、死をもってお諫めするのよ」

鑑理は長実に向かって深々と頭を下げた。

「礼を申す。お主のおかげで、五郎様のお命だけはお救いできそうじゃ」

長実は満足げに大笑した。

「それは重畳《ちょうじょう》。お主も、主命に背かず五郎様をお守りできるではないか。じゃが左近。俺は腹を切らぬぞ。御館様が間違うておられるゆえな。御館様には、俺が最後の最後まで御館様の命《めい》に従わなんだと申し上げよ。御館様はいずれ必ずわが意に気づかれるであろう。大友のため、わが命を捧げようぞ」

鑑理は顔を上げ、長実の澄み切った真ん丸な瞳を見た。

「済まぬ、長実。上意なれば、赦せ」

「おうよ。お主に斬られるなら、悔いはない」

豊後斎藤家は古く源平《げんぺい》争乱における悲劇の将、斎藤別当実盛《べっとうさねもり》の血を引くと伝わる。現当主長実の忠烈も、斎藤別当の名を辱《はずかし》めるものではなかった。

鑑理が促すと、長実はうなずき、ともに土牢を出た。

肩を並べて刑場に向かう。その後ろを、物言わぬ紹兵衛《しょうべえ》が続いた。

これまで幾度、長実と二人でこの館内を歩いたであろうか。

初めて会った時、他紋衆ながら実力でのし上がろうとしていた長実は、同紋衆の威光で取立てられた鑑理を忌《い》み嫌っていた。最前線で槍を振るう長実は、戦場でも帷幄《いあく》を動かぬ鑑理を小馬鹿にした。その二人の関係が変わり始めたのは、肥後《ひご》は木辺の戦で、最も重要な役回りを決するに当たり、鑑理が己を激しく嫌悪する長実を強く推《お》して以来だった。

義鑑は鑑理の言を採用して長実を総大将に大抜擢した。長実は期待に応え、大友は大勝利を収めた。長実は鑑理の推挙があったと後に聞き、鑑理の真意を質《ただ》すために吉弘屋敷を訪れた。静《しずか》の差配による鴨鍋《かもなべ》の馳走を次々と平らげながら、長実は「大友のため」と短く答えた鑑理を初めて認めた。若い二人はそのまま朝まで語り明かした。

やがて鑑理の推挙で長実が加判衆に任ぜられると、二人は共闘して、大友のため無私に尽くした。口角泡を飛ばしながら侃々諤々《かんかんがくがく》議論もした。

だが、二人で歩む道のりはこれが最後となる。

渡り廊下を吹く寒風も、長実の巨体に遮《さえぎ》られて、鑑理には届かない。

「左馬助《さまのすけ》殿に、伝え置くべき旨《むね》はあるか？」

長実には男子が一人いた。吉弘家と斎藤家は、かねて昵懇《じっこん》の間柄である。鑑理は戸《へ》次《つぎ》川の河口にほど近い斎藤の丹生庄《にゅうのしょう》をたびたび訪れ、長実の妻子、家臣らに会っていた。

鑑理が丹生庄で歓待を受け、獲れ立ての烏賊《いか》、蛸《たこ》、海月《くらげ》を馳走になり、長実と酒を酌《く》み交わしながら、夜を徹して大友のゆくすえを論じ合ったのは、一度や二度でなかった。長実の丹生庄は、いつ訪れても心の温まる家族と家臣団がある、小さな領国であった。

それを今、鑑理は己の手で永遠に壊そうとしていた。

「これよりは吉弘左近を己が父と思え、と伝えてくれんか」

長実の言葉は、鑑理の心の奥深くに突き刺さっていった。

「左馬助は俺と違うて、ちと気の優しすぎる男じゃ。されど芯は強い男での。見所はある。これよりは左近、お主が父親代わりじゃ」

鑑理は黙ってうなずいた。歯を食いしばって涙を堪《こら》えた。親友を送るに際し、涙は見せたくなかった。泣き虫の鑑理は、豪胆な長実によく揶《から》われたものである。

「最後にいま一度、都甲の鴨鍋を食いたかったのう」

鴨鍋は長実の大好物であった。都甲を訪れるたびに長実が所望するので、鑑理は以前に「お主は鴨鍋を食しに参っておるのか」と尋ねた覚えがある。長実はおどけて、

「知らんかったのか」と反問したものだ。

「静殿《しずか》を大切にな。賀兵衛《かへえ》殿は左馬助に齢が近い。よろしゅう頼むと伝えてくれい」

鑑理の心の中を嵐がいくつも駆けめぐっている。うなずくだけで精いっぱいだっ

た。

刑場へと至る最後の渡り廊下の端に立った時、鑑理は長実の耳元へささやいた。

「逃げよ、長実」

刑場へ連行する途中、一騎当千の長実の武勇に敵《かな》わず、取り逃がしたとの言いわけは、長実がその気にさえなれば十分に通じえた。存外、義鑑もその結末を望んでいはしまいかと、鑑理は甘いことも考えた。

長実は豪快に笑いながら頭を振った。

「阿呆め。お主が腹を切らねばならんではないか。小佐井は俺のせいで殺されたようなもの。俺が生き残っては示しがつかぬ」

長実が逃げれば、斎藤家の謀叛と見なされよう。鑑理も詰め腹を切らされかねぬ。義鎮も守れぬであろう。大友を守るには、鑑理か長実のいずれかが生き残ったほうがよかった。

肩を並べて刑場に入った。重苦しい風が鑑理の頬を撫《な》でた。

長実が歩を進めた。どっかと腰を下ろす。死を受け容れた長実が改めて居住まいを正すと、鑑理は長実の肩に手を置いた。太くがっしりとした、頼もしい肩だった。

「長実よ。他に何か言い残しておく旨は、あるか」

「ない。お主が斎藤のゆくすえを見届けてくれれば、よい」

「承知した。わが命に代えても、斎藤家はわしが守る。安心せよ」

「物はついでじゃがな。小夜《さよ》をお主の子に娶《めあわ》せてやってくれぬか」

小夜は長実の上の娘だった。まだ六つのはずである。

「願ってもなき話じゃ。静と諮り、賀兵衛か、孫七郎の室とさせてもらおう」

「安堵《あんど》した。お主も知っておろうが、小夜はさいわい俺に全然似ておらんでな。それは可愛らしい女子じゃ。豊後一の女になるじゃろうて」

遺していく愛娘《まなむすめ》を思ったせいであろう、長実の目尻が少し光った。

鑑理は長実の涙を初めて見た。とたんに狂おしいまでの悲しみが、再び心の中で吹き荒れ始めた。声が慄《ふる》えた。

「左馬助殿といい、お主に似ておらぬ子ばかりじゃのう」

堪え切れず、ついにしゃくり上げ始めた鑑理を見て、長実はおどけた。

「おう。下の娘は生まれたばかりゆえ、まだ幼すぎてようわからんが、小夜は俺に似ておらんと申すのじゃ。手だけは、俺に似ておると思うがのう」

長実が大笑すると、鑑理もつられて泣き笑いした。

「さ、早う、俺を斬れ。御館様はお気が短い」

鑑理は涙も拭《ぬぐ》わずにゆっくりと立ちあがった。長実の大きな背の後ろに立つ。刀の柄に手をやる。が、涙で視界が歪《ゆが》んだ。

「泣くな、左近。大の男が情けないぞ」

長実の笑い声に、鑑理は膝《ひざ》を突いて頽《くずお》れ、潸然《さんぜん》と泣いた。

背後に控えていた紹兵衛が鑑理を見かねたのであろう、問うた。

「殿。されば某《それがし》が代わりに――」

鑑理は小さく首を振って再び立ち上がると、腰の刀を抜いた。

「この痛みはわが手で感じねば、左馬助殿や斎藤家に対し、面目が立たぬ」

鑑理は長実の後ろに立ち、刀を振り上げた。長実は静かに合掌し眼を閉じている。

寒夜の刑場は物音ひとつしなかった。微《かす》かな血の匂いだけがする。

やがて鑑理は音もなく刀を下げた。

「やはりわしには無理じゃ。二人して死に、御館様をお諫めいたそうぞ。わしが動かねば、こたびの企ても、すべて無に帰そうゆえ」

長実は泣きべそをかく鑑理を、最後に笑い飛ばした。

「御館様がお主まで失うて何とするのじゃ。まこと、世話の焼ける友じゃのう」

長実はやにわに鑑理の腰から脇差を抜いた。迷いも見せず、己が腹に突っ立てた。

「左近！　早う斬ってくれんと、苦しゅうてたまらんぞ！」

長実は血反吐《ちへど》を吐きながら、剛毅に笑った。

最後に、訴えかけるように鑑理を見あげると、微笑《ほほえ》んだ。

「後を頼んだぞ、左近」

鑑理は震える手で刀を振り上げた。また、視界が歪んだ。

†

長実の刑死を知った義鑑《よしあき》は、長い沈黙の後、「手厚く葬らせよ」と短く命じた。

鑑理は長実の諫死が義鑑の心に届くよう願いながら平伏した。鑑理は義鑑の前で、涙を隠さなかった。抗議するごとくに咽《むせ》び泣いた。

義鑑はぼそりと、「都甲へ戻り、府内へ兵を入れよ」と重ねて命じた。

大友館を出た鑑理は、再び雪の降り始めた深更《しんこう》、長実の亡骸《なきがら》を斎藤家の居館へ鄭重に送り届けた。

長実は急な府内入りのため、主だった家臣を丹生庄に残してきた様子だった。斎藤家の家人らは突如届けられた主の遺骸《いがい》に血相を変え、戸惑いを見せた。

鑑理は長実の急死をうまく説明できなかった。嗚咽《おえつ》のせいで喉がひりついた。震え声で、「館内にて四人衆に不行届きがあり、長実が責めを負うて死を賜った。嫡子左馬助の相続は許される」との旨を説明し、深々と頭を下げた。親友の死に、万感が胸を去来したが、ひとつも言葉にならなかった。

鑑理は降雪のなか、斎藤家の門前に立ち尽くし、四半刻《とき》（約三十分）近くも頭を下げていたが、紹兵衛に促されてようやく斎藤家を辞した。

†

鑑理と紹兵衛が都甲荘《とごうのしょう》に着いたころ、夜はすっかり明けていた。道中は何も憶えていない。悪夢に魘《うな》され続けるような心地で馬を駆っただけだ。

都甲荘は国東《くにさき》半島中心部にある八面山《はちめんざん》（屋山《ややま》）の西麓に開かれた里である。吉弘家は山裾を巻くように流れる松行《まつゆき》川の河畔に平城の箟《かけい》城を築き、居館とした。有事には八面山に築いた山城の屋山城を詰城とする。すでに箟城内には武装した騎馬兵や足軽が所狭しと集結していた。

城門では、実弟の右近鑑広《あきひろ》とその腹心林左京亮正俊《はやしさきょうのすけまさとし》が、鑑理らを出迎えた。

「兄者。出陣の用意、万端相整えたぞ」

下馬した鑑理は、足早に館へ向かいながら、かたわらを歩く鑑広をねぎらった。

豪勇をもって鳴る鑑広は、小柄な鑑理よりふた回りほど大きい。母親似で目元の涼しい鑑広は、なかなかの偉丈夫であった。

「ご苦労。右近に任せれば、間違いがない」

軍事に秀でた一歳下の鑑広は吉弘勢の中核であった。

「府内で何があった？　こたびの出陣、かくも急ぐは何ゆえぞ？」

鑑理の顔の怪我《けが》と腫《は》れ上がった瞼《まぶた》を見れば、鑑広が不審に思うのも当然だった。

「そのことよ。右近、おりいって話がある」

筧城の奥にある一室で、鑑理から事の次第を聞いた鑑広は、憮然《ぶぜん》とした表情で念を押した。

「五郎様を当家の城にてお匿《かくま》い遊ばすと？　お諫めした結果が、その顔の怪我か？」

「さよう。されば、軍師殿の貴船《きふね》城から五郎様をお連れする大役は、お前に任せたいのじゃ」

国主の継嗣に廃嫡を告げて捕縛し、幽閉する難しい役回りであった。義鎮が身の危険を感じて逃亡し、あるいは絶望して自傷するおそれもあった。失敗は、絶対に許されない。

鑑広はしばし思案顔であったが、鑑理の顔をのぞき込むように凝視した。

「兄者、よもや勢場《せいば》ヶ原《はる》を忘れてはおるまいな。吉弘は角隈石宗《つのくませきそう》に対し、浅からぬ宿怨がある」

「過去はどうあれ今、石宗殿は大友の軍師ぞ。その話はせぬ約束じゃ」

「俺の懸念は、彼奴《きゃつ》の肚の内よ。あれほどの策士じゃ。裏で何を企んでおるか知れぬぞ」

「軍師殿は主命によりこたびの献策をし、御館様が用いられた。大友に仕えて以来、石宗殿に異心はない」

鑑理と鑑広は一心同体、政務、軍事を問わず幾多の修羅場をともにしてきた間柄であった。主命に服従すべきも、鑑広は知っている。時もなかった。

鑑広は苦渋に満ちた顔で不承不承うなずいた。

「重いお役目じゃ。しくじれば、当家の命取りとなろうな」

「ゆえに、お前に頼むほかないのじゃ。筧の留守居は左京亮に任せたい。わしは今日、府内に兵を入れる。お前は一日遅れで大田《おおた》から別府に向かえ」

鑑広が左京亮との談合のため足早に辞去すると、鑑理は次に静《しずか》の部屋を訪れた。

「こたびの急なお召し、父上が何か仰っていましたか？」

聡い静は鑑理の苦衷《くちゅう》を察してか、心配そうな顔で尋ねた。隣に嫡男の賀兵衛《かへえ》鎮信《しげのぶ》もいる。

義鑑の亡き正室、すなわち静と義鎮の母は、中国の覇者大内義興《おおうちよしおき》の娘であった。大内は、大友や吉弘と違って美男美女の家系らしく、静と義鎮には大内の血筋がよく出ているようだった。あいにくと鎮信は、鑑理に瓜ふたつのようだが。

鑑理は静と鎮信に優しく嘘をついた。

「戸次殿《べっき》にも疲れが出ておる。肥前《ひぜん》で、わしに汗をかけとの仰せよ」

「お戻りはいつごろになりましょうか」

「はて、わからぬな」

鑑理は腕組みをしながら、正直に答えた。

すべて義鑑の思惑どおり事が運んだとして、塩市丸《しおいちまる》擁立に反対する家臣がどれだけ出るか。さしあたって府内近郊に駐留する吉弘勢と田原《たわら》勢が叛乱を抑え、討伐する役回りであった。

義鎮がすでに世にないと知れば、ある程度の叛乱は抑止できよう。だが、次子晴英《はるふさ》を担ぐ者が出るやも知れぬ。肥前に隠在して肥後奪還を狙うと伝わる義鑑の実弟菊池《きくち》義武《よしたけ》も波乱の要因たりえた。

最後に身重の静が後ろ鉢巻を整えてくれると、鑑理は立ちあがった。

鑑理は戦場で不思議と怪我ひとつした覚えがないが、武運に恵まれるのは静が着せてくれる緋《ひ》おどしの鎧のおかげだと信じている。鑑理に側室はないが、持とうと考えたこともなかった。静を過ぎたる妻と思っていた。

静の隣には鎮信が端座している。十三歳にして、すでに将たる風格があった。

「賀兵衛の初陣にと考えておったが、慌《あわただ》しい出陣となった。紹兵衛《しょうべえ》の見立てでは、お前の星の回座が悪いようじゃ。急《せ》くでもあるまい、こたびは見送ろう」

主命とはいえ、偏諱《へんき》を受けた元後嗣を滅ぼす戦は、わが子の初陣にふさわしくないと考えた。

「承知仕りました。父上のご武運をお祈りいたしております る」

呆気《あっけ》ないほど簡単な承諾は、むしろ安堵を含むようにさえ聞こえた。学問好きの鎮信は、血気に逸《はや》る男児ではない。むしろ己は戦に向かぬとの自覚があるらしかった。吉弘家当主となれば、鑑理がそうであったように、いずれ望まぬ戦に赴かねばなるまいが。

鑑理は幼子らの寝室に赴いた。子らを起こそうとする侍女を手で制した。鑑理は眠りこけている幼い長女菊《きく》（後の大友ジュスタ）と、次男孫七郎の無垢《むく》な寝顔をしばし眺め、微笑んだ。これから府内に動乱が起こる。鑑理が起こすのだ。

鑑理は幼子ふたりの柔らかい頬を優しく撫でると、覚悟を決めて立ちあがった。近ごろあまり寝ていないが、不思議と眠気は感じなかった。

主だった家臣らだけで手早く軍評定《いくさひょうじょう》を済ませると、鑑理は陣触れを出した。

「おそれながら、紹兵衛殿は幾度も主を代えた御仁とか。かかる大事におそばに置かれるは、危のうございませぬか」

櫓門《やぐら》へ向かう途中、若い家臣田辺又十郎義親《たなべまたじゅうろうよしちか》がこっそりしてきた耳打ちを、鑑理は笑い飛ばした。

「大事なればこそ、紹兵衛の力が必要なのじゃ」

鐙《あぶみ》を履《ふ》み馬に跨《また》がる。浮かぬ顔で城門まで駒を進めてきた鑑広に、念を押した。

「よいな、右近。五郎様にはとくとご説明し、当家が必ずお命をお守りすると申し上げよ」

馬上の鑑理が城門でふり返ると、静、鎮信の脇で、目を覚ました菊と孫七郎の姿が見えた。鑑理が右手を高く掲げると、菊と孫七郎がもみじ手を振った。

三、貴船城《きふね》

都甲荘《とごうのしょう》から馬でゆっくり駆けて一刻《とき》あまり、国東《くにさき》半島の南の付け根あたりに、大田荘《おおたのしょう》はあった。都甲と同じく、詰城の鉄輪《かね》ヶ城が建つ小山の麓《ふもと》に、小ぶりな居館がある。

吉弘右近鑑広《あきひろ》は館の前に着くと、弾むように跳躍して馬から降りた。駆け寄ってきた幼い嫡子五郎太（後の吉弘統清《むねきよ》）を左手で高く抱き上げる。次に、迎えに出た正室楓《かえで》の小柄な身体をも右手で抱きかかえた。

「殿、お止《や》めくださいまし。皆が見ておりまする」

数日離れていただけで、鑑広は楓が愛おしくなった。かつて鑑広は強く望んで楓を室とした。乱世に生き、明日をも知れぬ身なら、遠慮は無用、愛し抜いてやると割り切っていた。

「いいかげんに馴れぬか。皆も見飽いておるわ」

あきらめたらしい楓が、鑑広の逞《たくま》しい首にすがりついてきた。楓の実弟に当たる家臣丹生小次郎広俊《にゅうこじろうひろとし》が冷やかし混じりに肩を竦《すく》め、後に続く。

五郎太が童《わらべ》らしく元気に暴れてにぎやかな夕餉《ゆうげ》の後、楓が鑑広の前に手を突いた。

「こたびのご出陣、何やら格別のお話でもございましょうか。どうもお顔の色が冴《さ》えませぬが」

夫婦の契《ちぎ》りを交わして十有余年、口にせずとも互いの心は知れていた。鑑広は主君の嫡男略取の密命を帯びて大田に戻った。自然、心の揺れが所作に出ていたに違いなかった。

「いかにもさようじゃ。当家の命運が懸かっておるゆえ、小次郎、五郎太も心して聞くがよい」

鑑広は楓を妻とし家族を持ってから、内に秘め事を作らなかった。秘密は愛する楓との隔たりを生むと懸念した。事を進めるにあたって鑑広は、女ながら必ず楓とその二人の実弟、林左京亮《さきょうのすけ》、丹生小次郎を交えて談合した。鑑広の吉弘分家では、四人で大事が決せられてきたのである。

鑑広は咳払いをしてから、主君大友義鑑《よしあき》の密命と作戦の内容を伝えた。五郎太も肌で意を解したのか、童顔をいくぶんこわばらせている。

しばしの沈黙の後、小次郎が青褪《あおざ》めた表情で問うた。

「面妖《めんよう》な話にござるが、義鎮《よししげ》様がおとなしゅう従われぬ場合は、いかに？」

鑑広は道中、改めて思案してきた。が、結論は変わらなかった。

「兄者は五郎様を匿《かくま》えと言うが、幽閉など容易な話ではないぞ。考えてもみよ、吉弘は大友家最大の火種を内に抱えたまま、塩市丸《しおいちまる》様にお仕えせねばならぬ。万一、五郎様に逃げられれば、われらの落ち度となろう。五郎様がいつ塩市丸様打倒のため挙兵されるか知れぬ。同心する家臣も出よう。御館様ご存命の間はよいが、その後はどうじゃ？　五郎様が勝てば、われらはどうなる？　塩市丸様を担ぐなら、後顧の憂いを断っておくが賢明よ。石宗の献策も本来はそうであったという。この件は左京亮とも示し合わせた。されば、われらは必ず――」

鑑広はいっそう声を落とした。

「五郎義鎮様を、討つ」

「何と……抵抗されぬ場合も、でござるか？」

「五郎様は抗《あらが》われたのじゃ。兄者にも、さよう伝える」

楓が小首をかしげた。

「義兄《あに》上様はさぞかしお怒りになりましょうが」

「かまわぬ。結局は兄者のためよ。俺が泥を被ればよい」

「されど、角隈石宗《つのくませきそう》は稀代の策士。思いどおりに参りますでしょうか」

楓の懸念は鑑広も解していた。石宗の面前で、無抵抗の義鎮を弑逆《しいぎゃく》するわけにはゆくまい。護送中に逃亡、抵抗されたために殺害したとの筋書きもよい。が、吉弘家の将来にとっては、石宗の口を封じておいたほうが安全だった。変わり者の石宗はふだん貴船の小城を守る兵をろくに置いていないと聞く。

「死人に口なしと申すではないか。石宗を討てば、吉弘代々の復仇《ふっきゅう》も成る。これが、兄者の命を受け、俺と左京亮で捻り出した策よ」

楓も、乱世を生きてきた武家の姫だけに、肚は据わっている。

「火中の栗なれば、あえて拾わず、焼いてしまうのですね」

鑑広は短くうなずいた。義鎮廃嫡の主命を受けた以上、義鎮の生存は吉弘家の命運を揺るがしかねない。童にもわかる道理であった。鑑理《あきただ》のごとく馬鹿正直に義を守るだけで、乱世を生き残れはせぬ。今に始まった話ではない、吉弘家の今日の隆盛は、兄に代わって弟が手を汚してきたおかげだとの強い自負が、鑑広にはあった。

「燃えて灰になってしまえば、われらも火傷《やけど》をせずに済むゆえな」

「姉上も賛成なら、異議は唱えませぬ。後は仕損ぜぬようにするだけの話」

小次郎がほぞを固めたように深い息を吐くと、燭台の火がゆらりと揺れた。

†

翌日、大田荘を出て一刻足らず、陽《ひ》が翳《かげ》るたび川原から吹く寒風が兵らを竦み上がらせた。

街道を駆け戻る馬上の小次郎の姿を認めるや、鑑広は右手を挙げて軍勢を止めた。

「軍師殿より、貴船城にてお待ち申し上げておるとの由《よし》、承ってござる」

「ご苦労。されば、兵をいったんこの地にて休ませた後、貴船に急行する」

日出《ひじ》の港を過ぎ、すでに別府は近い。半刻もあれば、軍師角隅石宗が待つ目的の地に着く。

鑑広率いる吉弘勢は表向き、肥前戦線に向かう鑑理と合流すべく大田を発し、府内へ南下していた。が、その道中、突如進路を変えて貴船城を襲う。石宗とてよもや義鎮捕縛後に城ごと急襲されるとは思うまい。策士石宗の裏を掻《か》くやり方は小気味よかった。

緊張のためか、喉がひりついていた。鑑広の心が高ぶってならぬのは、国を揺るがす政略を実行する役回りのゆえか、それとも憎き角隈石宗を討てるためか。

喉に渇きはない。あるのは焦燥に似たつかえだけだった。鑑広は下馬して、川の水を勢いよく飲んだ。

「殿、覚えておられまするか？　昔このあたりで御館様にひどく叱られましたな」

鑑広も思い出して、はたと膝を叩《たた》いた。

「あのおりも左京亮の策が功を奏した。幸先が良いぞ。こたびも見事役目を果たして、御館様のお褒めにあずかろうぞ」

若くして父氏直《うじなお》を戦で失った鑑理、鑑広兄弟は力を合わせて政務、軍事に奔走してきた。優れた家臣団を率いて北九州に版図を広げてきた名君大友義鑑《よしあき》もある時、驕《おご》った。奢侈《しゃし》に走り濫費《らんぴ》、横暴が目に余るようになった。義鑑は重臣らの所領を訪って豪《ごう》奢《しゃ》な歓待を所望した。たとえば田北《たきた》、田原《たわら》らは新たに滞在用の居館を建てて主君を贅《ぜい》沢《たく》にもてなした。

義鑑の蕩尽《とうじん》は民の貧窮の上に成り立っている。心を痛め、決死の直諫《ちょっかん》をすべく府内に向かう鑑理を、鑑広は必死で止めて左京亮に諮った。皆で談合してひとつの策を立て、盛夏の都甲に義鑑を招いた。

「あの時はまこと肝を冷やしましたぞ」

派手な行列など作らず、吉弘家ではたった二人、鑑広と小次郎のみが義鑑一行を迎えに出た。本来なら百人を超える警固衆を引き連れて供奉《ぐぶ》すべきであったろう。貧弱な出迎えを無礼と詰《なじ》る義鑑に対し、鑑広は、

――他家はいざ知らず、当家所領は御館様のご仁徳をもって平和に治まって久しく、この先の道中、ご懸念には及びませぬ。われらは吉弘が誇る一騎当千の武者なれば、万一野伏《のぶせり》などが参りましても、即座に討ち払うて御覧に入れまする――

と嘯《うそぶ》いたものである。

迎えた都甲では、使い古した筧《かけい》の居館をそのまま用いた。不満顔の義鑑を天念寺《てんねんじ》に招き入れ、六郷満山《ろくごうまんざん》の修正鬼会《しゅじょうおにえ》を試楽《しがく》と称して特別に披露した。都甲の民は正月の祭

りを真夏にやる風変わりな趣向に熱狂した。義鑑は山海の珍味なぞでなく、民らともにできたての握り飯、もぎたての胡瓜《きゅうり》を食らい、濁酒《どぶろく》をのみ、吉弘家臣、民らと親しく交わった。

「あのおりの兄者の舞は傑作であったの」

小次郎が思い出し笑いをすると、鑑広も笑った。

あの時、鑑理《あきただ》は静《しずか》を伴って義鑑の前に平伏し、

——御館様のご仁政のおかげをもって都甲の民は富み、戦とならば皆、御館様のため一命を投げ打つ覚悟。今宵《こよい》は舞妓《ぶぎ》もおりませぬゆえ、某《それがし》が代わりに舞いまする。この三月《みつき》の間、欠かさず稽古をして参りました。お目汚しにはございまするが——

と、念仏踊りに似たきつね踊りを始めた。

度を超して下手くそな舞なのだが、鑑理の表情は真剣そのものであった。最初は堪えていた鑑広が吹き出すと、義鑑が続き、満座が笑いに包まれた。

義鑑は当時なお名君であった。質素ながら心の籠った都甲でのもてなしの意を解した義鑑は以後、豪奢を慎《つつし》んだ。しかし義鑑は今回、鑑理の諫言を聞き入れなかった。愛妾《あいしょう》への想いが義鑑を狂わせたのであろう。愛妻を持つ鑑広には、義鑑の気持ちを察しえぬでもないが。

いずれにせよ、鑑理が傅役《もりやく》を務める塩市丸の擁立に成功すれば、大友家中にあって吉弘家はさらに力を得る。悪い話ではなかった。

「小次郎、参るぞ。角隈石宗《つのくませきそう》を討つ」

鑑広はいくぶん胸をはずませて馬に跨った。

ほどなく幾筋もの湯煙がたなびく別府の村が視界に入った。貴船城は低い丘の上に築かれた小さな山城である。義鎮《よししげ》の身柄は貴船城で引き渡される約定であった。城に旗指物は並んでいるが、兵が少ないせいか、ひっそりとしていた。

鑑広は大友家が誇る軍師の築いたちっぽけな城を、蟻《あり》の這い出る隙間もなく包囲し終えた。

が、貴船城の様子見から急ぎ戻ってきた小次郎は、引き攣《つ》った表情で叫んだ。

「殿！　城は蛻《もぬけ》の殻《から》にて、人ひとり見当たりませぬ！」

豪胆で鳴る鑑広でさえ、肝が凍った。必死で思案した。いかなる手違いか。石宗が義鎮方に付いたと見るべきか。

「されど、お前はさっき石宗に会うたはず――」

言いかけて、鑑広は口をつぐんだ。小次郎は石宗の顔を知らぬ。贄え玉を使ったわけか。

「石宗め、謀《はか》りおったな。とんだ食わせ者よ。探せ。まだ近くにおるやも知れぬ」

鑑広は歯軋《はぎし》りしながら兵らに下知した。

義鎮が無事であるなら、大友は二分され、内戦に突入する。

鑑広らが必死で捻り出した策など、端《はな》から見抜かれていたに違いない。悔しいが、石宗のほうが数段上だった。

土壇場で約定を違《たが》えた石宗が何を企んでいるのか、鑑広には皆目、見当がつかなかった。石宗は義鎮《よししげ》を担いで謀叛を起こすつもりか。その場合、義鑑《よしあき》の命《めい》で動いている吉弘兄弟は反義鎮派と目されよう。だが石宗に勝算はあるのか。府内には義鑑の忠臣、吉弘鑑理《あきただ》がいる。

いや――。

鑑広の総身が鳥肌立った。府内に兵を入れているはずの田原宗亀《たわらそうき》の禿げ頭が思い浮かんだ。宗亀が義鎮方に寝返ればどうか。今や誰が敵で、誰が味方か知れたものではない。

鑑広は小次郎をふり返った。

「兄者が危ない。即刻、府内の兄者へ伝えよ。貴船には誰もおらなんだ、とな」

大友はこれより内戦に陥る。義鑑が健在であるかぎり、義鑑派が負けはすまい。だが、たとえば大友最強を誇る戸次鑑連《べっきあきつら》（後の立花道雪《たちばなどうせつ》）が義鎮方に与《くみ》した場合、勝敗は見えない。吉弘は勝ち馬に乗らねばならぬ。

鑑広は早くも別府の山の端に掛かろうとする、晩冬の陽光を眩《まぶ》しげに眺めた。

四、戸次川《へつぎがわ》

「下り藤の家紋、やはり斎藤勢と見受けられまする」

かたわらに立つ萩尾麟可《りんか》の言葉に、鑑理《あきただ》は床几《しょうぎ》に腰掛けたまま、腕を組んで対岸を見やった。

戸次川《へつぎがわ》から吹く川風が容赦なく鑑理の頬を突き刺すたび、凍え切った心が悲鳴を上げて打ち震えた。企てはこれまで、順調に進んでいたはずだった。

吉弘勢約四千は堂々と府内入りし、大分川を渡った東岸で軍勢を駐《と》めた。すでに田原勢が府内に入っており、鑑理は宗亀に府内の警護を任せると、さらに軍勢を南下させた。佐伯惟教《さえきこれのり》の栂牟礼《とがむれ》城を奇襲するためである。

鑑理は陣中の宗亀に会っただけで、大友館には立ち寄らなかった。無用の礼儀作法を嫌う義鑑に挨拶をしても、かえって不興を買う顚末は、長年仕えていれば百も承知であった。

ところが進軍の途中、戸次川の対岸には一隊の軍勢が待ち構えていた。斎藤長実《ながざね》の死を知った若き嫡子左馬助鎮実《しげざね》が、父の弔い合戦のために挙兵したのである。主君義鑑に対する明らかな謀叛であり、後先も考えぬ無謀な企てと言うほかなかった。

主の長実を突然に失った急ごしらえの斎藤勢は騎馬武者ばかりで兵も少なく、東岸にぱらぱらと現れたにすぎなかった。意気だけは軒昂《けんこう》な様子だが、まるで統率が取れていない。

鑑理は戸次鑑連《べっきあきつら》、斎藤長実や実弟鑑広《あきひろ》ほどの戦上手ではない。だが、戦のやり方も知らぬ血気盛んな若武者が率いる小勢を討つのは、一廉《ひとかど》の将なら至極容易であった。

「某《それがし》が一番槍の誉《ほま》れを賜りとう存ずる」

麟可は勝利を確信した顔で、功名を立てんと鑑理の前を辞した。麟可ならずとも、数に劣る斎藤勢をさんざんに蹴散らせよう。

「殿、そろそろお下知を」

紹兵衛《しょうべえ》の催促に、鑑理は両膝に手を置いて目を瞑《つむ》った。

斎藤勢の動きには意表を突かれたが、斎藤領は戸次川下流の丹生庄《にゅうのしょう》にあるから、長実を斬った時点で、鎮実の挙兵と進軍は想定しうる事態ではあった。

佐伯惟教の栂牟礼城は、戸次川を渡ったさらに南東にあり、渡河せねば城は攻められない。本来攻めるに難い城だが、寝耳に水の佐伯勢が兵馬を整えぬうちに急襲する手はずであった。

だが今、吉弘勢のゆくてには、佐伯攻めの侵攻路を塞ぐ一隊がある。斎藤勢を討ち破らぬかぎり、奇襲作戦の成功はない。復仇《ふっきゅう》に燃える斎藤勢が黙って吉弘勢の渡河を許すはずもなかった。斎藤勢を避けてさらに上流で渡河しようとしても、必ず戸次川を遡《さかのぼ》って吉弘勢を攻撃するに違いなかった。ならば正面から斎藤勢を撃破すべきであろう。

鑑理は長実が最期に目の片隅に浮かべた涙を思い起こした。

左馬助殿の命まで奪いはせぬ。ただ、蹴散らすだけぞ……。

そう、己に言い聞かせた。

——済まぬ、長実。大友のためじゃ、わしを赦せ。

鑑理は軍配を手にゆっくりと立ちあがった。

対岸の下り藤の家紋が川風に揺れている。

——どうした、左近。左馬助には名将の器《うつわ》がある。早う攻めんと、機を失うぞ。

長実の豪快な笑い声が聞こえ、満面笑みの髭面《ひげづら》が浮かんだ。

鑑理はやがて小さく頭《かぶり》を振り、もう一度床几に腰掛けた。

「殿、迷いは禁物でござる。早うお下知を」

紹兵衛は重ねて開戦を促したが、鑑理は腕を組み直して目を瞑った。

「今攻めれば、勝利に疑いなし。余勢を駆って栂牟礼城を落とし、府内に戻りまする。すでに右近様も別府で事を進めておられるはず。こたびの一件が知れ渡れば、御館様のご意志に背く者が現れましょう。いずれにせよ佐伯が背くは必定。事は寸刻を争いまする」

「わかっておる」

鑑理は目を開いて短く返事をしたが、対岸を見たまま再び口をつぐんだ。

長実が愛用していた羽団扇《はうちわ》の旗指物が風に揺れる様子が見えた。昔から戦場で見馴れた光景だった。長実の羽団扇が揺らいでいれば、勝てると思った。安堵した。だが今、その羽団扇は敵陣にあった。

鑑理は動かなかった。

痺れを切らした様子の紹兵衛が改めて進言してきた。

「殿、ただちに渡河せねば、いたずらに佐伯に時を与え、栂牟礼攻めに差し障りが出ますぞ」

敵と戦うのはよい。戦は好きでなく得意でもないが、慣れてはいた。しかし、なぜ味方と戦わねばならぬ。故郷の豊後を戦場にせねばならぬ。大友に命を捧げた親友の子を討たねばならぬ。

「戦わば……左馬助殿を助けられぬ。戦わずして、降らせたい」

斎藤鎮実が吉弘勢と戦って敗れたとしよう。義鑑の気性を考えれば、戦後処理において斎藤家は取潰され、鎮実が死を賜る結末は見えていた。

「殿のご心情はお察し申し上げまする。されど斎藤は今、敵でございまする。斎藤勢とて、あの長実様の軍勢。兵馬が整わば侮れませぬぞ」

「わかっておる！」

鑑理が叫ぶと、紹兵衛は落ち着いた声で諭した。

「今、佐伯を討っておかねば、府内は背後に大きな敵を抱える仕儀に至りましょう。某《それがし》は宗亀様がまことに味方か判じかねておりまする。万一の場合、われらは府内にも戻れず、挟撃されかねませぬ」

紹兵衛が説く理は解していた。が、鑑理の心を支配する義が、鑑理を押しとどめていた。やがて鑑理は小刻みに肩を震わせた。もう、涙を隠し切れなかった。

「長実は死に臨み、わしに斎藤家の明日を託した。わしは左馬助殿の父代わりになると約した。そのわしにな、紹兵衛。……長実の若い息子を、討てると思うてか？」

鑑理の涙声に紹兵衛はあきらめた様子で頭《かぶり》を振り、それ以上意見しなかった。

「夜襲に備えるよう、指図をいたしまする」

紹兵衛が辞した後、川風はいっそう冷たくなった気がした。

陽は空しく傾いていき、やがて山の端に沈んだ。

†

払暁《ふつぎょう》、帷幄で仮眠していた鑑理は、紹兵衛に呼ばれ、戸次川の対岸を見た。斎藤勢は足軽を中心に昨夕よりも明らかに数を増やしていた。二千近くにはなっていよう。長実が戦場で鍛え上げた将兵はそれだけで脅威であった。鑑理はすでに完勝の機を逸していた。

だが、斎藤勢は担ぐべき主君義鎮を失う手はずになっていた。鎮実《しげざね》に直接会い、長実の死と遺志について包み隠さず説けば、戦わず降伏してくれまいか。

ところが、日の出とともに新たに馬の嘶《いなな》きが聞こえ、対岸に新手の軍勢が集結し始めた。

鑑理は目を疑った。が、たしかに三つ巴の紋が見ゆる。

佐伯惟教《さえきこれのり》の軍勢に違いなかった。その数二千余。斎藤勢と合わせれば約四千、吉弘勢と兵数において互角となった。

「事は、始める前から漏れていたに相違ありませぬ」

鑑理が驚いて紹兵衛を見たとき、弟鑑広から遣わされた丹生《にゅう》小次郎が慌《あわただ》しく姿を見せた。

鑑広主従なら、首尾よく義鎮《よししげ》を捕縛したであろう。若い次子の晴英《はるふさ》も義鑑《よしあき》が身柄を押さえているはずだ。既成事実さえ作ってしまえば、不承不承ではあっても多くの家臣が義鑑の命に従い、塩市丸《しおいちまる》を主君と仰ぐ道を選ぶに違いない。

「右近は無事に五郎様を都甲にお迎え申し上げたであろうな？」

鑑理の問いに、小次郎は取り乱したように首を何度も左右に振った。

「それが……貴船城は蛻《もぬけ》の殻《から》にて、義鎮様も軍師殿も別府にはおられませなんだ……」

鑑理は啞然としてかたわらを見たが、紹兵衛は表情を変えなかった。

「御館様とわれらは、嵌《は》められたのやも知れませぬ」

義鑑に不満を持つ家臣は少なくない。不興を買って滅ぼされる前に、義鑑に比べて胆力もなく御《ぎょ》し易い義鎮を担いで生き延びたいと願う有力家臣は、五指に余った。眼前の佐伯惟教しかり、あるいは背後の田原宗亀《たわらそうき》さえ、そうかも知れなかった。

何も言えずにいる鑑理に代わり、紹兵衛が小次郎に早口で告げた。

「右近様には急ぎ兵を返され、都甲と大田の守りを固められたし、と伝えられよ」

小次郎が去った後も、鑑理は戸次川の対岸をただ茫然と見つめていた。

塩市丸擁立の最大の障害である義鎮の捕縛に失敗した。

石宗の策謀か、あるいは謀《はかりごと》に気づいた義鎮が石宗を討ったのか。いずれにせよ、父義鑑に命を狙われて逃亡した義鎮は、生き延びるために、挙兵を強いられよう。対岸の佐伯勢が動けば、すぐにも戸次川で戦の最初の火蓋《ひぶた》が切られ、大友家は塩市丸派と義鎮派に二分して内戦を繰り広げる羽目に陥る。

田原、戸次《べつき》、田北《たきた》、臼杵《うすき》、吉岡、小原《おばら》、高橋ら有力家臣がいずれに味方するか。誰がどちらに付いても決着は簡単につきそうもない。外敵大内《おおうち》の干渉も予想された。いや、義鎮はすでに伯父の大内義隆《よしたか》と結んでいて、眼前の展開は大内の策謀の結果なのか。鑑理には見当もつかぬ。だが、いずれにせよ鑑理と長実が恐れ、何としても避けたいと願った最悪の事態が、大友家に訪れようとしていた。

鑑理は覚えず天を仰いだ。

――長実よ、わしはどうすればよい？　力を貸してくれい。

暁天《ぎょうてん》は黙したまま狂おしいほどに澄み渡って、紺色の空の下、橙《だいだい》と白に輝く光の帯を東方に現し始めていた。

「殿。さしあたって府内を押さえている宗亀様の動きが鍵となりましょう。この戸次川の一戦は初戦なれば、必ず勝たねばなりませぬ。されば、援軍を寄越されるよう、宗亀様に使者を走らせるが得策と心得まする」

反義鑑派として旗幟《きし》を鮮明にしている斎藤、佐伯勢が義鎮を担ぐのは自明だった。他の家臣らが動く前に叩いておかねばならぬ敵である。初戦の帰趨《きすう》が今後の内戦のゆくえを決定づけよう。この勝利は塩市丸派を勇気づけ、逡巡する家臣らを塩市丸派へ導く契機となる。先を読めぬ宗亀でもあるまい。

鑑理はうなずいた。やはり斎藤は討たねばならぬ。互角の兵力で戦って鎮実を打ち破るなら、泉下の長実も納得するであろう。

「されど、宗亀殿は喰えぬ御仁じゃ。紹兵衛、そなたが行って説いてはくれぬか」

紹兵衛が言下に承知し、鑑理の下を辞去しようとしたとき、大友館から早馬が慌しく到着した。義鎮捕縛の失敗につき難詰されるなりゆきは覚悟の上だが、非は鑑理よりもむしろ、約を違えた石宗にあろう。

しかし、使者は驚天動地の凶報を鑑理にもたらした。

「御館様におかれましては一昨夜、大友館にて津久見美作守《つくみみまさかのかみ》、田口蔵人佐《たぐちくらんどのすけ》に襲われ――」

四人衆の津久見、田口は義鑑《よしあき》子飼いの近習だった。二人が主君を襲うなど信じられなかった。

「御館様はご無事か！」

鑑理はあまりの凶事に、叫ぶように使者に問うた。

「さいわい一命は取り止められました。手はず通り進めよ、とのご命にて」

鑑理は安堵に胸を撫で下ろした。が、即座に使者に詰問《きつもん》した。

「なぜ一日も遅れてわしに使いが来た？　なぜすぐに寄越されなんだ？」

使者によれば、義鑑は重傷を負って意識がなかったらしい。隠密裏に事を進めていたため、鑑理の動きを知る者がなかったという。

だが、府内にあった宗亀は知っていたのではないか。鑑理の心中に疑心暗鬼が擡《もた》げてきた。

「下手人らはその場で討ち果たされましてございまする」

「ご苦労。御館様にくれぐれもお大事にされるよう、お伝え申せ」

片膝を突いたまま去ろうとせぬ使者に、鑑理が尋ねた。

「まだ何かあるのか?」

「御館様はご無事なれど、塩市丸様、奈津様はお命を落とされましてございまする」

鑑理は打ちのめされ、思わず天を仰いだ。空は凶報に不似合いなほどの好天だった。担ぐべき主を失ったのは鑑理のほうだった。必死で言葉を絞り出した。

「手はず通りとはいかなる意味ぞ? 塩市丸様もおられぬに、五郎様を討てと仰せか?」

「御館様は弔《とむら》い合戦をせよと仰せにございまする」

鑑理は使者に激しく詰め寄った。

「いったい吉弘は、何のために戦をするのじゃ?」

使者によれば、義鎮派の策謀によって塩市丸が殺害された以上、弔い合戦をせよとの一点張りであった。もしや義鑑は次子晴英《はるふさ》を後継者とする気なのか。肝心の五郎義鎮の行方《ゆくえ》も杳《よう》として知れぬ。

「殿。御館様は未だお心が定まらぬご様子。今は敵も味方もわかりませぬ。御館様のご回復まで、しばしここで守りを固めて様子を見るほかございますまい」

下手に動けば開戦につながりかねぬ。憔悴《しょうすい》しきった鑑理は、紹兵衛の具申に力なくうなずいた。

†

「本夕、御館様、大友館にてご逝去遊ばされましてございまする」

火ともし頃、早馬で到着した大友館からの使者の言上を聞くや、鑑理は涕泣《ていきゅう》した。府内のある西に向かって平伏すると、河原の石に額を打ち付けんばかりに慟哭《どうこく》した。

津久見らに襲われた後、いっとき小康状態にあった義鑑《よしあき》の容態《ようだい》は急変し、ついに帰らぬ人となった。入田親誠《にゅうたちかざね》は義鎮《よししげ》派の報復を恐れ、府内からすでに逃亡したという。

「お世継は、義鎮様と……」

当然の遺言であろうが、鑑理は完全に梯子《はしご》を外された形になった。吉弘勢は目的を失ったまま戸次《へつぎ》川西岸にあり、敵の只中に孤立しているとも言えた。

途方に暮れて、対岸にある佐伯、斎藤勢の篝火《かがりび》を見た。こうして立場が逆転してみると、鑑理は己がひどく無様に思えた。

大友館には、義鎮が田原宗亀《たわらそうき》とともに入ったという。鑑理は親友の長実を手に掛けてまで大友を守ろうとした。が、いつ何を過ったのか。

「かくなる上は、すぐにも義鎮様に対し、当家の恭順の意を示さねばなりませぬ。御館様のご逝去はまだ斎藤、佐伯勢に伝わっておりますまい。この夜陰に紛れ、速やかに兵を引きましょうぞ。大分川を渡り、高崎山《たかさきやま》の南、田《た》ノ浦《うら》に陣を敷きまする」

南北交通の要衝である田ノ浦に布陣すれば、敵味方の動きが摑めるだけでなく、仮に義鎮による追討を受けたとしても、都甲荘に逃れやすい。

想像もしなかった事態の急変に、鑑理は胸が鬱《ふさ》がってまともに声が出なかった。

義鎮の捕縛は空振りに終わっていた。だがさいわい鑑理は、佐伯勢を奇襲すべく軍勢を戸次川に進めただけで、まだ交戦していなかった。

――田原宗亀様よりのご使者、ご来着の由。

「わが主は、義鎮様へのお目通り前に、吉弘様とお話ししたき儀あり、と申しております る」

鑑理が面喰らったのは、府内で宗亀がさっそく義鎮を擁し、鑑理を含む重臣らに対して入田ら塩市丸派を討伐するための評定を招集した手際のよさであった。

目のくぼんだ痩せぎすの使者が帰ると、鑑理は両膝の上に手を置いて考え込んだ。

義鑑の命で府内にあり、塩市丸派の一翼を担っていたはずの宗亀は、驚くべき変わり身の早さを見せた。いや、あるいは……。

「宗亀殿が、御館様を裏切ったのか」

鑑理は義鎮廃嫡の一部を担当したにすぎず、石宗が考案し、義鑑が描こうとした策謀の全体を正確には知らなかった。石宗の策はどこで破綻《はたん》したのか。長実の義死か。

長実を慕っていた津久見ら残りの四人衆の暴発という偶発的事件によるのか。もしや最初から……。

「殿、その詮索よりも今はまず、この窮地を切り抜けねばなりませぬ」

「宗亀殿とは呉越同舟《ごえつどうしゅう》というわけか」

「御意。あらかじめ殿と示し合わせておくためにお話があったものにございましょう。某《それがし》がひと足先に赴き、府内の様子を探って参りまする」

鑑理はわずかにうなずいた。兵を田ノ浦に動かした後、宗亀のもとを訪う段取りになろう。これからの鑑理の一挙手一投足に、吉弘家の命運が懸かっていた。

五、先主の遺臣

鑑理《あきただ》は戸次川《へつぎ》西岸からしずしずと手勢を引いた。大分川を渡河し、田ノ浦に陣を敷き直したが、そのころには明らかに兵が少し減っていた。

鑑理は義鑑《よしあき》の逝去を聞いて以来、ずっと上の空だった。鑑理を現実に引き戻すような田辺義親《たなべよしちか》の若い声が聞こえた。

「麟可《りんか》殿の姿が見当たりませぬ」

鑑理が勝ち馬に乗り損ねた失策は明らかだった。乱世なれば、滅びゆく主家を家臣が見限るなりゆきは当然とも言えた。萩尾《はぎお》麟可は優れた武芸者だったが、長年仕えてきた理由は、鑑理が主君に重用される家臣であったからにすぎない。鑑理は今、これまで義鑑のもとで築いてきた地位を一時にして失おうとしていた。麟可にとって、鑑理のもとに留まる理由など、別段ありはしなかったのだろう。

床几に腰掛けたまま、うつむきかげんで物言わぬ鑑理に、義親が不安げに続けた。

「紹兵衛《しょうべえ》殿も、このまま戻らぬのではありませぬか」

鑑理は黙って頭《かぶり》を振った。

紹兵衛との間にはなぜか、互いを無条件に信じ合う、目には見えぬ絆がある気がした。その絆は、天の配剤により引き裂かれるとしても、当人たちの意志で断ち切られるとは思えなかった。義親が何やら反駁《はんばく》しようとした時、帷幄の外に馬の嘶《いなな》きが聞こえた。

「殿、お急ぎくだされ。正念場にござる」

紹兵衛の促しに、鑑理は黙ってうなずいた。

戻ってきた鑑理が紹兵衛とともに宗亀《そうき》の田原《たわら》屋敷に到着した時分には、肌寒い夜がますます深まっていた。

「おお、左近殿。こたびはお互い、まことに災難であったな」

冬も終わろうとしているが、身を切るような寒夜だった。それでも、肥満体で汗かきの宗亀は、坊主頭の汗を額からてっぺんまで、手ぬぐいで拭き上げた。

「御館様のご逝去、返す返すも無念でござる」

鑑理が涙ながらに言うと、ふだんはふてぶてしい宗亀も、演技か知れぬが団子鼻をひくつかせて悲しげな顔をし、鑑理の心の中をのぞき込むように大きな目を見開いた。

「まったくじゃ。下手人どもはその場で討ち果たされておるゆえ、今となっては事の真相も詳《つまびら》かでないがな」

田原宗亀は大友家の庶流、田原本家の惣領《そうりよう》である。吉弘家は田原家の庶流で、ともに国東《くにさき》半島の西に本領を持つ親族でもあるから、齢も近い二人は幼時から面識があった。鑑理は宗亀を、世渡り上手だが信の置けぬ先輩の同僚と見ていた。生き方のまるで違う二人は自然、疎遠だったが、義鑑政権下で重用された鑑理へのひがみも、宗亀にはあったろう。

「御館様のご尊顔を拝めぬものでござろうか」

義鑑の亡骸《なきがら》は大友館に安置されているらしい。

「お止めなされ。見ぬほうがよい。特に左近殿は、の」

義鑑は頭を斬られたという。主君であり義父でもあった義鑑は、何を思い残して死んだのか。鑑理は宗亀の前で我慢できずに啜《すす》り上げた。

宗亀は義鑑の死をともに悼《いた》み悲しむために鑑理を呼んだわけではなかったろう。だが、鑑理が涙を堪えられるようになるまで、宗亀は根気強く鑑理を慰めた。

「御館様はわしに何か、お言葉を残されませなんだか？」

義鎮《よししげ》とともに義鑑の死に目に会えた宗亀が、鑑理には羨ましくてならなかった。義鑑が最期に無二の忠臣、吉弘鑑理に少しでも想いを致してはくれなかったか。

宗亀は天井を見上げて思案していたが、やがて思い出したように膝を打った。

「そうじゃ。左近には五郎をくれぐれも頼むと伝えよ、と仰せであった」

最期に義鑑が鑑理の名を出してくれただけで、何もかも報われた気がした。

「さてと左近殿。こたびの一件じゃがな。義鎮様にはかく申し上げておる」

宗亀はまた手ぬぐいで坊主頭の汗を拭いた。変事出来《しゅったい》に際し、綱渡りが続く。その緊張による冷や汗か。

「亡き御館様のご乱心はすべて、佞臣入田親誠《にゅうたちかざね》が御館様を誑《たぶら》かしたせいじゃ。われらはしかたなく御館様に従うふりをした。されど、われらはあくまで義鎮様をお守りしながら、御館様をお諫めし、府内を無用の戦乱から守るために兵を動かしたのじゃ」

義鎮廃嫡《はいちゃく》に反対した経緯は事実であった。物は言いようだが、肝心の義鎮は何をどこまで知っているのか。

「義鎮様は、いつ府内に？」

「昨日、御館様の変事を知られてすぐ、軍師殿と駆けつけられた」

石宗《せきそう》は宗亀に義鎮を委ね、政権交代を成し終えると、悠々、別府の貴船城に帰ったという。石宗は変を知って翻意したのか、それとも……。

事もなげに答える宗亀を凝視してみたが、坊主頭はしきりに汗を拭うだけだ。本当に四人衆の暴発が真相なのか。宗亀が真相を何も知らぬのか、心中ではひそかにほくそ笑んでいるのか、鑑理には見抜けなかった。宗亀は鑑理などより数段上手の策士だった。

「義鎮様は軍師殿の話を聞かれての。われらに二心ないと承知くださっておる」

宗亀はすべての責めを先主義鑑と入田親誠に転嫁していた。宗亀は保身だけでなく、今回の変を足掛かりとしてさらなる高みに登ろうとしている様子だった。

宗亀は身ぶり手ぶりを交えて語るが、鑑理はもう宗亀の話を聞いていなかった。

義鎮廃嫡を目論んだ張本人は義鑑であった。宗亀も鑑理も、不本意ながら変事に巻き込まれただけだ。だが結局、企てが失敗に終わった真相は、依然として闇の中だった。宗亀の裏切りで事が露見し、義鑑の死と塩市丸《しおいちまる》派の敗北に繋がった可能性もある。

いずれにせよ今、先主の忠臣であった者も、先主に殺されかけた新しい主君のもとで生き延びる必要があった。名君ならば遺臣の苦衷《くちゅう》も察しようが、義鎮に対してはわかりやすく忠義を見せねばならなかった。

それでも鑑理の眼には、亡き義鑑を悪し様に貶《けな》して義鎮に取り入ろうとする宗亀の姿が醜く映った。ありていに言えば、宗亀のふるまいは義に反していた。

「左近殿。貴殿はちと馬鹿正直なところがある。されど今が肝心ぞ。あらぬ疑いをかけられでもしたら、身を滅ぼす元じゃでな。さればこたびの一件は、すべてわしに任せられい。よろしいな？」

気まずい沈黙を続ける鑑理に、宗亀は重ねて説いた。利で動く宗亀が、義によってしか動かぬ鑑理を動かそうとして、扱いに困っているようにも見えた。

宗亀は話の最後にもう一度、つるりと坊主頭の汗を手ぬぐいで拭いてから、念を押した。

「話はわしがするゆえ、左近殿は何も言わんでよい。ただ、隣に座っておればよいのじゃ。それで吉弘家、一族郎党の命が助かる。よろしいな？」

田原屋敷へ向かう道中、紹兵衛がおおよそ推測し、披瀝《ひれき》していたとおりの話だった。鑑理はゆっくりと頭を下げた。

むしろ鑑理は今、亡き主君の死を粛々《しゆくしゆく》と受け止め、君恩に想いを馳せながら心ゆくまで泣いていたかった。宗亀に任せて万事がうまく行くのなら、さしあたりそれでよかった。

鑑理は立ちあがると、遁走するごとくに部屋を出た。宗亀の屋敷にいるだけで義鑑への不義に当たる気がして、息が詰まりそうだった。

控えの間では、紹兵衛が一睡もせずに待っていた。精悍な表情を見ると気が楽になった。

紹兵衛を伴って屋敷を出る。鑑理はふと義鑑が天の星になっていまいかと夜空を見あげた。が、落ちてきそうな曇天《どんてん》には、星ひとつ輝いていなかった。

†

大友館二階の柱には、できて間もない刀傷がまだいくつも残っていた。

血に染まっていたであろう襖は早くも取り換えられ、義鑑《よしあき》を襲った惨劇「大友二階崩れ」の痕は、すぐには視認しえぬくらいだった。幕府からまだ正式な守護職補任《ぶにん》の沙汰はないが、義鎮《よししげ》が新国主となって初めての評定が開かれようとしていた。戸次《べっき》、臼杵《うすき》ら重臣の多くが不在のなか、義鑑政権下で疎《うと》んぜられていた家臣らが大挙して出席していた。

大友家では、上座に国主が座り、その御前に二列に向かい合って家臣が着座する。上座から見て、左列に大友本家と田原家など庶流の同紋衆が、右列に残りの同紋衆と他紋衆が、いずれも家格と長幼の序に従い、上座のほうから順に並ぶ慣わしとなっていた。

田原宗亀《たわらそうき》は堂々と左列筆頭家臣の位置を占め、その隣に鑑理《あきただ》を座らせた。己を新君主大友義鎮を救った最大の功労者と位置づける胸算用であろう。右列筆頭には本来、戸次鑑連《あきつら》、臼杵鑑速《あきすみ》らが並ぶべきだが、先に府内入りした佐伯惟教《さえきこれのり》を筆頭に他紋衆が並んでいた。若い斎藤鎮実《しげざね》の姿も、末席に見えた。

近習がお成りを告げ、義鎮が評定の間に入ると、居並ぶ家臣は新主に向かっていっせいに平伏した。

「大儀」とだけ甲高《かんだか》い声で応じながら着座した義鎮は、脇息《きょうそく》に身を預けると、促すように宗亀を見た。義鎮は神経質な面差《おもざ》しで、緊張のせいか指先が少し震えているようだった。義鎮は塩市丸の成長に従い評定に呼ばれなくなったが、それ以前も義鑑と不仲であったため、評定にはほとんど出ていなかった。自ら評定を開いた経験もむろんなかった。

宗亀は背筋を伸ばして諸将を見渡した。緊張を隠せぬ様子で額に汗が光《てか》った。

「こたび義鎮様が、新しき御館様となられた」

宗亀は咳払いをしてから、諸将らに事の顚末を重々しい口調で語り始めた。すべての責めを、亡き義鑑《よしあき》と佞臣入田親誠《にゅうたちかざね》に押しつけ、宗亀と鑑理を義鎮擁立の功臣と位置づけた。

「われらは結束して義鎮様をお支えする。されば、亡き御館様のお弔いを済ませて後、ただちに憎き入田親誠を討つ。方々、ご異存あるまいな」

宗亀がことさら重々しく念を押すと、まだ慣れぬ義鎮は小さくうなずき、落ち着かぬ様子で新しい家臣らを見渡した。

「おそれながら御館様にひとつ、お尋ねしたき儀がございまする」

末座から一人の若者が居住まいを正して名乗り出た。斎藤鎮実である。

「こたびわが父斎藤長実《ながざね》は、この大友館にて無惨な死を遂げております。されば何とぞ下手人をご成敗賜りたく、伏してお願い申し上げまする」

若々しく澄んだ声に、長実を失った怒り悲しみが込められている気がした。

義鎮が答えを求めるように宗亀を見やると、坊主頭は眉を顰《ひそ》めて咳払いをした。

「館の近習らによれば、長実殿は亡き御館様をお諫めしたため、土牢に閉じ込められたとか。長実殿は、義鎮様廃嫡を企む入田らを排除せんとして討たれた忠臣。聞けば、小佐井《こさい》殿も入田に討たれておる。されば、いずれ長実殿殺害も、入田の仕業に相違あるまい」

「お待ちくださりませ。わが家中の者は、亡き父の亡骸《なきがら》を吉弘家より受け取ったと申しておりまする。されば事の経緯《いきさつ》は左近様がようご存じのはず」

場にどよめきが走った。評定が始まって以来、固く黙したままの鑑理は、ずっと閉じていた目をゆっくりと開いた。義鎮が甲高い声で問うた。

「そうなのか、左近?」

義鎮にとっては、父義鑑の忠臣の最期に関心など欠片《かけら》もなかったのやも知れぬ。どこか投げやりな問いかただった。

鑑理が重い口を開こうとした時、宗亀がすかさず口を挟んだ。

「かねがね長実殿は、亡き御館様におもねる入田親誠を除かんと公言しておられた。されば親誠が先手を打ち――」

「宗亀様。御館様は左近様にご下問にございまするぞ」

佐伯は引き攣《つ》ったような笑いを殺しながら、宗亀を右手でさえぎって、鑑理に回答を促した。

諸将の視線がいっせいに鑑理に注がれた。

保身のため虚言を弄《ろう》するは、義でない。勇将斎藤長実が、入田のごとき佞臣に討たれたと史書に記されては、長実も浮かばれぬ。他方、たとえ事実ではあっても、他ならぬ鑑理が、たかだか保身のために、恩義ある主君義鑑を悪しざまに言うわけにはいかなかった。悲しいかな、鑑理はまだ義鎮の臣ではなく、亡き先主の遺臣だった。

「斎藤長実は、こたびの塩市丸様擁立の企てに強く反対いたしましたゆえ、この吉弘左近が討ち果たしたもの。されば長実殺害の責めはすべて、この左近めにございまする」

隣の宗亀が思わず顔を顰《しか》める様子が見えた。座のどよめきが鎮まると、したり顔の佐伯が含み笑いをしながら、重ねて尋ねてきた。

「されば、左近様はこたびの謀叛に加担されたわけでござるな？」

塩市丸擁立の時点では国主は義鑑《よしあき》であったから謀叛ではないはずだが、佐伯はあえて事の先後を混同させている。佐伯は義鑑に遺恨があった。佐伯にとって、義鑑が重用した家臣は義鑑と同様、憎むべき対象なのであろう。

宗亀がしかつめらしい顔で義鎮《よししげ》に言上した。

「亡き御館様は苛烈極まるお方にて、主命に背くなど、家臣にとってはまさに命がけ。吉弘殿と斎藤殿はかねて加判衆《かばんしゅう》としても昵懇《じっこん》の間柄なれば、吉弘殿とて――」

佐伯が宗亀の釈明をさえぎった。

「入田親誠のごとき者が、独りでこたびの大事を企てられようはずがありませぬ。先代こそが、おそれ多くも義鎮様を弑《しい》し奉らんと企て、斎藤長実ら忠臣を斬った張本人にほかなりませぬ。義鎮様のお命を奪おうとした謀叛人を鄭重に弔うなどもってのほかにございましょう」

鑑理は目を瞠《みは》って佐伯を見た。義鑑の葬儀さえ、せぬと言うのか。鑑理は宗亀の肉づきの良い横顔を食い入るように見た。鋭い視線を感じた宗亀はあわてて言上した。

「おそれながら亡き御館様は、今日の大友の繁栄を――」

佐伯は再び宗亀をさえぎり、かさにかかって弁じ始めた。

「かねてより、次の御館様は義鎮様と決まっており申した。先代がいかに塩市丸《しおいちまる》様をお世継にと言われても、義鎮様が生きてあられるかぎり、ここに集《つど》いし面々が黙っておりますまい。この佐伯惟教とてむろん、同じにござった」

鑑理は追従《ついしょう》笑いを浮かべる佐伯のなすび顔を黙って凝視した。

「されば、塩市丸様を担がんとした不忠者は、おそれ多くも義鎮様のお命を奪う以外に、目的を達しえなんだはず。仮に津久見らの暴挙なくば、おそれながら今ごろ義鎮様のお命はございませなんだぞ。亡き御館こそが謀叛の張本人である事実は、明々白々にござる」

宗亀は隣の鑑理を横目に見ながら、手ぬぐいで額の汗を拭った。

「されど、かしこくも豊後、筑後《ちくご》、肥後《ひご》の守護であられた方のお弔いもせぬでは——」

今度は義鎮が宗亀を手で制した。が、言葉はすぐになかった。何をどう言うべきか慎重に思案している様子だった。もともと塩市丸が生まれた時から、義鎮は義鑑によって露骨に疎んじられてきた。あげくは殺されかけたのだから、義鎮が父義鑑に対して憎しみをさえ抱いていても、不思議はなかった。

息苦しい緊張が不自然なほど続いた後、義鎮はうつむいたまま呟くように言った。

「父上は酷《むご》いお人であった。こたび、仏罰《ぶつばち》が当たったのやも知れぬな」

義鎮が評定で述べた最初の意見らしい意見に、佐伯は勢いづいた。

「先代にひどい仕打ちを受けられたは、義鎮様にとどまりませぬ。宗亀様とて、一度は追放された御身。左近様はともかく、ここにおられる方々の多くも同じにございましょう」

ざわめきが起こり、義鑑に疎んぜられていた他紋衆らは、口々に佐伯の言葉に賛意を示し始めた。宗亀は義鎮の様子を見て、やがて投げ出したように消え入りそうな声で呟いた。

「……御館様の、ご随意に」

宗亀にとって、死んだ義鑑は先主にすぎぬ。もはや何の権力も持たぬ過去であった。命がけで守る必要などないのであろう。

ならば誰かが、先主の誇りを守らねばならぬ。

鑑理は宗亀の隣で背筋を正すと、義鎮に向かって手を突いた。

「おそれながら、亡き御館様を萬寿寺《まんじゅじ》にて鄭重にお弔いするは、御子として、また国主として、当然至極の義にございまする」

大友館のすぐ南にある萬寿寺は、第五代貞親《さだちか》以来、大友家の菩提寺とされてきた。治世の最後こそ乱れたが、大友家の繁栄を築いた第二十代義鑑の死に際し、大友家当主としての埋葬さえせぬという不作為は、義鑑に対しあまりに不遜な仕打ちではないか。

「されど、左近。父上は余を殺めようとしたのじゃぞ」

涙を浮かべた義鎮が恨めしげに見ていた。鑑理はかしこまって平伏した。

「こたびの儀、御館様をお止めできませなんだは、ひとえにこの左近めの不徳。伏してお詫び申し上げまする。さりながら、御館様のお弔いもせぬでは、義が通りませぬ」

「左近。不義じゃと、申すのか……」

「不義にございまする。何とぞお願い申し上げまする」

鑑理は額を板の間に何度も擦《こす》りつけた。

気まずい空気のなか、義鎮は黙していたが、佐伯が沈黙を破った。

「そもそもこたびの謀叛の企ては、先代に加担する軍勢がなくば、決して成しえぬ悪事にござった。田原勢、吉弘勢がおりよく府内にあったは、偶然とも思えませぬな」

宗亀が手ぬぐいで坊主頭を拭きながら反駁《はんばく》した。

「われらは亡き御館様から、肥前出陣を命ぜられて府内におったもの。何ら不思議はない」

「左近様はいかに？　何ゆえ戸次《へつぎ》川に布陣された？　肥前とは方角が違い申そう」

何者かが義鑑の謀《はかりごと》を漏らしていたのであろう。佐伯は鑑理の動きをあらかじめ知って、兵を動かしたに違いなかった。鑑理はゆっくりと顔を上げ、黙したまま佐伯を見た。

今の大事は先主義鑑の葬儀ではないか。吉弘家が義鑑の命で塩市丸擁立のために動いた事実はさきほど認めたとおりだ。鑑理は佐伯のなすび顔をぶちのめしてやりたい気がした。が、佐伯は勝ち誇った笑みを浮かべていた。

「吉弘殿。わが手に新たに加わりし、萩尾麟可《りんか》なる武芸者をご存じありませぬかな？」

†

義鑑《よしあき》に呼ばれた日のように、府内には朝から風花《かざはな》がちらついて、融《と》け残りの根雪に再び積もり始めていた。あの日から悪夢のような数日間が過ぎ、事態は激変した。すでに義鑑は逝去し、義鎮《よししげ》が新たな国主となった。吉弘家のゆくすえも、見えない。

病臥《びょうが》していた鑑理《あきただ》は半身を起こしてみた。熟睡したおかげか高熱も下がり、具合はいくぶんましになっていた。が、心は鬱々《うつうつ》として楽しまず、再び褥《しとね》に横になって天井を見あげた。

残してきた家族や家臣らの身の上を考えれば、何としても踏みとどまらねばならぬ。が、主君を突然奪われた鑑理は、何もかもから逃げ出したい気持ちだった。

麟可の言葉によるのか、佐伯が都合よく変えたのか、評定で鑑理は、義鑑の手足となって率先して動き、忠臣斎藤長実《ながざね》を謀殺し、義鎮暗殺を企てた謀叛の張本人として非難された。

当初こそ鑑理擁護に回っていた宗亀も、己の保身に支障が出ると見たらしく、途中で鑑理を見捨てたようだった。鑑理はいかなる弁明もしなかった。すれば、先主義鑑を誹謗《ひぼう》する仕儀となる。

主命で鑑理が義鎮廃嫡に動いたのは事実だった。偽りを言えば、義に反する。折り悪《あ》しく鑑理は、風邪をこじらせ高熱を出した。病を理由にその後の評定には出ず、悶々《もんもん》として病床にあった。申し開きを放棄して評定に出ないという鑑理の選択は、謀叛の嫌疑をかけられた先主の遺臣としては、絶望的に不利な行為に違いなかった。

吉弘家名代として評定の末座にあったはずの紹兵衛《しょうべえ》が戻った。鑑理はすぐに病床から半身を起こして問うた。

「御館様のご葬儀の件、いかが相成った？」

「義鎮様のお気持ちを忖度《そんたく》し、萬寿寺にて葬儀は致しませぬ」

落胆して身を横たえた鑑理を見て、紹兵衛は続けた。

「されど、この一件は臼杵《うすき》様が引き取ると言われ、臼杵の到明寺《とうめいじ》にてお弔いをする由にございまする」

昨日、家中で重きをなす臼杵鑑速《あきすみ》が、肥前からひと足先に戻ったらしい。鑑速の言には、義鎮も佐伯らも従わざるをえなかったのであろう。鑑速らしい妙案ではあった。大友家の菩提寺《ぼだいじ》ではないが、義鑑自ら建立した到明寺への埋葬なら、義鑑も救われる気がした。

安堵の涙を流した鑑理を見て、紹兵衛は苦笑いした。通常なら、吉弘家の処遇を確かめてから主君の葬儀について尋ねたやも知れぬが、鑑理はそうしなかった。

「当家に対する処置はなお保留、討伐はさしあたり入田《にゅうた》のみにございまする」

佐伯惟教《さえきこれのり》の讒言《ざんげん》を受けた処断としては、吉弘討伐も十分にありうる話だった。

「五郎様は佐伯を信用されなんだのか？」

「わかりませぬが、佐伯も、鬼の一喝で黙り込みましてございまする」

評定の真っ最中に、肥前から戻った戸次鑑連《べっきあきつら》が府内入りし、大友館の広間に乱入してきたという。佐伯を押しのけて堂々と右列筆頭に座った鬼は、雷《かみなり》のごとき濁声《だみごえ》で評定の場を一変させたらしい。

「戸次殿は、何と言われた？」

「入田攻めの総大将はわしじゃ、と怒鳴られましてございまする」

紹兵衛の苦笑いに、鬼瓦の鑑連が大音声で雷を落とす姿を容易に想像できた。

「されど、亡き御館様に恨みを抱く者も多く、決して油断はなりませぬ」

佐伯惟教を筆頭に他紋衆は、前政権の中枢にあった鑑理ら同紋衆を快く思っていなかった。中でも斎藤鎮実《しげざね》は、佐伯に取り込まれ、鑑理を長実の仇と見ているらしい。今後いくらでも波乱はありえた。

「戸次勢の府内入りを聞き、入田は義父の阿蘇《あそ》大宮司を頼って落ち延びる準備を始めた、との噂もございまする」

大友最強と謳《うた》われた戸次勢の精強は、大友家臣なら誰でも知っていた。鑑連が府内に戻ったと聞いて、哀れ入田親誠《ちかざね》も震え上がったに違いない。

「されば、ただちに津賀牟礼《つがむれ》攻めが下知されましてござる。こたびの件の論功行賞は、その後となりましょう。殿におかれましてはお加減の優れぬご様子なれど――」

軍勢を府内に入れていた佐伯勢、斎藤勢はすでに入田親誠の居城、津賀牟礼城に向けて進発したらしい。紹兵衛は鑑理に、病を押して出陣し、追討軍に加わるよう強く進言した。

最終的に吉弘家がいかなる処断を受けるかは、まだわからない。が、今からでも勝ち馬に乗るべきだと訴えた。

紹兵衛が説き終わってしばしの後、鑑理は意を決して再び半身を起こした。

「戸次川の夜風のせいで、すっかり風邪をこじらせたようじゃ。わしは都甲で静養いたす」

紹兵衛は驚愕し、病床の鑑理に詰め寄った。

「兵を引くなどもってのほか。当家の命取りになりましょうぞ。殿が出陣なさらぬなら、某《それがし》が名代として追討軍の指揮を執りましょう」

「いや、わしは御館様の命《めい》に従って兵を動かした。入田とて同じじゃ。いまさら主命に従いし者を討って功名を立てるは、義でない」

鑑理は何度も小さく頭《かぶり》を振った。

大友諸将は功名を立てるは今と、こぞって入田討伐に群がろうとしている。義鎮政権下で行われる初めての論功行賞を考えれば、当然の行動であったろう。至近の将来を見越すならば、今、兵を動かさぬ者は愚かでしかなかった。

「今や殿は、義鎮様を討ち果たさんとした、謀叛人にされてございまする」

理を尽くして説く紹兵衛に対し、鑑理は首を横に振り続けた。

「形だけでも追討の兵を差し向けられませ。巧く動けば、当家の取潰しは免れましょう。撤兵だけはまかりなりませぬ。心なき者らの讒言で、新たな謀叛と見られかねませぬぞ」

「わしは府内を守るために兵を動かした。御館様の命は終わった。それだけじゃ」

「今の御館様は、義鎮《よししげ》様にござる！」

黙り込んだ鑑理に、紹兵衛は静かに進言した。

「されば殿、せめて田ノ浦から兵を動かさず、病に事寄せて、しばし様子を見られませ」

「兵を残せば、追討に加わったのと同じじゃ。やはり義ではない」

今度は紹兵衛が黙り込んだ。

ずっと続いた苦い沈黙を破ったのは鑑理だった。

「……済まんのう、紹兵衛。わしも損な性分じゃ」

鑑理が小さく笑うと、紹兵衛もつられて寂しげに笑った。

六、二人の軍師

吉弘勢は雪の残る府内《ふない》から都甲荘《とごうのしょう》に向けて、静かに兵を引いた。

途中、功名を立てんと、府内を経て津賀牟礼《つがむれ》城を目指す軍勢と幾度かすれ違った。

吉弘勢はおりからの悪天候のため、紹兵衛《しょうべえ》の進言に従い、石垣原《いしがきばる》を越えると別府の実《じつ》相寺《そうじ》で野営に入った。

「津賀牟礼攻めの一番槍は、麟可殿が立てたそうでございまする」

耳の早い田辺義親《たなべよしちか》が告げても、鑑理《あきただ》は何も言わなかった。麟可がさっそく手柄を立てたと聞いたところで腹も立たなかった。

焚火の炎を見つめながら呟いた。

「紹兵衛、そなたの言を容れておれば、かように追い詰められなんだであろうな」

今回の政変では、何度も難しい判断を迫られた。が、そのつど紹兵衛の進言とは違う道を選んできた気がした。紹兵衛は小さく首を横に振った。

「何人もこたびのごとき変事出来《しゅったい》まで、見通せは致しませぬ」

「そなたも、わしにはほとほと愛想を尽かしたであろう」

鑑理は己に呆れて小さく笑った。

「わしなぞもう、見捨ててもかまわぬぞ」

「いえ、殿ならば、追討軍に加わるとは仰るまいと思うておりました。いかに殿を説得するか考えておりましたが、かないませなんだ。殿の義には、いかなる利も通じませぬ」

焼けた木の弾ける音がすると、義親が無言で焚火《たきび》に新しい薪《まき》をくべた。

「されど、都甲の皆に、申しわけが立たぬのう……」

「これよりわれらが進むべき道を思案しており申した」

紹兵衛が剽悍な顔を鑑理に向けた。

「されば殿。都甲に戻っても、兵装を解いてはなりませぬ」

「さりとて紹兵衛。五郎様に刃は向けられぬぞ」

「殿のお心は承知しておりまする。義鎮《よししげ》様を快く思わぬ家臣もあり、大内《おおうち》もまた大友の混迷を望んでおりますれば、義鎮様にとっても当家と事を構えるは得策ではありますまい」

誕生間もない義鎮政権は一枚岩ではなかった。重臣の吉弘家が強力な軍備を維持しつつ恭順の意を示し続ければ、懐柔策に出る余地もあった。静《しずか》が実弟義鎮に懇願し、鑑理の盟友である臼杵《うすき》、高橋ら重臣にも取りなしを頼む。綱渡りだが、所領を削られるにせよ、取潰しを免れられないか、というのが紹兵衛の目算だった。

義親がくべた薪が再び弾けた時、貴船城からの使者が訪れた。角隈石宗《つのくませきそう》から、鑑理を饗応《きょうおう》したいとの申し出であった。

鑑理は今回の一件でも、石宗に対してまったく良い感情を持っていなかった。石宗ならば義鑑の死を防げたのではないか。文句のひとつも言ってやりたくなった。

鑑理は馬に飛び乗ると、寒さに悴《かじか》んだ手で手綱《たづな》を握った。

†

大友軍師、角隈石宗が差し出した瓶子《へいじ》は、小刻みに震えていた。寒さのせいではない。

「かように冷える日は、熱燗《あつかん》がたまらんのう」

鑑理は手渡された盃で酒を受けた。石宗の引き攣るような震えが瓶子に伝わって酒が零《こぼ》れた。鑑理の袖が濡れたが、石宗は気にも留めていない様子だった。

火鉢の上に差し出された石宗の手は、いくぶん震えが治まっている。

「貴船はよいぞ、左近殿。やつがれには守る者とてない。ただ、湯煙と瓶子さえあれば、それで大満足じゃ」

別府を一望するに格好の小城は隠居爺の庵にふさわしいと、石宗は自慢げに語った。貴船城の縄張りは、戦など想定せぬただの居館だった。石宗には別府に敵を侵入させぬ確固たる自信さえあるようだった。

「それにしても左近殿。追討令が出ておるに、都甲へ兵を引くとはいかなる料簡じゃ？　それを訊ねとうて、お呼び立てしたのじゃ」

鑑理が紹兵衛に語った理由をそのまま伝えると、石宗は何が面白いのか、愉快そうに笑った。

「やはりさようか。うす汚れた乱世に、左近殿のごとき御仁がおられるとは、清々《すがすが》しいのう」

誉め言葉には聞こえず、鑑理はまるでよい気がしなかった。

放っておけば、いつまでも続きそうな石宗の笑いをさえぎって、鑑理は単刀直入に尋ねた。

「こたびの一件は痛恨の極み。されど軍師殿の知略をもってすれば、御館様をお守りできたのではござらぬか？」

石宗は盃の酒をのみ干し、手酌で瓶子から己の盃に注《つ》いだ。

「万事は天の配剤ぞ。やつがれとて神ならぬただの人よ。人の心を読み切れぬ時もある。先君はわが策をすべて用いられたわけでもない。義鎮《よししげ》様の廃嫡はもともと無体な話だったのじゃ」

顔色ひとつ変えず飄々《ひょうひょう》と語る石宗が、鑑理には憎らしかった。

「軍師殿は先の先まで見通されるお方。どこで間違えられたのでござる？」

鑑理がいっさい酒を注ごうとしないため、石宗はまた手酌で己の盃に酒を注いだ。

両手が小刻みに震えるから酒は必ず零れるが、石宗が気にする様子はない。

「そうじゃな……。津久見、田口が長実殿《ながざね》をさほどに慕うておったとは思わなんだ。肥後攻めのおりに命を救われた話は知っておったが、仇討ちまでしようとはのう」

津久見らが腹心であったため、義鑑《よしあき》は警戒せず暗殺は成功した。実際に津久見らが討ち果たされたように、後先を考えぬ突発的な行動にも思えた。石宗の分析をただちに否定するわけにもいくまい。

そうすると、義鑑の命を奪うきっかけを作った者は、長実を斬った鑑理だとも言えなくはない。

鑑理は悔やみ切れず天を仰いだ。

欄間《らんま》に彫られた鴉天狗《からすてんぐ》の姿が揺らめいて見えた。

「左近殿。すべては過ぎ去りし話よ。遺された者は爾今《じこん》に向けて歩むほかはない」

石宗は塩市丸《しおいちまる》暗殺の報を聞くや、急遽《きゅうきょ》、計画を変更した。後継者たる義鎮を守り、宗亀《そうき》の護衛を得て府内に送り届けた。死のまぎわには義鑑も悔いて、後事を石宗に託したと言う。義鎮も、石宗を軍師として今後も重用すると約したらしい。いちおう話の筋は通っているように思えた。

よどみなく語る石宗に、邪意は感じられなかった。むしろ石宗は変事にあって、臨機応変に対処しえた己の才と運を無邪気に自慢しているようにさえ見えた。

石宗は瓶子を片手に、また酒を勧めた。鑑理は盃を干さぬまま、差し出す。

「これから大友は、いかが相成りましょうや？」

石宗はまた気持ちよさそうに大笑した。鑑理は依然として不愉快だった。

「まれに見る忠臣よのう。大友より吉弘の命運のほうが、やつがれにはよほど心配じゃわい」

「義を貫いて滅びるが乱世の宿命なら、吉弘はそれでも構いませぬ」

「滅びれば、何も残るまいぞ」

鑑理は石宗を正視し、迷いなく言ってのけた。

「たとえ滅びようとも、名をとどめられましょう。わが父は死をもって、某《それがし》にそう教えてくれ申した」

父の吉弘氏直《うじなお》は、主君義鑑を守って凄絶な戦死を遂げ、大友の歴史に名をとどめた。石宗は今度は声に出して笑わなかった。初めて見る石宗の微笑みには、不思議と愛嬌があった。

「左近殿にはかなわぬわ。利害打算で動かぬ者は、謀《はかりごと》もなかなか通じぬゆえ、始末に困る。左近殿、注いではくれぬか」

鑑理は、節くれ立った手指で突き出された瓶子を受け取った。差し出された盃に酒を注ぐ。石宗はさも美味そうに酒をのみ干した。

「大友には、亡き御館が遺されし富、広大な領地、何より優れた家臣団がある。戸次《べっき》鑑連《あきつら》、臼杵《うすき》鑑速《あきすみ》、吉岡宗歓《そうかん》、小原《おばら》鑑元《あきもと》、高橋鑑種《あきたね》ら、綺羅星《きらほし》のごとく有能な将がおり、若人《わこうど》も育っておる。後は、義鎮様が政《まつりごと》に口を出されねば、九州平定も夢ではない」

大友は今、中国の雄、大内《おおうち》と北九州を分け合っている。が、大友は薩摩まで南下して南九州を制する。その後、有能な家臣団とともに北上して大内と雌雄を決すれば、互角以上の戦いになろう。石宗がしゃがれ声で雄弁に描く九州統一の野望は、手に届く間近にある気がした。

だが鑑理は、その中に己の姿を描けなかった。

「左近殿、これから如何されるつもりじゃな？」

鑑理が紹兵衛の献策を明かすと、石宗はまた微笑んだ。

「紹兵衛の才は一国に匹敵する。それでよい。吉弘はただ都甲で守りを固められよ。今宵は左近殿のおかげで、美味い酒がのめた」

石宗は手酌でさらに酒を注ごうとしたが、瓶子の口からは残りの数滴が落ちただけだった。

「南も北も、これから荒れるぞ。うまく時流に乗れば、吉弘家の命脈は保てよう」

石宗は空の瓶子をごとりと置いた。わずかの酒をのみ干すと、また大笑した。

鑑理も盃に残った酒に口をつけてみた。白く濁った酒は苦く、少しも美味くなかった。

†

翌朝、鑑理《あきただ》は都甲《とごう》に向けて軍勢を返した。寒々とうらぶれた日出《ひじ》の港近くまで戻ると、紹兵衛の進言に従い、兵をいったん休ませた。ぶあつい凍雲《いてぐも》の下、海は荒れ、黒く濁っている。

山の向う、見えぬ都甲の方角に目をやると、ちらつく雪が鑑理の目に突き刺さるように入ってきた。ゆくての白い視界の先には、これから吉弘家が歩むであろう暗澹《あんたん》たる未来が隠れている気がした。それは、鑑理が己の意志で選んだ茨道だった。

鑑理はかたわらで雪を眺める紹兵衛に声を掛けた。

「ひどく降ってきおったな」

「この雪は積もりましょう。これで、すぐには都甲を攻められますまい」

「紹兵衛。都甲での暮らしには馴れたか？」

「はっ。鱸汁《すずきじる》も、鴨鍋《かもなべ》も美味しゅうございまする」

都甲荘から周防灘《すおうなだ》までは二里半ほどである。海の幸も、山の幸も同時に楽しめた。

武骨な紹兵衛らしからぬ答えに、鑑理は軽く笑った。どこか心温まる思いがした。

「のう、紹兵衛。都甲に戻ったら、いっしょに鴨鍋でも食うか？」

「それは楽しみでございまする」

紹兵衛は屈託ない笑顔を鑑理に向けた。

「わしは戸次や小原、高橋のごとき戦上手でもない。吉岡のごとき懸河《けんが》の弁もない。角隈石宗、臼杵鑑速……大友には粒ぞろいの名将がおる。わしなぞとうてい及ばぬ。されぱこそ、わしには紹兵衛のごとき軍師が必要であった」

「殿には、何人も及ばぬご仁徳がおありでございまする」

「買い被りすぎじゃ。わしはしょせん蹇々匪躬《けんけんひきゅう》、御館様に忠義を尽くしてきただけの男よ。されど、その御館様ももうおられぬ。のう、紹兵衛。そなたほどの者がなぜわしを見限らぬ？　なぜわしなんぞとともに、山里で鴨鍋を食う？」

意外にも、紹兵衛は鑑理に問い返してきた。

「殿は何ゆえ某《それがし》を微塵《みじん》も疑われませぬ。何ゆえお信じなされまする？」

鑑理は特に思案するでもない、思ったままを答えた。

「わしは家臣を皆、信じておる。疑っておっては何もできぬゆえ。麟可のごとく見限る者もおろう。されど、それはわしの徳が足らなんだだけじゃ」

「殿は某の素性を何も問われず、お召し抱えくださりました。某が何者であるかお知りになれば、殿とてもはや、某をお信じにはなりますまい」

紹兵衛は降り続く雪の向うに、まるで消せぬ過去を見ているようだった。

「某はかつて主を殺めた男にございまする。世戸口紹兵衛《せとぐちしょうべえ》も、仮の名にすぎませぬ」

紹兵衛が理由もなく主君を弑逆するとは思えなかった。何か事情があったに違いない。話したくなくば、話さずともよい。

「……そうか。じゃが、それでもわしは世戸口紹兵衛を信じる。そなたがわしのもとを去らぬかぎり、そなたはわが家臣ゆえ。――紹兵衛」

鑑理は、柄に「抱き杏葉」の彫られた脇差を腰から外すと、紹兵衛の前に差し出した。

紹兵衛は静かに鑑理の前に出、片膝を突いた。

「亡き御館様より賜りし業物《わざもの》よ。わが友が腹に突っ立てた脇差でもある。そなたに授けたい」

紹兵衛は恐懼《きょうく》し、濃紺の鞘の脇差を恭しく両手で戴いた。

「この紹兵衛、やっとお仕えすべき主にお会いでき申した。変節常なき乱世で、己を顧みず、いかなる時も義を重んじられる殿に心底惚れましてございまする。許されるなら死する時まで、吉弘左近様のため、お仕えいたしとう存じまする」

義を説いたはずの萩尾麟可《りんか》は長年仕えた鑑理を見限った。逆境にあって、最後まで忠義を尽くそうとしているのは、鑑理に仕えてまだ半年の仮名《かめい》の武者だった。

鑑理は笑おうとしたができず、結局、泣きながら笑った。

「わしも、そなたに惚れたわ。されば紹兵衛。孫七郎の傅役《もりやく》を引き受けてはくれまいか」

吉弘家の未来は見えぬが、大友の名門である。紹兵衛は素浪人上がりの、それもかつて主殺し《しゅうごろ》をしたという流浪の将だった。その紹兵衛を、次子とはいえ名家の傅役に抜擢するのは異例と言えた。

鑑理は降り続く雪の中、最も信を置く忠臣が肩を震わせる姿を見た。紹兵衛の肩にそっと手を置くと、紹兵衛も泣きながら笑った。主従の上に、雪は容赦なく降り続いた。

紹兵衛の震える兜《かぶと》の吹返《ふきかえ》しにも、雪が積もり始めていた。

第二章　天まで届く倖せ

七、星野谷《ほしのだに》

――二階崩れの変を遡ること、約二十年前――

享禄《きょうろく》五年（一五三二年）二月。

筑後《ちくご》国の東に、伏せた赤貝のごとくに彫られた星野谷《ほしのだに》を、血腥《ちなまぐさ》い木枯らしが吹き抜ける。そのつど帷幄《いあく》の脇に立てられた抱《だ》き杏葉《ぎょうよう》の軍旗がはためき、気忙《きぜわ》しい音を立てた。

吉弘右近鑑広《あきひろ》は、鷹取山《たかとりやま》に聳《そび》える山城を見あげていた。兄の鑑理《あきただ》とともに、初陣である。

鑑広はかたわらに立つ萩尾《はぎお》麟可《りんか》を顧みた。

「南からの本城攻めも、ほとほと手を焼いておるそうじゃな」

筑後生葉《いくは》郡を領し、驍勇《ぎょうゆう》をもって知られた叛将星野親忠《ちかただ》が籠る山城は、耳納《みのう》山地の東、鷹取山に築かれた堅固な明見《みょうけん》城と、北に延びる稜線上の支城、生葉《いくは》城から成った。総大将の田北鑑生《たきたあきなり》を中心に、若き戸次鑑連《べっきあきつら》らが裾野の南から東に兵を展開している。吉弘勢は北の生葉城攻めを担当していた。

「星野親忠は豪勇にして、天嶮《てんけん》の要害を恃《たの》んでござれば、容易には落ちますまい」

麟可は若いが、吉弘家中一の武芸者であった。鑑広の父氏直《うじなお》の信も厚く、すでに幾多の戦場を駆けめぐってきた。この戦で麟可は、鑑理・鑑広兄弟の護衛の役回りであった。

「俺の初陣じゃと申すに、支城さえ落とせぬとはのう」

決して大きくはない山城を、冬の白霧が覆い隠し始めた。

生葉城を守る将は親忠の叔父、星野弾正少弼《だんじょうしょうひつ》実親《さねちか》であった。親忠が謀叛を決した際、実親は情勢の不利を説いて強く諫止《かんし》したという。氏直は実親の調略を試みた。大友に寝返れば、甥の親忠に代えて星野家を継がせ、生葉郡を与えると約した。が、実親の主家への忠誠は厚く、一蹴された。

やむなく氏直は生葉城の攻略に取りかかった。が、矢は雨のごとく降り注ぎ、落木、落石のため城壁に取りつくことさえできぬまま、吉弘勢は兵を引いた。

大友と星野の間に横たわる因縁の歴史は、浅くない。

約二十年前の永正《えいしょう》十年（一五一三年）、親忠の父星野重泰《しげやす》が大友に背いた。重泰の先代は、大友への屈辱的な服属を余儀なくされた際、「七代までも弓を引くまじ」との起請文《きしょうもん》を入れさせられていた。そのため重泰は一日のうちに七度の葬式を執り行ってから挙兵したと伝わる。重泰は明見城に籠り、大友軍を大いに翻弄した。攻めあぐねた大友は埋伏《まいふく》の毒を巧みに用いた。すなわち名将臼杵《うすき》親連《ちかつら》家臣に偽りの投降をさせ、入浴中の重泰を謀殺したのである。

父重泰の恨みを雪《すす》がんと、満を持して大友に反旗を翻した親忠はあらかじめ十分な備えをしていた。星野勢は一族郎党を引き連れて堅固な詰城に籠った。周到に準備された謀叛であり、兵糧、物資の蓄えもふんだんにあるようだった。

が、支城の生葉城を落として山頂に兵を展開できれば、本城の攻略は格段に容易となる。

「かようなありさまでは、いかに鑑連とて、やすやすと手柄を立てられまい」

この時代、大友軍に戸次鑑連なる勇将が現れた。鑑連は弱冠二十歳。鑑広より五つばかり年長なだけだが、戦場に出るたび抜群の戦功を挙げていた。

さして齢の変わらぬ若武者が手柄を立てていると聞き、鑑広は強い関心を持った。が、会ってみると、まったく好感を持てなかった。端的に言えば、容姿が気に喰わなかった。筋肉質だが小柄な体軀には不釣合いな、大きすぎる顔。ぎらりと光る、飛び出たような目玉しか印象に残っていない。

「戸次勢は近くわれらの生葉城攻めに加わり申す」

「何の手柄も立てておらぬゆえ、外されたのであろう」

麟可は無表情で頭《かぶり》を振った。

「さにあらず。戸次殿は明見城攻めを尚早と反対していたとか。生葉城の守りが固く、吉弘勢のみでは落とせぬと言い、本城攻めを離れたい旨、申し出た由」

「ふん。さすがに支城攻略の大事は解しておるか。では、戸次勢がすぐにも生葉城を落としてくれるのじゃな?」

「さて、いかがですかな。戸次がこれまで勝ち続けてきた理由は、勝てぬ戦を避けてきたため。こたびも、南から攻めたところで勝てぬと見て、まったく兵を動かさぬとか。なかなかにしたたかでござる」

麟可は鑑広の競争心を煽《あお》る肚《はら》やも知れぬ。が、麟可が鑑連を誉めるほど、鑑広は鑑連を嫌いになった。妬《ねた》みも手伝っていると自認しているから、よけいに腹が立つ。

「味方が苦戦しておると申すに、指をくわえて見物とは卑怯者よ。俺は好かぬ」

麟可は掠《かす》れた声で笑った。鑑広は麟可の笑いが蔑《さげす》みを含むように聞こえ、好きでない。

「若殿。乱世では、たとえ卑怯と蔑まれようと、生き残りし者、功を立てし者の勝ちでござる。生き延びたくば、肝に銘じておかれませ」

「兄者でもあるまいに、重々承知しておるわ。ときに麟可よ、俺にあの生葉城を落とす策があるのだ」

鑑広は霧の晴れ間に姿をかいま見せる山城を指差した。

†

天が啼《な》いている。夕暮れにはまだ早いが、太陽が大地を照らす役目を忘れたかのように、夜闇のごとき帳《とばり》が筑後の山間《やまあい》を覆っていた。

「今宵《こよい》はひどく荒れましょうなぁ」

鑑広の傅役《もりやく》田辺《たなべ》長親は白く長いあごひげをもそもそ扱《しご》きながら、鈍色《にび》の空を見あげた。長親は頭頂の禿げあがった小男だが、吉弘家に代々仕えてきた老将で、上下の者から敬愛されていた。鑑理《あきただ》・鑑広《あきひろ》兄弟も幼いころから「爺《じい》」と呼び、世話を焼かせてきた。凡将ではない。陪臣ながら、主君義鑑《よしあき》の父大友義長《よしなが》に賞され、偏諱《へんき》まで受けていた。

「爺。今宵、俺は生葉城に夜襲をしかけるぞ」

鑑広による唐突な宣言に、長親はあごひげにやっていた手を止めた。

「若殿。戦では古来、荒天の夜襲に備えるもの。危うござる」

「いや、われらがそう考えて攻めてこぬと、敵は油断しておろう。裏の裏を掻くのじゃ」

麟可がせせら笑うようにして乗らなかった夜襲策は、よく言えば豪胆、悪く言えば無謀な作戦であった。が、結果がすべてだ。

鑑広は布陣以来、鷹取山一帯の裾野や稜線を歩いて、生葉城の様子をつぶさに見てきた。本丸の北にある二ノ曲輪《くるわ》は城門から離れている。ふだんは城門を多くの星野兵が固めているが、雨天には二ノ曲輪に引っ込み、兵が少ない。夜間の荒天を衝《つ》き、屈強の兵五十余で西の稜線から城内に縄梯子で潜入すれば、悟られまい。城内の随所に火を放ちつつ内から門を開け、吉弘勢が雪崩《なだ》れ込めば、城は落ちよう。

「鑑連は齢十四にして大手柄を立てたではないか。奴ばかりに功を挙げさせはせぬ」

戸次鑑連《べっきあきつら》は病床の父に代わり、元服する暇《いとま》もなく出陣した。十四歳の八幡丸《はちまんまる》は、わずかの手勢で大内《おおうち》の大軍を撃破し、豊前馬ヶ嶽《うまがだけ》城を攻略、抜群の軍功を立てた。

鑑広の念頭には、大友家中で頭角を現しつつある鑑連の姿が常にあった。若き鑑連率いる戸次勢は今や大友軍の中核となりつつあった。本領の戸次庄を回復し、封土《ほうど》も各地に得ている。鷹取山の北麓に布陣し終えた鑑連も、鑑広と同じ策を立てるに違いない。先を越されるわけにはいかなかった。麟可を見返してやりたい気持ちも、鑑広を頑《かたく》なにした。

「されどわが殿は今、八竜《はちりゅう》神社で軍評定《いくさひょうじょう》の最中にござるぞ」

手練《てだ》れの守将星野実親《さねちか》を相手に苦戦すると見た氏直《うじなお》は、兵を動かさぬようになった。慎重居士《こじ》の氏直が、鑑広に出陣を許すとは思えぬ。ゆえに氏直不在の今こそが攻め時と考えた。

「戦線は膠着《こうちゃく》して久しい。炎上する生葉城をご覧に入れれば、父上は喜んで戻られ、全軍で攻め上られようぞ」

温厚な氏直は息子二人を褒めて育てた。氏直なら、奇策を用いて敵城を攻略したわが子を賞賛し、誇りとするに違いない。

が、長親は諭すように、白いあごひげをゆっくりと横に振った。

「若、なりませぬ」

「俺の初陣ぞ。吉弘に右近ありと世に知らしめ、戸次の鼻を明かしてやるのじゃ」

長親は泣き出しそうな顔で反対を続けたが、一人でも行くと言い張る鑑広の強請《きようせい》に、とうとう折れた。

――一刻の後、兵らの姿を覆い隠す夜霧の中、鑑広は作戦どおり長親とともに五十余名の兵らを率い、生葉城内に降り立った。

敵は気づいていない。勝てる。武者震いした。

鑑広は胸を張って小柄な傅役を顧みた。が、長親は悲しげな表情を浮かべていた。

「若、敵が備えておった様子にございまする」

弦音《つるおと》がした。とっさに身を竦《すく》めた鑑広の左腕に激痛が走った。鬨《とき》の声が上がった。

†

鷹取山の北斜面を見やると、畝《うね》状に並ぶ竪堀《たてぼり》に冬の冷雨が降りしきっている。

吉弘左近鑑理《あきただ》は帷幄にあって、先刻田辺長親の家来から届けられた書状をかたわらの萩尾麟可《りんか》に手渡した。

「右近はしくじったに相違ない。やむを得ぬ。出陣じゃ」

弟鑑広が独断で奇襲をしかけたという。折り悪しく父氏直は、星野攻めの本陣が敷かれた八竜神社にあり、不在だった。すでに使いは送ったが、戻りを待って鑑広《あきひろ》の救援に向かったのでは間に合うまい。初陣の身で迫られるには厳しい判断だが、ただちに決するほかなかった。

麟可が口もとに小さな笑みを浮かべたように見えた。

「殿が戻られるまで待たれませ、若殿」

「されど城を見よ。爺の言う火の手なぞ、どこにも上がっておらぬ。右近らは敵城内で取り囲まれておるはずじゃ」

荒天ゆえに十分な視界は得られない。が、鑑広の奇襲が成功しているなら、城は天を焦がさんばかりに、赤々と燃えていなければならなかった。

「勝手に兵を動かさば、殿がお怒りになりますぞ」

「右近や爺や兵らを救わねばならぬ。父上なら、ようやったとわしをお褒めになるはずじゃ」

「敵が右近様の奇襲を見越しておったなら、十分な備えをしておるはず。攻めても勝ち目はありませぬ」

「助け出したらすぐに兵を引く。今まさに死なんとする弟を兄が救うは、当然至極の義ぞ」

麟可は鑑理を細目で見ると、声を落とした。吹きすさぶ風のまにまに、麟可の声がとぎれとぎれに聞こえた。

「右近様は勇猛果敢な若武者。いずれ家中で大いに武名を挙げましょう。若にとっては右近様がおられぬほうがよろしいのではありませぬか？」

瞠目《どうもく》し、表情で問う鑑理に、麟可は続けた。

「乱世にあって兄弟は、血を分けしゆえにこそ、時として最も邪魔な敵にもなりまする」

鑑理は激しく頭《かぶり》を振った。生母を早くに亡くした事情もある。父氏直とともに、たった一人の弟鑑広は、鑑理にとってかけがえのない家族だった。幼いころから世話を焼いてくれた田辺長親への深い恩義もあった。

「吉弘には君臣、兄弟の義がある。麟可、責めはすべてわしが負うゆえ、陣触れを出せ。ただちに出陣じゃ」

「さすがは若殿。この麟可、感服仕りましてございまする」

鑑理は鑑広のごとく初陣を心待ちになどしていなかった。むしろ戦は嫌でたまらぬが、吉弘家の長子として心を隠し、殺してきた。

友軍の戸次《べつき》勢に合力を願う使者を送った。弓矢巧者の支援が得られれば百人力だが、鑑連《あきつら》は動くであろうか。

鑑理《あきただ》が暗澹たる気持ちで黒々とした山塊を見あげた時、強い通り風が陣幕をはためかせた。

†

鑑広《あきひろ》は板塀に背をもたせかけて座り込むと、天を見あげた。

荒天には星ひとつ瞬《またた》いていない。どうやら助かりそうになかった。

戦は鑑広が考えていたより、苛烈で過酷だった。ひとたび戦で大きな失敗をすれば、始まって間もない人生も一朝にして終わってしまうのだと、今ごろ骨身に染みた。幼時から数えきれぬほどの失態をしでかしてきたが、長親はただの一度も鑑広を責めなかった。最後も責めぬつもりらしい。

「済まぬ、爺。俺の過ちであった」

鑑広の手勢は、長親ほか数名にまで減っていた。皆、手負いである。二ノ曲輪の陰に身を潜めてはいるが、夜が明ければ、いずれ見つかるに違いなかった。

「若、あきらめてはなりませぬぞ。実は麓を出るにあたり、左近様宛てに、こたびの奇襲につき書状を残して参りました」

長親の話を聞いた鑑広は、絶望して吹き出した。

「兄者は優しいだけのお人じゃ。戦には向かぬ。俺たちを助けたいと思うても、父上の了もなく、勝手に兵を動かす勇気などあるまいて」

初陣の鑑理は、氏直の不在の間だけ兵を預かっているにすぎぬ。負けると知って攻め上るとは思えなかった。氏直が戻るまでは動けまい。救援など間に合うはずもなかった。

長親が大きく首を横に振った。ふだんなら白いあごひげが揺れるはずだが、この日は雨と血で、ひげが痩せた皺首《しわくび》にへばり付いていた。

「左近様は武芸こそ頼りのうございまするが、義に篤《あつ》きお方。目の前で危地に陥る弟君を決して見殺しにはされますまい」

身体が勝手に震えてくる。寒さのせいではなかった。

……これが、死の恐怖なのか。

「じゃとよいがな。初陣で死ぬるとは思わなんだわ。俺はつくづく愚か者じゃ」

長親が鑑広の身体を抱き締めてくれた。骨ばって痩せた身体だが、温かかった。

「若はいずれ、大友第一の勇将となられるお方。おいぼれの命はかような時にこそ用いるもの。この爺が若を死なせはいたしませせぬぞ」

鑑広の背丈が小柄な長親を追い抜いてしまってから、数年がすぎていた。長親の身体が急に縮んだように思えた。

「爺、もしも生きて戻れたら、俺を叱《しか》ってくれ」

——あれにおったぞ！

敵の足軽が鑑広たちを取り囲み始めた。逃げ道はない。

鑑広《あきひろ》が槍の柄を握り締めた時、城外で上がる鬨《とき》の声が聞こえた。

†

無情な雨が痛いほど強く、鑑理《あきただ》の頬を打っていた。内心の焦りとは裏腹に、生葉城の城門は頑として開かなかった。

「いま一度、しかけよ」

急ごしらえの竹束を仕寄《しよ》りにして、丸太を抱えた兵らが城門に向かっていっせいに突撃を繰り返す。が、門は小《こ》ゆるぎもしなかった。山上には転盾《まくりだて》や掻盾牛《かいだてうし》などの大掛かりな破城槌《はじようつい》を持ち上がれない。門前には攻城兵器を展開する十分な広さもなかった。犠牲を覚悟しながらの単純な開城方法しか、鑑理は思いつかなかった。

鑑理はいても立ってもいられず、陣頭に立って兵らを励ました。鑑広と違い、己に似合わぬ真似だと知ってはいた。が、鑑広は鑑理の弟だった。事は寸刻を争う。人任せでは悔いが残ろう。父氏直《うじなお》でさえ落とせなかった堅城での敗色濃厚な救出戦である。弟を救うためには、たとえ虚勢でも将の勇敢な姿を作り、兵らに見せてやる必要があると思った。

やがて、吉弘勢の必死の攻勢が功を奏したのか、城門がわずかに開き始めた。

「今じゃ、攻め入るぞ！　後に続け！」

鑑理の指揮に兵らは奮い立った。ようやくこじ開けた城門から、吉弘勢がなだれ込む。すぐに鑑理も城内へ突入した。

†

囲まれる前に、鑑広《あきひろ》らは打って出た。が、多勢に無勢、配下の兵らはことごとく討たれ、鑑広も長親も浅くない手傷を負った。鑑広は足を引きずって、城門を目指す。

「左近様じゃ！　助かりましたぞ！」

吉弘勢が城内に乱入してきた。安堵した。乱戦が始まろうとしている。

本丸の方角から、長槍を手にした屈強そうな男が手勢を率いて現れた。敵将、星野実親《さねちか》であろう。鑑広らの姿を認めた実親が、長槍の先で鑑広らを指すと、星野兵が向かってきた。

「おいぼれは、若人より先に死ぬるもの。爺は十分に生き申した」

鑑広はでくのぼうのごとく立ち尽くした。

「若、ここはしばし爺が食い止めまする。その間に逃げられませ」

恐怖と疲労で、鑑広の身体は動かなかった。

左頰に衝撃があった。長親に殴られたのは初めてだった。おそらくは最後でもあった。

「若、目を醒まされよ！　左近様の決死の討ち入り、無駄にされますな」

「……済まぬ、爺」

鑑広は歯を食いしばって、長親に背を向けた。痛む右足を引きずりながら、まだ〈生〉の残っている方角へ夢中で駆けた。途中ふり返ると、敵兵に槍を突き出す小柄な老将の後ろ姿が見えた。

やがて鑑広の逃ぐる先、抱き杏葉を押し立てて進む吉弘勢の先頭に、小柄な武者の姿があった。兄の鑑理だった。

鑑広は鑑理にすがりつきたかった。鑑理は寡黙で武芸も冴えず、見栄えも良くない。だが、本物の将とは、鑑理のごとき男をこそ言うのではないか。鑑広は初めて、鑑理を心の底から認めた。俺は立派な兄を持ったと思った。

鑑広を認めると、鑑理は満面の笑みを浮かべた。

「右近、よう生きておった。爺はどこか？」

「この先じゃ。頼む、兄者。爺を死なせんでくれ」

鑑理はうなずくと、ねぎらうように鑑広の肩を叩いた。

「お前は早う戻って手当てをせよ。後はわしに任せい。爺を助け出して、戻る」

駆け出す鑑理の後ろに、兵らが続いた。

城を出ると、鑑広の後ろで城門がぎいっと音を立て始めた。あわてて振り返る。敵の足軽どもが門を閉じようとしていた。

背筋が寒くなった。鑑理は城門をこじ開けたのではない。星野実親は敵勢を引き入れたのだ。もともと急いで出陣した吉弘勢は、長蛇の列で山を登らざるをえなかったはずだ。実親は軍勢がとぎれる数瞬を待っていたに違いなかった。まずい。鑑理隊は袋の鼠と化す。

命がけで己を救い出してくれた鑑理を助けたかった。が、鑑広の身体は竦《すく》んで動けなかった。〈死〉の待つあの戦場へ戻りたくなかった。手負いの己ひとりが戻ったところで、戦局に変わりはないと言いわけを探した。鑑理が死ねば吉弘家をわが物にできると、かすかな邪念を抱く己に呆然とした。

「左近様は敵に謀《はか》られましたな。覚悟の上で入られたのやも知れませぬが」

後続として、兵を率いて登ってきた萩尾麟可《りんか》の言葉に、鑑広はわれに返った。

城門が音を立てて閉じられた。横木の閂《かんぬき》をかすがいに通す無情な擦過音《さつかおん》がした。

「遅いぞ、麟可！　全軍で城門をこじ開けよ！　中にはまだ兄者と爺がおるんじや！」

麟可は兵らに命じたが、表情は変えぬまま、こぼした。

「星野弾正もさる者。あの門は戸次鑑連《べっきあきつら》でも開けられますまい」

城門は固く閉じた二枚貝のように、びくともしなかった。鑑広の失敗で長親と鑑理が命を落とそうとしている。

鑑広はぎりぎりと歯噛みした。

†

鑑理《あきただ》の目の前で、敵は引き潮のごとく城の奥へと退却を始めた。吉弘勢を深入りさせる敵の謀《はかりごと》と気づいた。

敵勢が去った後に、小柄な将が一人倒れていた。

「済まぬ、爺。間に合わなんだ」

駆け寄った鑑理は槍《やり》で串刺しにされた長親を助け起こした。虫の息の老将はわずかに片眼を開き、鑑理を見ると、笑みを浮かべた。

鑑理は長親に頬ずりしながら、何度も謝った。

「よき将となられましたな、若殿」

「爺には、よう遊んでもろうた」

「わしこそ、ご兄弟に遊んでもろうて、楽しゅうございましたぞ」

速やかに兵を返さねばならぬ。昔語りをしている暇などないと、頭では理解していた。だが鑑理は忠臣の最期のひと時、せめてそばにいて、ともに過ごしてやりたかった。強く抱き締めながら、死を看取《みと》ってやりたかった。

「若殿。又十郎を頼み入り、まする……」

田辺長親の子はすでに戦死しており、孫に当たる幼子（後の田辺義親《よしちか》）が田辺家の跡取りであった。

鑑理は事切れた忠臣の骸《むくろ》に向かって手を合わせた。形見に白いあごひげを切って懐に入れた。

「長居は無用じゃ。戻るぞ」

が、鑑理の向かう先、城門は固く閉ざされ、敵将らしき者の指揮する一隊が待ち構えていた。

「敵は袋の鼠ぞ、討ち取れい！」

鑑理を守るべく、その前に吉弘兵が次々と躍り出た。

†

鑑広《あきひろ》はわが目を疑った。

たった一人の小柄な将が手勢を率いて現れただけで、戦場の様子は一変した。

戸次鑑連《べっきあきつら》は陣頭に立ち、割鐘《われがね》のごとき大音声《だいおんじょう》で士卒を励ました。戸次兵らの動きは疾《はや》く、勁《つよ》い。吉弘勢が遺した丸太を抱えると、手慣れた木地師《きじし》が木を削るように滑らかな動きで、城門を壊し始めた。背後に控える弓兵隊の正確な一斉射撃が城兵を牽制し、味方を援護する。戸次勢はまるでそれ自体が一頭の巨獣であるかのように牙を剝《む》いて、獲物に襲いかかっていた。自然で無駄のない兵らの動きは、徹底した鍛練と、陣頭に立つ将に対する絶対の信頼が可能としているに違いない。鑑連の勝利を必死で願う己が情けなかった。

猛攻にもかかわらず固く閉ざされた城門が開く気配はない。それでも鑑連は陣頭で悠揚《ゆうよう》迫らぬ態度を保っていた。敵も二度、同じ手を使うわけではあるまい。鑑連はいかにして鑑理を救い出すつもりか。

鑑連が赤い柄の采配をひと振りすると、戸次勢はさっと左右に開いた。二基の小ぶりな行天橋《こうてんきょう》が現れ、瞬く間に城門近くへ移動した。長梯子が伸びる。兵らが次々と登り、城門を越えてゆく。

破城槌による開門は、敵味方の力と力の激突であり、時と兵力を消耗する。が、鑑連はこれを逆手に取ったのだ。鑑連はまず丸太による猛烈な破城に攻撃を集中させた。苛烈な攻防が展開されて頂点に達した時、数瞬の隙《すき》を突いて、林間に隠していた行天橋を投入し、難なく城門を乗り越えた。通常なら敵に攻撃の変化を悟られたろうが、鑑連は荒天を利用した。

やがて城内部に潜入した戸次兵により、城門が開かれた。敵は上方からの潜入をまったく想定せず、肩透かしを喰らった気分だろう。山上まで行天橋を運び、鮮やかに城門を開けて見せる手並み。押しに押してから、引き、捻り、押す。変幻自在の用兵は神憑《かみがか》りにさえ、見えた。

――これが、戸次の強さか……。

口惜《くや》しさもこの日は半分ほどで、鑑広は城内に突入してゆく鑑連の小柄な後ろ姿を、祈る思いで見つめていた。

†

昨夜の荒天が嘘であったように、山間の壺天《こてん》は晴れ渡っている。

鑑広《あきひろ》は歯を食いしばったまま氏直《うじなお》、鑑理《あきただ》に続いた。三人は終始無言で戸次鑑連《べっきあきつら》の陣へ向かっていた。

鑑連は鬼神のごとき強襲で、生葉城に雪崩れ込んだ。が、窮地の鑑理を救うと、微塵も未練を見せずに兵を引いた。

北麓の帷幄に戻った後、氏直と鑑理は鑑広に何も言わなかった。叱られ、殴られるほうが鑑広にとっては楽だったが、二人とも君臣家族に手を上げるような性格ではなかった。

鑑広は己が無様で惨めだった。鑑広の奇襲策は敗れ、重臣と兵を失い、己は命からがら北麓の陣に逃げ戻っただけだ。虫の好かぬ鑑連に借りさえこしらえた。だが、戸次家はもともと零落《れいらく》しており、若すぎる鑑連の取立ては、鑑連を認めてその後ろ盾となった宿将吉弘氏直の力あってこそだった。鑑連が吉弘家の恩に報いるのは当然だと鑑広は思った。

鑑連の帷幄は真紅の陣幕で囲われていた。居並ぶ戸次家臣は、向かい合う二列の陣床几に坐しており、その奥に鑑連が真紅の鉄扇を手にどっかと構えていた。

通されたとたん、鑑広は気圧《けお》されるような息苦しさを感じた。厳冬に張りつめた氷のごとき緊張と、勢いよく燃え盛る焰《ほのお》のごとき士気が共存しているような、不思議な場だった。

「吉弘殿、よう参られました」

氏直の姿を認めた鑑連は床几から立ちあがり、豪快に笑いながら、鑑広らを鄭重に迎え入れた。氏直と鑑理が鑑連に頭を下げて礼を述べると、鑑広も不承不承これに倣《なら》った。

鑑広は改めて鑑連の顔を間近で見た。

まれに見る奇貌《きぼう》である。顔からはみ出しそうな巨眼は吊り上がり、常に相手を睨みつけるがごとくである。猛々しさをいやが上にもかき立てる、分厚すぎる唇と大きな口は、開けば顔の半分にも及びそうで、毛羽立《けばだ》った口髭でも隠しきれぬ。眼、口に負けじと平べったく大きな鼻が顔の真ん中に鎮座している。これらの造作に比べれば、肩まで届きそうな大耳さえも目立たない。

貪欲なまでに戦功にこだわり、遠慮会釈《えしやく》なく相応の恩賞を求める若き鑑連の姿勢は、時に滑稽《こっけい》でさえあり、僻《ひが》みやっかみもあいまって諸将の反発を買ってもいた。堂々と功を独り占めする鑑連への朋輩《ほうばい》の評判はさんざんだが、家臣、領民らからは神のごとく慕われているらしい。

母親似の鑑広は美男に属するが、吉弘家の血筋は鰓《えら》が張りすぎ、むしろ醜男《ぶおとこ》と言っていい。氏直、鑑理の顔立ちは自慢できる代物ではないが、それでも鑑連の隣に立てば、十分に美男で通ったろう。

氏直が繰り返し鄭重に礼を言い、鑑連が当然のごとく賞賛を受け入れる間も、鑑広は黙って鑑連を睨みつけていた。が、鑑連は鑑広など眼中にないかのように、鯨《くじら》のごとき口を開けて笑っている。氏直が頭を下げるたび、鑑理も倣ったが、鑑広は最初しか頭を下げなかった。礼は一度すれば、十分だ。

可笑しくもないのに大笑いする鑑連の態度が、いちいち鑑広の癪《しゃく》に障った。

己が軍功に対する感謝と賞賛にようやく満足したのか、鑑連が大笑いを止《や》めた時、鑑広と初めて目が合った。

「右近よ。初陣はとかく血気に逸《はや》るものじゃ。されど、命を粗末にすまいぞ」

鑑連には睨みつける気などあるまい。が、その巨眼が発する眼光は、猛夏の陽射しのごとく鑑広を容赦なく威圧した。それでも、鑑広は負けじと睨み返した。

「死を恐れては、戦なぞできぬ」

「槍を振るうばかりが戦ではないぞ、右近。この戦に勝つために今、最も肝要な事は何か、心得ておるか」

少し年嵩《としかさ》なだけで、傲岸《ごうがん》な口ぶりの鑑連の態度に腹が煮えていた。

「目の前にある支城を落とすことだ。しかる後、南北から本城を攻めれば、城なぞ取れる」

「言うは易いがの。いっこうに城は落ちぬではないか」

可笑しくもないのにまた始まった鑑連の大笑を、鑑広はさえぎった。

「あきらめずに攻め続ければよい。落ちるまで、攻めあがるのみ」

長親の仇を討たねばならなかった。己が責めで死なせた以上、なおさらであった。敵将星野実親の首を上げねば、腹の虫が治まらなかった。

「また兵がずいぶん死にそうじゃのう。命をもそっと大切にせんか」

「無駄死にじゃと、申されるか？」

長親の死を犬死にしたくなかった。貴い死の向うにこそ、勝利があるのではないか。

「そうは言わぬ。が、攻城の役に立たぬ死に、いかほどの意味がある？」

「戸次勢があのまま攻め入っておれば、城を落とせたはずじゃ」

鑑連はさも愉快そうに大笑した。胸糞《むなくそ》が悪かった。鑑連の一挙手一投足が、薊《あざみ》の葉を握った時のように不快だった。

「うかうか深入りすれば、背後から明見城の軍勢まで出て、前後を挟撃されておった。即刻兵を返しておらねば、わしでも負けておったわ」

鑑連は奇策で城門を開けたはずだ。が、戦況は刻一刻と変わる。鑑連は戦の駆け引きのなかで、敵将の力量と作戦変更をさえ見抜いて、兵を引いたというのか。

「では、いかにすれば勝てると仰せか？」

鑑連は真紅の鉄扇をぴしゃりと閉じた。

「今は待つだけじゃ、右近。待つのも戦よ。待っておれば、この戦、勝てる」

「こたびは燃やせなんだが、生葉城に兵糧は山とござるぞ」

「兵糧攻めではない。星野谷を埋め尽くす大軍をもって、力攻めで落とすのよ」

「馬鹿な。御館様が援軍を寄越されるはずがあるまい」

「はるばる豊後から呼ぶ必要がどこにある？　戦をしておるのは大友だけではないぞ。この戦も後ろで大内《おおうち》が糸を引いておるが、友軍少弐《しように》家の龍造寺家兼《りゆうぞうじいえかね》殿はなかなかの戦上手。右近、大空を飛ぶ鷹のごとくに大局を見よ」

反駁《はんばく》しようとして、鑑広は気づいた。

攻城戦には、少なくも守勢に三倍する兵力が必要だと言われる。肥後の不穏な動向に備えて府内を動けぬ義鑑《よしあき》が援軍を派遣する予定はなく、今の軍勢で落とすしかない。が、筑後だけでも、蜂起した星野のほかに西牟田《にしむた》、溝口《みぞぐち》、三池《みいけ》、草野《くさの》ら国人衆がいた。表向きは大友、大内の二強いずれかに従うふりをして、様子見に兵を出しながらも、星野の謀叛に戸惑い、旗幟《きし》を鮮明にしていない者が少なくなかった。

鑑連はもともと義鑑に対し、星野谷へ神速の出陣を献言していたらしいが、それは功を焦ったためではなかったろう。明見、生葉両城の包囲を早期に完了して、国人衆のさらなる離反を防ぐとともに、大友への同心を促すためだったに違いない。

むろん大内方による調略の手も伸びている。国人衆が離反して、星野に同調すれば、侵攻中の大友軍は包囲攻撃を受けるおそれがあった。城取りどころではない。

この戦での最重要は、支城の生葉城攻略ではないのだ。筑後国人衆の合力さえ得られれば、星野谷に大軍が集結して戦は終わる。早期決戦にこだわる総大将田北鑑生《たきたあきなり》を諫めるため、鑑連は陣を移したのだった。

鑑広の無言を得心と解したのか、鑑連はまた豪快に笑った。

†

数月の後、死屍累々《ししるいるい》の生葉城内は、鑑広《あきひろ》が初めて目にする地獄絵だった。鑑広は傳役田辺長親の仇と思い、幾人を手に掛けたであろうか。

細長い矢狭間《やざま》から、遠く天を焦がして炎上する明見城の天守を見あげた。戸次鑑連《べっきあきつら》が突入に成功したに違いない。

「麟可《りんか》よ。やはりこたびも、軍功第一は戸次じゃな」

明け方から始まった総攻撃で、戸次鑑連は大軍の先頭に立って奔流のごとく戦場に現れた。生葉城の城門を鎧袖《がいしゅう》一触で撃破すると、支城の攻略を吉弘勢に委ね、自らはより堅固な本城に攻めのぼった。

鑑連は戦場で豪勇を振るうだけの将器ではなかった。

この間、鑑連の進言を容れた田北鑑生は長期戦を覚悟し、氏直《うじなお》と鑑連は筑後の国人衆を粘り強く説いた。星野は元来、大友の宿敵である大内を恃《たの》みとしていた。北九州にまで膨張する〈大内〉に対抗して、筑前を追われ肥前に逃れた名家〈少弐〉と豊後の雄〈大友〉が結ぶ構図は、長らく変わっていない。その大内が、肥前の謀将龍造寺家兼の活躍によって不覚を取り、斜陽の少弐による攻勢を一時許した時、力の均衡が崩れた。少弐家の加勢により、国人衆は大友方にいっせいに靡《なび》いた。かくて星野谷は大友方の大軍に埋め尽くされた。それでも星野は降伏しなかった。あとは強者が弱者を屠《ほふ》るだけだった。

「支城攻略の手柄は当家に譲ってくれましたぞ。若も、初陣で敵将を討たれるとは大手柄でござる。左近様は一人も斬っておられぬご様子なれど」

鑑広は星野実親《さねちか》を討った。が、勝利の約束された戦場で、死を覚悟した敵将を討ったにすぎぬ。鑑連が味方でよかったと安堵するようでは、未だとうてい鑑連に及ぶまい。

「なぜ星野は降伏せぬ？」

すでに守将を討たれた城内の星野一党には、抵抗すれば確実な死が待っているだけだった。勝者による一方的な殺戮《さつりく》に、鑑広は苦痛を覚え始めていた。

「星野は二度、背き申した。大殿は苛烈なるお方。決してお赦しにはならぬと、星野の者たちも知っておるはず。さてと、銭と手柄は多いほどようござる。今は手柄を立てることのみ、考えられませ」

「まだ殺さねばならんのか？」

「殺し尽くさねば、恨みを残しまする。いずれわれらへ刃が向けられるは必定」

力攻めにより陥落の憂き目を見ようとしているが、半年以上にわたって籠城した生葉城内は、まだ水も兵糧も尽きていなかった。つい昨日まで営まれていた生活の匂いがした。そこへ突如、敵が大挙襲来し、その営みを無惨なまでに壊している。

煙がたちこめ始めた廊下の先で、味方の足軽が一人、悲鳴をあげて倒れた。

「若、手柄を増やしますかな」

麟可が残忍な片笑みを浮かべた。腕は確かだが、鑑広のあまり好きになれぬ男だった。

城内の敵には、もはや逃げ場がない。放っておいても煙に巻かれて死ぬであろうが、麟可に無惨に殺されるのは忍びなかった。星野ゆかりの者でなければ、せめて命くらいは救えまいか。生きておればまた、笑える時が来るやも知れぬではないか。

「城将、星野弾正はこの俺が討った。命を粗末にいたすな。勝敗はすでに決しておるぞ！」

鑑広は叫びながら、廊下の奥の一室に足を踏み入れた。

そこには、血糊の付いた薙刀《なぎなた》を鑑広に向ける同じ年ごろの少女がいた。裏地の赤い煌《きら》びやかな袿《うちき》姿で、身分ある者と知れた。少女の背後には深傷《ふかで》を負った少年が二人、ともに脇差を抜いて構えている。

少女が後ずさると、矢狭間から差し込んだ陽光が、少女の顔を眩《まばゆ》いばかりに照らし出した。煤《すす》でうす汚れてはいるが、あくまで涼やかな瓜実《うりざね》顔には凛《りん》とした闘志が漲《みなぎ》っている。間違って地獄に迷い込んできた天女のようだった。

焼け落ちてゆく生葉城本丸の片隅で、鑑広は戦を忘れ、少女に見惚《みと》れた。

「父上を討った下郎《げろう》は、貴様か！」

少女はためらわずに薙刀を突き出してきた。あわてて躱《かわ》す。鑑広の膂力《りよりよく》に勝るはずもない、薙刀を叩き落とした。少女は脇差を抜くと、己が首筋に当てた。

「左《さ》京亮《きようのすけ》、小次郎《こじろう》。父上、母上のもとへ参りますぞ。支度はよろしいか？」

「待て！　待たんか！　生きよ！」

必死で止めようとする鑑広に、少女は叫んだ。

「生くるより死んで、末代まで祟《たた》ってやるわ！」

星野一族にとっては、家族でともに死ぬるほうが幸せであるやも知れぬ。が、鑑広は少女を生かしたかった。

鑑広は刀を投げ捨てて、丸腰になった。両手を広げた。少女が鑑広に刃を向けた。

鑑広はそのまま少女の眼前に飛び込んだ。腹に焼けるような痛みが走った。胴の継ぎ目に刺さった刃が見える。少女の両手を押さえた。鑑広の手甲《てっこう》が赤く染まってゆく。脇差を奪い取って捨てた。

少女は驚愕の表情で、鑑広を見あげた。

「今は生き延びて、父御《ちちご》の仇を討ってみんか？」

鑑広は血を吐きながら、懇願するように少女を見た。少女が動けぬよう、手を握り締めたままだ。しっとりと湿り気を帯び、繭玉《まゆだま》のように柔らかな手だった。

「恨むにも、名を知ったほうが恨みやすかろう。俺は吉弘氏直が次子、右近鑑広と申す。お前の名は？」

「楓《かえで》」――鑑広の目の前で、真っ赤な唇が開いた。

「貴様を討つには、私独りでは難しい。弟二人の命も助けるなら、降りましょう」

呪いを込めた言葉だった。が、鑑広には楓の声が、まるで菫《すみれ》の咲きこぼれる春の野に鞠《まり》が軽やかに弾むがごとく聴こえた。

「若。星野郎党の助命は許されますまい」

背後の麟可に向かい、鑑広は手を握ったままの姿勢で命じた。

「よいか、麟可。楓らは星野に仕えておった侍女の子らにすぎぬ。戸次鑑連に及ばぬにせよ、俺は二番手柄を立てた身。後は俺に任せよ」

「なにゆえ私たちを助けようとするのです?」

「俺は隠し事の下手な性分ゆえ、この際はっきりと申しておく。楓よ。俺はお前にひと目惚れした。それだけの話よ」

楓は呆気に取られた様子で、鑑広を見た。

†

生葉城にはまだ、残煙がくすぶっている。

蹂躙《じゆうりん》され、焼け残った本丸の広間を勝者たちが占領していた。

正面には、吉弘氏直《うじなお》と戸次鑑連《べっきあきつら》とが並ぶ。氏直のかたわらに鑑理《あきただ》が控えていた。首台には首級が並んでいる。首実検の最中らしかった。田北鑑生《たきたあきなり》は総大将のくせに生首が苦手で、何かと理由をつけては席を外すと氏直から聞いていたが、案の定、場にはいなかった。

「でかしたぞ、右近。大手柄じゃな」

氏直は頬を緩ませたが、鑑広《あきひろ》の背後に続く少女らの姿をけげんそうにのぞき見た。

鑑広が板の間に手を突くと、背後で楓《かえで》らの坐する気配がした。

「その大手柄に免じ、父上におりいって頼みがござる」

楓の脇差を受けた脇腹が痛んだ。まだ手当てはしていない。こらえて胸を張った。

「聞けばこの者らは、星野に仕えし侍女の遺児にて、身寄りがござらぬ。されば都甲にて世話を致したく存ずる。俺の恩賞はこれのみにて十分」

氏直は楓ら姉弟の面を上げさせ、一人ひとりの顔を凝視しながら誰何《すいか》していった。

「堂々たる答え、典雅な風姿と赫々《かくかく》たる物腰を見るに、下賤の者らとは思えぬ」

氏直は、鑑広の嘘を見抜いている。その隣で巨眼を剝《む》いている鑑連の様子も気に懸かった。

「父上。この者らは星野一党の身代わりとなるべく、高貴な装いをまとわされておるだけ。星野一族は皆、城の業火に呑まれてござれば、もはや大友に仇なすとは思えませぬ」

「二度も大友に背きし星野を、御館様はお赦しにはならぬ。星野の一族郎党、残らず根絶やしにせよとのお達しを頂いておる」

氏直は後で義鑑《よしあき》に難詰《なんきつ》される事態を恐れているのであろう。

「太郎天《たろうてん》以来、わが吉弘は代々、義を重んじ仁を施す家。されば当家は降りし者たちを侍女、小者に至るまで殺し尽くすがごとき非道な真似はいたさぬはず」

「乱世で無用の情けをかければ、悔いを千載《せんざい》に遺す。右近、あきらめよ」

「父上は器が小そうござる。広く仁を及ぼし、大友の味方とするが得策じゃ」

鑑広は動ぜず、氏直にいちいち反駁を加えていく。押し問答のすえ睨み合った。

「わかった、右近。お前に免じ、女子《おなご》の命は助けて遣わそう。されど、男子はまかりならぬ」

ぼそりとした言葉で譲歩した氏直に、鑑広は食ってかかった。

「この者らは星野一党ではござらん。何ゆえ命まで奪わねばならぬ！」

さらに氏直と堂々めぐりを繰り返すうち、立腹した鑑広は立ちあがった。が、激昂《げきこう》したせいか、吐血して倒れた。

驚いた左右の者らが急いで助け起こそうとする手を、鑑広は荒々しく振り払った。

「この者らの命を奪うなら、俺もこの場で死んで見せようぞ。ちょうど血も足りんようになって来おったわ。腹を切らんでも、楽に死ねそうじゃ」

左右の者が鑑広の桶側胴《おけがわどう》を外すと、大量の血で染まった腹部が現れた。

「何じゃ、その怪我は？　阿呆めが、早う手当てをせぬか！」

氏直が慌て、喧噪《けんそう》となるなか、黙ってやりとりを見ていた戸次鑑連が初めて口を開いた。

「楓とやらが星野の姫でないと申すなら、試してみようぞ」

鑑連は首台から首桶を取って小脇に抱えると、鑑広と楓のほうにゆっくりと歩いてきた。

「星野一党は仲睦まじゅう暮らしおったと聞く。こたびの戦では星野方から、ただの一人も寝返りが出なんだ。皆、城将を心底敬い、慕うておったからよ。星野弾正、敵ながら実に天晴《あっぱ》れであった」

鑑連は楓の前に座ると、鄭重に首桶を置いた。

「侍女の娘にすぎずとも、城主の顔は見ておるはず。これが誰か、知っておるか？」

鑑連はゆっくりと首桶の被せ蓋《ぶた》を取った。生絹《すずし》を解くと、鑑広が上げた星野弾正実親《さねちか》の首級が現れた。

鑑広は真っ青になって、楓を見た。

楓は血の気の引いた顔で見ていたが、やがて動ずる風もなく眼を閉じ、両手を合わせた。弟二人も、姉に倣った。

「変わり果てたお姿なれど、たしかに星野のお殿様の御首級《みしるし》。侍女やその子らにまでお声がけくださる、心優しきお方にございました」

「相わかった。この娘がまこと星野の姫であったなら、いささかでも取り乱し、涙のひとつも流さずにはおるまい」

鑑連は大きくうなずいて首級を首桶にしまうと、大笑しながら氏直をふり返った。

「吉弘殿、この者らは星野一党ではございませぬぞ。命まで奪わずとも、主命に背く仕儀には至りますまい。それより右近が心配でござる。早う手当てをせぬと、吉弘は得難き将を失いまするぞ。右近、意地を張らず、早う手当てせい」

鑑連が鑑広の背を乱暴に叩いた。鑑広はそのまま床に突っ伏して、気を失ったようだった。

八、天念寺

楓《かえで》とは縁もゆかりもなかった異郷の地都甲荘《とごうのしょう》に、油蟬《あぶらぜみ》とともに三度目の盛夏が訪れていた。楓が日課の読経《どきょう》をいったん終えると、八面山《はちめんざん》北麓の天念寺《てんねんじ》にも絶えぬ川音が届いて、再び涼やかな調べを奏し始めた。

水音をさえぎる小気味よい蹄《ひづめ》の音はせぬか。馬の嘶《いなな》きが聞こえぬか。いつしか待ち人に想いを致してしまう己に気づいた。楓は小さく首を振り、読経を再開する。

長岩屋川《ながいわや》で水浴びをしてきたのであろう、濡れた半裸の小次郎の身体は、男に近づいている。すでに楓の背を越していた。長ずれば、父星野実親のごとき偉丈夫となるだろう。

「姉上、まさか奴を待っておるのではあるまいな？」

縁側に腰掛けた小次郎の口調が含む棘《とげ》に、楓は内心たじろいだ。

「右近殿のおかげで三人とも命を拾い、こうして世話になっておるのは事実です。仇といえど、礼儀は尽くさねばなりませぬ」

星野を滅ぼして都甲荘に戻ると、鑑広《あきひろ》は氏直《うじなお》に懇願し、楓らの身を筧城《かけい》からほど近い天念寺に預からせた。氏直も実際には楓らの身分を知っており、姉弟に雑役をさせなかったから、囚われの身とはいえ、姉弟は気ままに暮らすことができた。天念寺界《かい》隈《わい》であれば外出もでき、衣食にも不自由しない。楓は父母を始め星野一族の供養をし、左京亮《さきょうのすけ》は書を読み耽《ふけ》り、小次郎は野山で武芸を磨いていた。

「俺は姉上と奴の子なぞ、見とうはないぞ」

「右近殿の妻問いは、ずっと断ってきたではありませぬか」

吉弘右近鑑広は実にわかりやすい男だった。

都甲に戻るや、虜囚の楓に向かって開口一番、「わが室となれ」と口説いた。楓が何度峻拒《しゅんきょ》しても、鑑広にあきらめる様子はなかった。足繁く天念寺を訪れて楓に会うたびに、弟たちの面前で「俺は誰よりもお前を好いておる」と繰り返しては求婚し続けた。鑑広によれば、己に降ってくる縁談を片っぱしから叩き潰しているらしい。それでも楓はにべもなく申し出を断り続けた。

吉弘家もまた不幸に見舞われた。

天文三年(一五三四年)四月、吉弘兄弟は勢場《せいば》ヶ原《はる》の決戦に出陣したが、当主氏直が激戦のなか戦死し、若い鑑理《あきただ》が跡を襲った。鑑理は主君大友義鑑《よしあき》の末娘を娶《めと》り、鑑広は鉄輪《かね》ヶ城主として大田荘《おおたのしょう》に赴任した。鑑広は都甲を離れる前にまた求婚に現れたが、その後、姿を見せていなかった。

「姉上、兄者。俺に提案がある。三人で都甲から抜け出さんか?」

容易であった。星野姉弟への監視は、やる気が感じられぬほどに緩かった。

書見台に向かっていた左京亮は顔を上げたが、口を開かなかった。

「このままでは、俺たちは飼い殺しじゃ。姉上は結局あやつに嫁がされる。俺と兄者は出家させられ、いずれ殺されるであろう」

もともと鑑広は氏直に対して、「楓らが逃げれば、責めは俺が負う。腹を切る」と言い切っていた。逃亡は鑑広への裏切りにあたる。

左京亮が頭《かぶり》を振った。

「われらの仇は右近一人ではない。父上を手に掛けたは右近なれど、星野を滅ぼしたのは大友であり、吉弘ぞ。大友を滅ぼさねば、復仇は成るまい。それに、吉弘左近は甘い男よ。弟に詰め腹など切らせるはずがない」

「吉弘を戦場で討つのじゃ。大内に仕えて功を立つれば、星野再興も図れようぞ」

「われらは若い。まだ雌伏《しふく》が必要じゃ。吉弘が仇を育てておると思わば、腹も立つまいが」

最初は楓も同じだった。鑑広を、吉弘を、大友を憎んでいた。絶対に赦さぬと思っていた。憎《に》っくき仇だ、いつか復讐してやると誓っていた。が、時を経るにつれ、憎悪の炎には薪《まき》をくべねばならなくなった。鑑広のたび重なる来訪は、ときに憎悪の炎を風で煽り立てもしたが、盥《たらい》ごと冷や水を浴びせかけもした。いつしか楓には、己の鑑広に対する感情がわからなくなっていった。

川音を破る馬の嘶きが遠くで聞こえた気がした。楓の胸が高鳴り始める。

やがて川畔《かわあぜ》に現れた一人の長身の武者は馬から跳び降りると、もどかしそうに手綱《たづな》を柳の幹に繋いだ。楓の姿を認めるなり、駆け足で石段を上ってきた。

「皆の衆、しばらくであったな。会いたかったぞ」

「俺はお前に会いとうなぞないわ」

ふてくされる小次郎の毒舌を、鑑広は軽くいなした。

「でかくなったな、小次郎。どうじゃ、俺に仕えぬか？　我流で鍛えても、俺は討てぬぞ。大田荘で武芸を磨いてみぬか？　お前は筋がよいゆえ、俺より強うなれるやも知れん」

「まっぴらごめんじゃな。仇になぞ、金輪際《こんりんざい》仕えるものか」

「俺の兄者のごとき石頭よのう。されど、気が変われぱいつでも大田に来い。俺の義弟となる男ゆえ、取立ててやるぞ」

鑑広は首を伸ばして部屋の奥を見た。

「左京亮は相変わらず学問か。よく学び、俺に教えよ。さて、俺は楓に会いに来たんじゃ」

鑑広は両手を突く楓の前に座ると、白い歯を見せて笑った。

「楓よ、お前に会いとうてたまらなんだわ。何ぞ、不自由な思いをしてはおらぬか？」

「おかげ様で、読経三昧の日々を送っておりまする」

楓にはもう、当てつける意図はない。鑑広も解していよう。

「……のう。楓よ。俺は星野弾正殿が立派な将であったと思うておる。あの戦で俺は一度、生葉城に奇襲をかけた。が、弾正殿の策に敗れて、危うく死にそうになった。弾正殿は大友の調略に乗らず、主家に忠義を尽くし、最後まで徹底して抗《あらが》われた。さような将であったればこそ、他の将でも雑兵でもない、わが手で討たねばならなんだのよ」

あの戦の話は禁忌だったはずだ。が、心に嫌な波風は立たなかった。鑑広が開けっ広げに示し続ける好意が、楓の鑑広への憎しみを和らげてしまって、久しい。

「俺もこの春、大内に父上を討たれた。この恨みは生涯忘れまいぞ。されば、お前らの俺に対する恨みが、改めてわかったつもりだ。俺を赦せるはずもあるまい。赦せば、己を赦せなくなろう」

鑑広は楓に向かい、さらに身を乗り出した。

「されば俺を一生赦さずともよい。俺がお前の憎しみを生涯受け止めてやる。お前からは深い憎しみを貰おう。お返しに俺は、はるかに大きな倖せをお前に呉れてやる。大友、吉弘と星野の間、俺とお前の間にある積怨《せきえん》の淵を倖せで埋め尽くすんじゃ。その上に、天まで届く倖せの山を築いてゆこうぞ。楓よ、俺はお前に惚れた。恋煩《わずら》いで死にそうじゃ。頼む。わが室となってくれい」

楓は改めて鑑広の前に手を突いた。習慣で、言い古した言葉が出た。

「その儀ばかりは、何とぞご勘弁くださりませ」

「まだ無理か。まあ、よい。俺はあきらめの悪い男ゆえ、また口説きに参る。が、乱世なれば、俺とていつ命を落とすか知れぬ。肥後に不穏の動きが生じた。まもなく出陣であろう。その合議に都甲へ参ったのじゃ。しばらく楓の顔を見られぬであろう。今日はじっくり見ておきたいと思うてな」

鑑広はのぞき込むように楓を凝視していたが、やがて笑いながら立ちあがった。

「楓よ。俺にはまだ子がおらぬゆえ、しかとは解らぬ。が、親は子の倖せを望むものではないか。俺がお前を倖せにして、お父上が悲しまれるであろうか」

鑑広は歩み去りかけたが、最後にふり返った。

「俺は生涯、お前以外の女子《おなご》を妻とする気はない。俺はいつまでも、爺《じじい》になるまで、お前の心が変わる日を待っておる」

鑑広は帰りがけに、小次郎の背をぽんと叩いた。

「小次郎、世に出たくば、いつでも俺のもとへ来い。左京亮も同じじゃぞ」

鑑広が帰ると、夏祭りがにぎやかに終わった後のような静けさが戻ってきた。

小次郎は黙って縁側に寝ころがり、湧きたつ入道雲をずっと眺めていた。が、やにわに半身を起こすと庭に走り出て、狂ったように木刀を何度も振り下ろした。

「決めたぞ。俺は奴に仕える。隙を見て、討ち果たしてやる」

小次郎はもう童ではない。弟の固く閉じられた唇は、決意と憂いを含んでいる。楓は黙って見ているしかなかった。

†

晩秋の風が長岩屋川に乗って吹き始めても、天念寺での日々はただゆっくりと過ぎてゆくだけだった。

「姉上に兄者、ひさしぶりじゃのう」

鑑広《あきひろ》の吉弘分家に仕官し、肥後に出陣していた小次郎であった。肩衣《かたぎぬ》、袴姿が侍らしく様《さま》になっていた。戦場を見たせいか、表情から童臭が消えている気がした。

「肥後の戦は終わったのですか？」

覚えず語尾が弾んだ理由は、鑑広に会えるとの期待ゆえか。

小次郎は首を横に振りながら、縁側に腰掛けた。色あせ始めた都甲の山々を眩しそうに眺めている。

「簡単には終わるまい。俺は援軍を求める使者として都甲に遣わされただけじゃ」

鑑広の率いる吉弘勢は、田北鑑生《たきたあきなり》らとともに肥後に入っていた。が、戦況は思わしくなく、当主鑑理《あきただ》も兵を率いて参陣するらしい。

「小次郎は、右近殿にお取立て頂いているのですか？」

「取立てというのか、わからんがな。俺はいつも殿のそばにおる。殿は口を開けば、楓《かえで》、楓と言われる。まるで気が狂《ふ》れておるようじゃ。俺は、姉上の話ばかりさせられる。姉上への文も預かって参った」

楓は澄ました顔で小次郎から重い封書を受け取った。逸る心を抑えながら開いた。とても達筆とは言えぬ字で、楓への想いが書き連ねてあった。戦場で長々と恋文をしたためる鑑広の姿を思い浮かべた。楓は頬にこぼれてきた笑みを、あわてて消し去った。

「どうじゃ、小次郎。右近を討てそうか？」

楓の背後で低い声がした。黙したままの小次郎に、左京亮《さきょうのすけ》はたたみかけた。

「お前は、右近を討つために仕官したのではなかったのか？」

「ひどい戦場でのう……。俺はあやつに命を助けられてしもうた。これで、二度目じゃな」

「仇は、仇であろうが」

「……あやつは風変わりな男でな。いつでも仇を討ってよいぞと抜かしおる」

「ふん、今のお前の腕では、奴を討ち取る隙がないと申すか？」

「逆よ。隙だらけじゃ。俺の前でも平気でいびきをかいて昼寝しおる。俺とともに湯に浸《つ》かる時もある。今まで、いくらでも命を奪う機会はあったんじゃ」

「情けなや、星野小次郎。星野一党の無念を忘れおるか？」

　小次郎は途絶えていた吉弘譜代家臣の名跡を継ぐことを許され、今は丹生《にゅう》姓を名乗っている。小次郎はいきなりがばと身を伏せ、両手を突いた。

「済まん、姉上、兄者。ずっとそばで付け狙っておるうちにのう、俺は奴を好きになってしもうた。憎いが、好きじゃ。実はなあ、昔から奴をそれほど嫌いでもなかった。二人とも、同じではないか？　あやつを心底憎んでおるのか？」

「当たり前じゃ」

　左京亮の即答に、小次郎はふてくされた様子でごろりとまた横になったが、やがて小さな声がした。

「あの時、俺がいちばん年嵩が行っておらなんだゆえか……。罪な話よ。父上と母上のお顔もはっきりと思い出せんようになってしもうたというに、仇に惚れかけておるとはのう……」

小次郎はゆっくりと身を起こすと、楓を正視した。

「されど、ひとつだけ言うておく。奴は口先だけの男ではない。昔、俺たちを必死に守ったように、約束は必ず守り抜く男じゃ。されば吉弘右近なら、姉上を倖せにする、できる。俺はそう、確信した」

真剣な眼で見つめる小次郎の視線を、楓は受け止め切れず、視線を庭に移した。いく枚かの欅《けやき》の葉が風に散り、音もなく長岩屋川の流れに消えていった。

†

年が明けても小次郎は戻らず、鑑広《あきひろ》も天念寺に現れなかった。

はるか遠く肥後戦線の模様など、天念寺まで伝わっては来なかった。楓《かえで》は大友の勝利を、吉弘兄弟の無事を祈るべきか。それとも仇の敗亡をこそ願うべきなのか。

楓が雪の間を流れる長岩屋の川面《かわも》を見つめるうち、冬木立の向うで陽が西にうすづいていた。今日も鑑広は来ない……。

楓はもう、鑑広の身を案ずる気持ちを打ち消せずにいた。これまで何度、恋文を読み返してしまったことか。不幸な出逢いかたさえしなければ、楓はとっくに鑑広と夫婦《めおと》になっていたに違いない。

楓の決断を鈍らせていた理由には、弟たちへの遠慮もあった。が、すでに小次郎は鑑広を認めていた。

「左京亮《さきようのすけ》は、右近殿を……どのように思うておりまする？」

「……某《それがし》は、某でござる。……姉上が弟の気持ちを慮《おもんぱか》る必要はございますまい。好いておられるなら、嫁がれよ。吉弘は大友の宿老。悪い話ではござらん」

いたわるごとく優しげな口調だった。寡黙な左京亮も楓の恋心に気づき、独り懊悩《おうのう》していたに違いない。

左京亮は書見台に眼を戻した後、ずっと口をつぐんだままだった。

数日後、馬の嘶きの代わりに何やらにぎやかな人声がし、天念寺の門前に駕籠《かご》が停まった。

御簾《みす》が開く。長身の若者が助け出されるように駕籠から転がり出てきた。小次郎に肩を貸してもらって歩く鑑広の姿があった。

――生きて、おられた……。

楓の心に安堵と歓喜が広がっていく。楓はもう、自然な気持ちを抑えようとはしなかった。春の陽だまりに出たように心が温まっていく。

肩と足を負傷したらしく、鑑広は痛みに小さな悲鳴を上げながら楓の前に座った。

「待たせたな、楓。ちと無理をして、深傷を負うてしもうた。ずっと身体を動かせなんだのじゃ。恋文も書けぬし、飯も小次郎に食わせてもろうておったのよ。楓のほうが俺は嬉しいんじゃがな」

白い歯を見せて弱々しく笑う鑑広に、楓はすがりつきたくなった。

「俺は死ぬのが怖い。なぜかわかるか？　お前に会えんようになるからよ。お前と結ばれぬまま冥途《めいど》にゆくなぞごめんじゃ。楓よ、早う夫婦になってくれんと、俺はおちおち戦にも行《ゆ》けぬではないか。さあ、楓。ともに参るぞ、大田荘《おおたのしょう》へ」

楓は鑑広に向かって、三つ指を突いた。

「はい。……生涯、右近様について参りまする」

鑑広は歓喜よりむしろ安堵の表情を浮かべていた。楓と鑑広の心はかなり前から通じ合っていたに違いない。

照れ隠しか鑑広は、楓を乱暴に抱き寄せようとした。が、身を任せようとした楓の肩が傷口に当たったらしい、鑑広が悲鳴を上げた。小次郎が笑うと鑑広は苦笑いし、楓も覚えず吹き出した。

左京亮はなお吉弘家への仕官を拒み、六郷満山《ろくごうまんざん》の修験道に入った。

が、やがて流産に悩まされていた楓が五郎太を出産したとき、左京亮は赤子の笑顔に屈した。甥を仇の子として討てぬと観念したらしい。左京亮はついに楓たちの説得に応じて仕官し、林《はやし》家の名跡を継いだ。

星野姉弟の期待を、鑑広は裏切らなかった。約束どおり天まで届きそうな倖せを楓にもたらした。大田荘で鑑広と楓たちは、家臣や民たちにも倖せをわけ与え続けた。

楓が鑑広の愛を受け容れてから十数年の後、府内《ふない》で二階崩れの変が勃発する。主君大友義鑑《よしあき》の横死に遭い、勝ち馬に乗り損ねた吉弘家は、今や討伐の対象とされかねぬ窮境にあった。

ゆく先の見えぬ政変後の混迷が、楓たちの築いてきた倖せを脅かそうとしている。

冬が終わりを告げようとする大田荘の館で、楓は月のない星空を見あげていた。絵の好きな五郎太が筆を手にしたまま眠っているのを見つけて、今しがた褥《しとね》に寝《やす》ませたところだ。

愛する夫は府内で今ごろ、同じ夜空を眺めているだろうか。

第三章　一本道

九、比翼の鳥

月も雲も浮かばぬ夜空には星屑《ほしくず》が輝くはずだが、春が近づいてきたせいか、闇夜もどこか霞《かす》んで見えた。

吉弘屋敷の縁側には、温もりを感じさせる夜風が吹いている。

心もとない星あかりを頼りに、吉弘右近鑑広《あきひろ》は庭の梅を黙然と見あげた。五十年以上も昔、父氏直生誕の年に、祖父親信《ちかのぶ》が手ずから植えたと伝わる。最近、梅も春の気配に気づいたらしく、急いで花を散らせた。今では散りそびれたわずかの花弁が残るのみである。

――楓《かえで》よ、息災にしておるか。また、小次郎の手を汚させてしもうた。赦せ。

口もとにわずかな笑みだけを浮かべる楓の上品な澄まし顔を、夜空に思い描いた。府内に出て半月にもならぬが、楓への思慕の念は募るばかりだった。

――いかにして吉弘を守るか……。

鑑広にとって吉弘とは、父祖から受け継ぎ守るべき家である前に、室の楓であり、子の五郎太であった。命の恩人であり一心同体であった実兄鑑理《あきただ》か、それとも最愛の楓、五郎太か、いずれかを選ばねばならぬ時、鑑広はどうするのか。

たとえ答ええぬ問いであっても、春が来れば、鑑広は回答を迫られる。

近ごろ鑑広の心が鬱々として晴れぬ理由《わけ》は、鑑理の選択で窮地に陥った吉弘家のゆくすえに対する不安ゆえだが、今宵に限っては、暗殺を指示した者の後ろめたさによった。

鑑広は鑑理の腹心、世戸口《せとぐち》紹兵衛《しょうべえ》を嫌いでなかった。素性も知れぬ異国者であり、鑑理による重用が家中を軋《きし》ませてもいた。が、鑑広はもともと才豊かな者を好いた。ゆえに今宵、夜陰に紛れてどこぞへ出立するという紹兵衛と親しく盃を交わし、送り出しもした。

このまま鑑理に万事を委ねれば、吉弘家は滅ぶであろう。鑑理は馬鹿ではないが、結果として愚かな道を選択してきた。今後の推移いかんでは、兄弟が袂《たもと》を分かつなりゆきもありえた。いや、ありすぎるほどあった。鑑広の前で、これまで一本だった道が大きく二つに岐《わか》れようとしている。

「首尾はいかがであった、小次郎？」

背後に問うたが、返事はない。聞こえるのは木戸を揺する風の音だけだった。ふり返って見ても、人影はない。空音《そらね》であったか。

――ふん、俺としたことが、柄にもなく悔いておるか。

鑑広は独り苦笑いすると、再び濁った星空を見あげた。

当主にとっていずれ障害となるなら、たとえ実弟であっても除いておくべきであろう。が、あの鑑理に限って、鑑広の命を狙うはずがなかった。その逆はありうるとしても……。

鑑理は紹兵衛に吉弘の未来を委ね、言われるがまま動いている様子だった。

――たとい范蠡《はんれい》、張良《ちょうりょう》に伍する知略があろうと、たった独りで何ができようぞ。

名門吉弘家の命運は、ひとりの男に任せてしまうには重すぎた。

得体の知れぬ軍師角隈石宗《つのくませきそう》と連携した紹兵衛の隠密行動は、その意図さえ判じえぬ。吉弘が滅んだとて、紹兵衛は再び浪人となり他家に仕官すればよい。紹兵衛をどこまで信じてよいか、鑑広は確信が持てなかった。

少なくも表向き吉弘家の救済に骨を砕いている田原宗亀《たわらそうき》は、二階崩れの変を機に、今や新政権最大の実力者にのし上がりつつあった。もともと宗亀の田原家と吉弘家は同族である。義鑑の時代、一度は大友を逐《お》われた宗亀が大内からの帰参を望んだ時も、鑑理と鑑広がすべて膳立てをしてやった。宗亀も、吉弘への報恩のため、まじめに奔走してくれているのやも知れぬ。

鑑広は、「すべてわしに任せよ」と胸を張る宗亀をいちおう頼ってはいたが、信じてもいなかった。一昨夜、紹兵衛の暗躍が吉弘家の命取りになると、宗亀は鑑広に明言した。あやつめは肥後で何やら怪《け》しからぬ動きをしておるようじゃ、始末せねば吉弘は救えぬぞと、不満を露《あら》わにしていた。

鑑広もせっかくの宗亀の忠告を無視しえなかった。思案のすえ、子飼いの忠臣丹生《にゅう》小次郎広俊に密命を与えた。

家中でも腕の立つ小次郎は戦場でも一騎当千の武将であった。夜陰に紛れて府内を発《た》った紹兵衛を、手練れの家来五人とともに闇討ちする手はずであった。

背後で聞こえた衣擦《きぬず》れの音に向かい、鑑広はふり向かぬまま首尾を訊ねた。

「骸《むくろ》は大分川に流したか」

しばしの沈黙の後、苦しげな息遣いとともに答えがあった。

「面目次第もありませぬ。仕損じましてござる」

ふだんは傲岸《ごうがん》なほど威勢のいい、張りのある小次郎の声がめずらしく湿っている。不首尾の報せに気落ちはしなかった。鑑広の心にはむしろ安堵さえ広がった。

「丹生小次郎ともあろう者が、情けをかけたか」

「おそれながら……あの男にはまるで歯が立ちませなんだ」

驚いてふり返ると、小次郎のにきび顔が微かな裸火《はだかび》に見えた。青菜を塩漬けにしたごとく潮垂《しおた》れている。

「素性を悟られたか？」

「あの男、端《はな》から承知の様子にて、笑いながら言伝《ことづ》てられました。肥後より帰参次第、右近様にお願いしたき儀あり、敵をお間違えあるな、と」

手下も皆、手痛い怪我を負わされたが、命に別状はないらしい。余裕綽々《しゃくしゃく》で闇に消えていく紹兵衛の後ろ姿が目に浮かんだ。

口惜しげな小次郎の顔を眺めているうち、腹の底から笑いが込み上げてきた。不首尾ではなく、敗北を悔しがっている顔だった。家中いちの剛の者を使い走りにした紹兵衛のやり口が、敵ながらむしろ痛快だった。

笑った。人気のない薄暗い屋敷に、鑑広の高笑いが吸い込まれてゆく。

「殿、何が可笑《おか》しゅうございまするか」

口を尖《とが》らせる小次郎を見て、鑑広は腹を抱えた。

「奴のほうが上手《うわて》だ。紹兵衛と組んで綱渡りをしてみるか。ともに行ける所まで、な」

紹兵衛の鑑理への忠義は本物やも知れぬ。鑑広が鑑理との訣別を決めた時、紹兵衛は鑑広にとって真の敵となろう。が、それまでは同じ道を歩める。

鑑広は笑うのを止《や》めると、腕を組んで月のない空を見あげた。

「手当てをせよ。まだまだ小次郎には働いてもらわねばならぬ」

星空がさっきよりいくぶん澄んで見えた。鑑広の心はすでに楓を想っている。

†

陽《ひ》が雲に翳《かげ》っても、庭から吹く風は木枯らしのごとき寒気《かんき》をもう帯びていない。

鑑広《あきひろ》はいらいらしながら、庭の咎なき木瓜《ぼけ》が付ける緋紅《ひこう》の蕾《つぼみ》を睨みつけていた。退屈を通り越して不愉快だった。

すでに一刻以上も田原屋敷の書院で待たされている。勿体《もったい》をつけて吉弘家に恩を売ろうとの魂胆が透けて見えた。鑑広が十幾度目かのあくびをしようと口を大きく開いた時、廊下にばたばたと足音がし始めた。あくびを噛み殺しながら、畳に手を突く。

「都甲荘で大人しゅう蟄居《ちつきょ》しておればよいものを、左近殿はいかなる料簡なのじゃ。御館様の手前、目障りな行動は慎んでもらわねばな。事を荒立てれば、救えるものも救えぬぞ」

さんざん待たせたあげく部屋に入るや、権高《けんだか》に苦言を呈し始めた宗亀《そうき》に対し、鑑広は事情も判じえぬまま、頭を下げた。

「兄が丹生島に赴き、臼杵《うすき》殿に会うたは、今後の吉弘への仕置きにつき――」

「それはよいのじゃ。が、左近殿がその前に何をしでかしたか知っておるか？ わざわざ到明寺《とうめいじ》に出向いたのよ。六七日忌《むなぬか》じゃとか申し、先代の墓前で大声張りあげて、男泣きに泣いたそうな。手に負えんわい」

鑑広は首を何度も小さく横に振った。昔から人一倍、義理堅い兄の気持ちは察していた。

義鎮《よししげ》の手前、先主義鑑《よしあき》は弔いさえ憚《はばか》られ、大友代々の菩提寺に埋葬されなかった。義鑑の墓前に、鑑理《あきただ》はまだ手を合わせていなかった。先主があの世へ旅立たぬうち、中陰《ちゅういん》（四十九日）の間にと考えて墓参したに違いない。埋葬が認められた以上、本来、責められるべき理由もないはずだが、保身を考えるなら不用意な行動でしかなかったろう。

「佐伯家臣の本庄新左衛門尉《ほんじょうしんざえもんのじょう》とやらが、笑顔で注進に来おったわ。実の親子とは申せ、御館様におかれては、先代に対し格別のお気持ちがある。そのお心を忖度《そんたく》せず、死んだ人間に義理立てして、いかなる得が吉弘にあると申すのじゃ？　少しは頭を使わぬか、たわけが。御館様はいたく気分を害しておられたぞ」

いらだちを隠さぬ宗亀の言い種に、鑑広はただ詫《わ》びるしかなかった。鑑理のこだわる義は、吉弘にとって不利な結果しか生んでいなかった。

「それだけではないぞ、右近。仲屋《なかや》を知っておるな。あの阿呆めがへまをしでかしおって」

仲屋顕通《けんつう》（後の豪商、仲屋宗越《そうえつ》の父）は昔、鑑理が若くして加判衆《かばんしゅう》に取立てられたころ、吉弘屋敷へいくばくかの袖の下を持参してきた府内商人であった。田北鑑生《たきたあきなり》を筆頭とする当時の加判衆の政《まつりごと》では、金次第でいかようにも融通が利いた。新興の商人であった顕通も金を貢がねば、競争ができなかった。

貧しい酒売り商人であった顕通が世に出たのは、鑑理と鑑広のおかげであったろう。鑑理は顕通の贈賄《ぞうわい》を峻拒《しゅんきょ》し、己が加判衆となった以上、賄賂は無用と言い切った。鑑理は義鑑の後ろ盾を得て、鑑広とともに粘り強く賄賂の慣習を一掃し、商人を公正に競わせた。勤勉な顕通は必ず約束を守り、期日内に良品を納めた。

顕通を信ずるに足ると考えた鑑理は、顕通に対し、年貢米を輸送する商いをしてはどうかと持ちかけた。輸送中に年貢米を紛失したり、届けられずに紛争となる事案が相次いだためである。顕通は鑑理の仲介で、まず寺社の年貢米輸送を引き受けた。他の商人にも競わせたが、誰も顕通の仕事ぶりにはかなわなかった。舟を借り、川を使って輸送し、川荷駄賃を取る。顕通は「仲屋」の号で大いに儲けた。顕通に全幅の信頼を置く鑑理が心配で、鑑広も最初は立ち会いをしたものだった。やがて顕通は自前の舟を持ち、大友領内に輸送路を張りめぐらせ、巨富を築くようになった。

鑑理が仲屋に対して見返りを求めたことは一度もない。が、富商となった仲屋は鑑理に深い恩義を感じ、吉弘家の危地を救うためなら何でもすると公言して憚らなかった。

「田北に賄賂は利く。わしも大内《おおうち》から帰参する時に使うた手よ。されど、堅物《かたぶつ》の吉岡や臼杵《うすき》には利かぬどころか、逆効果じゃ」

加判衆の一人、田北鑑生に対する贈賄を、鑑広が仲屋に頼んだのは事実であった。

「仲屋め、佐伯にも賄賂を所望されて応じおったそうな。その後、佐伯に勧められて、金をばら撒《ま》いたらしい。その佐伯が吉弘の贈賄やいかにと問題にし始めた。嵌《は》められたの」

吉弘家では今回の危難に対処するために、各人がばらばらの行動を取っていた。仲屋も佐伯惟教の甘言《かんげん》に騙《だま》されたのであろう。

口を開こうとした鑑広を、宗亀が手で制した。

「仲屋とて、吉弘への恩返しはまさに今じゃと思い、なりふり構わず金を注《つ》ぎ込んでおるのじゃろう。が、戸次に触れてはならんかった。鬼は吝嗇《けち》なくせに金のもらいかたにはやかましい男よ。激怒して仲屋に金を投げつけて追い返したそうな」

戸次鑑連《べっきあきつら》は今や万人が認める大友随一の将であった。

鑑広は鑑連を畏敬していても、好きでなかった。鑑連に対する鑑広の感情は、妬《ねた》みよりむしろ恨みに近い。勢場《せいば》ヶ原《はる》で父氏直が戦死したのは、鑑連の責めだと鑑広は考えていた。

鑑連は無類の戦上手であり、常に大友軍の勝利に貢献してきた。鑑連が戦場にあるかぎり、最大の軍功は必ず鑑連が挙げた。たとえ一敗地に塗《まみ》れようとも、鑑連は勝つまで戦を止《や》めないため、戦は勝利で終わった。勢場ヶ原でも鑑連は、氏直が戦死した翌日の弔い合戦で、大内軍師の謀略を力攻めで無効化して大内を撃退し、大功を挙げた。ゆえによけいに腹が立った。

「あやつは難しき男よ。近ごろの豊後では童でも申すであろうが。触らぬ鬼に祟りなし、とな」

鑑連の忠義は、どうやら吉弘家のそれとは違うように見える。

戸次家はもともと大友宗家の支流であり、同門衆の名門ではあったが、鑑連の父の代にはすっかり零落《れいらく》していた。父の死後、家督を継いだ鑑連は育て親の継母、幼い弟妹、家臣らのために、あらゆる戦場に率先して出た。出れば必ず華々しい軍功を立て、恩賞に与《あずか》った。

論功行賞の場で、鑑連はいっさいの遠慮会釈もなく、当然至極の態度として己が勲功に見合う恩賞を堂々と求めた。常に図抜けた軍功であるために、義鑑と加判衆も鑑連の要求を容れた。大友の論功行賞は、勝ち戦の最大の功労者である鑑連への恩賞を基準に進められるようになった。鑑連への報奨が相場をさえ決めた。猛将斎藤長実《ながざね》でさえ、軍功では鑑連に及ばなかった。

「されど戸次は政《まつりごと》に口を出しますまいが」

鑑連はいわば戦の職人であり、おのが分を弁《わきま》えていた。軍事では必要とあらば主君に盾突いてまで意見を通した。他方、不得手を自認する政務には関わろうとしなかった。その意味では、政を得手とする鑑理と絶妙な役割分担を果たしてきたともいえる。

「ふん。鬼は己の恩賞しか考えておらぬゆえな」

鑑広には、鑑連が私利私欲を追っているようにも見えなかった。たしかに鑑連の吝《りん》嗇《しょく》は有名だった。会食に招かれれば、主だった家臣を引き連れてさんざん飲み食いしたが、自ら招きはしなかった。恩賞金は必ずその場で数える鑑連を、銭の亡《もう》者《じゃ》よと陰口叩く者もいる。

だが鑑連の所領は常に富み、栄えた。畦道《あぜみち》や水路の普《ふ》請《しん》から武具の調達に至るまで、鑑連は家臣と民のためなら惜しげもなく金を使った。己は質素倹約を貫き、具足も修理して使い、めったに新調せぬらしい。どうやら、ただの吝嗇ではない。

鑑連が大友家全体の益を考えている節もあった。たとえば寸土も得られず、軍資金を浪費したに等しい戦では「恩賞無用」と言い切った。最大勲功者の恩賞辞退に、他の者も不平ながら従わざるをえなかった。

「じゃが鬼は今、ひどく困っておってな」

宗亀は手ぬぐいで禿げあがった額の汗を拭き上げた。

「鬼の武名は日ノ本に轟《とどろ》いておるでな。はるばる他国から仕官を願い出る者さえある。鬼も慕われれば否とは言えぬ、家臣を増やしすぎたのじゃ。戸次は今、扶《ふ》持《ち》が全然足りぬのよ。それゆえ鬼が次に何処《いずこ》を望んでおると思う?」

宗亀は大きな地声をにわかに落とした。

「こたび恩賞として得られるであろう最大の封土。つまり、都甲荘《とごうのしょう》という噂じゃ」

鑑広の総身から一気に冷や汗が噴き出した。

「鬼が都甲を欲しておる。あやつが目を付けた封土を獲らなんだ例《ためし》はない。鬼はわれらの敵ぞ。心しておけ」

鑑広が田原屋敷を出たとき、すでに陽は傾いていた。が、軍事行動を制約する冬の寒さはもう、ない。

†

鑑広《あきひろ》が馬を止めると、小次郎も倣った。春を思わせる荒れ風が故郷の香りまで運んでくる。枯れ山が淡い緑を帯びようとしていた。

「俺と小次郎が動いても万事が裏目に出おる。府内は左京亮《さきょうのすけ》に任せておいたほうがよい。われらは万一の場合に備え、戦支度じゃ」

宗亀《そうき》、紹兵衛《しょうべえ》や、鑑広の意を受けた左京亮が周旋に失敗した場合でも、鑑広は黙って取潰される気はなかった。捨てる神あらば拾う神あり、大友が吉弘を見捨てるなら、鑑広にも考えがあった。

鑑広の所領大田荘《おおたのしょう》は、かつて豊後に大挙侵攻してきた大内《おおうち》勢を迎撃し、父氏直が落命した勢場《せいば》ヶ原《はる》にもほど近い。そのゆえもあり、都甲荘とともに吉弘家にとって重要な封土であった。

抜ける青空の下、低山に挟まれた見馴れた田畑の向うに、詰城の鉄輪《かね》ヶ城が姿を見せると、鑑広の口もとに勝手に笑みが零《こぼ》れた。あと四半刻もせぬうちに、鑑広は麓の居館で楓《かえで》を抱き締めているはずだ。

思いがけぬ帰館に、楓は驚くに違いない。いつもの澄まし顔で現れた楓は、鑑広の姿を認めて眼を少し丸くした後、莞爾《かんじ》と微笑んでくれるだろう。そのかたわらには幼い五郎太がいるはずだった。

夫婦となって十余年だが、楓に会えると思うだけで鑑広の胸はときめいた。

「戦支度とは口実で、殿は姉上に会いたいだけなのではござらぬか」

義弟の小次郎は、鑑広に仕えた当初から遠慮がない。

「悪いか？　俺と楓は比翼の鳥ゆえ、あたうかぎり共にあらねばならぬ。半月も楓に会わんでおると、俺は力を失うてしまうんじゃ」

誇張ではなかった。鑑広はつねづね楓との絆を、伝説の双頭の鳥に喩《たと》えていた。鑑広は楓のそばにいて、その温もりを感じていなければ、落ち着かなかった。春の小鳥がさえずるような楓の甲高《かんだか》い声を聴いていなければ、人生を無為に過ごしている気さえした。

「いつぞや鋸山《のこぎりやま》で道に迷うた時、姉上も似た話をしておりましたな」

秋になると、鑑広たちは鉄輪ヶ城の奥にある鋸山まで大好物の茸《きのこ》狩りに出かけた。以前に一度、楓と小次郎がはぐれてしまった事件があった。にわかに荒天となって日が暮れるに及び、楓らの身を案じた鑑広は風雨のなか、左京亮や家人らと夜を徹して捜索を続け、岩陰に隠れていた姉弟を無事に保護したのである。

戦場でも動じぬ鑑広の心が乱れ始めた。

「まことか、小次郎。楓は何と言うておった?」

物静かな楓は多くを語らない。口にはせずとも、楓の鑑広への想いはわかっていた。それでも、楓がいかなる言葉を用いたのか気になった。

「あのおりは、姉上も死を覚悟しておられましたからな。恥ずかしゅうて、とても口にはできませせぬ」

小次郎が苦笑いすると、鑑広まで己の顔が赤らんでゆくのに気づいた。澄まし顔の楓が鑑広を想って大仰な愛の言葉を用いたと知っただけで、ますます楓が愛おしくなった。

「急ぐぞ、小次郎」

鑑広が勢いよく腹を蹴ると、馬は全速力で駆け出した。小次郎が続く。

君臣は競い合うように街道を駆け抜けた。瓦葺《かわらぶ》きの館が見える。鑑広にとっての極楽浄土は来世になぞありはせぬ。楓のいる現世にしかなかった。

馬の激しい嘶きに気づいたらしく、館の表門に縹《はなだ》色の打掛をまとった楓があでやかな姿を見せた。

鑑広は手綱を強く引いて、馬を止める。

「戻ったぞ、皆の衆」

馬から飛び降りた。息をはずませながら楓の名を呼び、小柄な身体を豪快に抱き上げた。楓の温もりと、野苺《のいちご》のような香りを感じた。

「殿、はしたのうございまする。おやめくださいまし」

鑑広は唄いさえずるような楓の声を愛した。楓の声を聴くためだけに、他愛もない問いを発する時さえあった。楓の抵抗を気にせず、鑑広はそのまま館に入ってゆく。

楓はとまどった様子で苦笑いしていたが、あきらめて鑑広の首にすがりついた。

鑑広を見あげる嫡子五郎太の姿を認めても、鑑広は楓を下ろさなかった。まだしばらく楓を感じていたかった。左腕に楓を抱え直し、右腕で五郎太を抱き上げた。鑑広ほどの倖せ者が世にいるであろうか。

鑑広が旅塵を落としたころには、陽も傾き始めていた。楓、五郎太、小次郎の四人で夕餉《ゆうげ》をともにする。楓の酌《しゃく》でのむ酒が臓腑《ぞうふ》に染みわたった。

「五郎太、稽古に励んでおったか」

身体こそまだ小柄だが、五郎太の太刀筋は悪くなかった。

「もう賀兵衛《かへえ》殿には負けませぬ」

「賀兵衛殿はとうに武芸をあきらめ、学問に専心するそうじゃ。自慢にはならぬぞ、五郎太」

五郎太の従兄にあたる賀兵衛鎮信《しげのぶ》は、父鑑理《あきただ》に似て武芸が苦手である。

「お言いつけどおり、毎朝の素振りも欠かしておりませぬ」

鑑広は一人息子の五郎太を厳しく躾《しつ》け、育ててきた。

「明日は小次郎に稽古を付けてもらえ」

「実は今日、すでに手ほどきを済ませてございまする。木刀の手応えが重うなりましたな」

空いている小次郎の盃に、瓶子《へいじ》から酒を注《つ》いでやる。

「さようか。五郎太も長ずれば、俺のごとく吉弘一の将となれようぞ」

鑑広は二度、父氏直とともに戦場へ出た。初陣では鑑広が大失態を演じ、二度目の出陣は惨憺《さんたん》たる負け戦で、氏直は死んだ。いま一度、父とともに出陣し、戦場を駆け回ってみたかった。今でも亡父の夢を見る夜がある。が、叶わぬ願いだ。ならば、わが子とともに戦場へ出たいと願っていた。

「殿と姉上は明日また、二人して白川様《しらかわ》にお参りされまするのか?」

居館の裏手、詰城の鉄輪《かね》ヶ城にほど近い白川稲荷大明神は、太古の昔から信仰される不可思議な巨石群とともに鎮座していた。鑑広が大田を治めるようになってから、参拝は欠かさなかった。ほぼ常に楓を伴った。

「むろんよ。小次郎も楓のごとき女子《おなご》を嫁に貰え。されば俺の気持ちがようわかるはずじゃ」

先年、流行病《はやりやまい》で嫁を亡くした小次郎には子もなく、暢気な寡男《やもお》の独り暮らしを続けている。

「殿の仰せでは、さような女子は日ノ本じゅう探し求めても、おらぬのではありませなんだか」

「おらんぞ。楓、今宵も無礼講じゃ。許せ」

上機嫌で酒を呷《あお》っていた鑑広は強い眠気を感じ、おどけながら楓の膝《ひざ》の上に頭を置いた。

楓の柔らかい膝が鑑広の頭を優しく包んだ。

†

鑑広がふと気づくと、五郎太と小次郎の姿はなく、瓶子や盃もきれいに片づけられていた。

「お目覚めにございますか」

楓はずっと膝を貸していたに違いない。鑑広はあわてて半身を起こした。

「済まぬ、寝てしもうたわ」

「ひどくお疲れなのでございましょう」

楓は鑑広自慢の妻であった。才色兼備なだけではない、いかなる時も決して取り乱すことなく、鑑広を支えてきた。楓は己の膝を示しながら笑いかけた。

「よろしければ、どうぞお使いくださいまし」

いま少しこのままでいたいとの想いは、楓も同じだったのであろう。再び楓の膝に頭を乗せる。楓の瓜実顔がのぞき込んだ。鑑広は愛しい楓の頬にそっと手をやる。

「俺は最高の妻と子を持ち、果報者じゃ」

楓は鑑広の頭をそっと撫でながら、はにかむように微笑むと、照れくさいのか話題を変えた。

「五郎太は心根の優しい子です。右近様に褒められたい一心で稽古をしてはいますが、戦には向かぬのやも知れません」

「俺も根は優しいぞ。されど今は乱世。五郎太もいずれ戦に赴かねばならぬ」

鑑広と楓も、戦で結ばれた奇しき縁だった。

「吉弘への仕置きは、いかが相成りましょうか」

落ち着いた口調である。鑑広を信じ切るがゆえであろう、不安は微塵も感じられなかった。

「わからぬ。されど案ずるな。たとえ世の皆を敵に回そうとも、俺はお前を守り抜いてみせる。夫婦《めおと》となる前に幾度も約したであろうが」

「はい。三年ほどの間に、きっと千度近くはうかがいました」

楓が笑うと、右頬に鑑広の大好きな片えくぼができる。

「府内では何をなさっておいででしたか？」

「ずっとお前のことばかり考えておった。俺はどこにおっても同じよ。楓を想うておらぬと、損をした気がするのじゃ」

「まあ。小次郎が冷やかして困りまする」

「あやつもお前が好きじゃからな。ときに、五郎太はまだ絵を描いておるのか」

「絵筆を手にしている時がいちばん楽しそうでございます。……ごめんなさいまし」

楓は鑑広の身をそっと起こし、部屋の隅に置かれた行李《こうり》に向かうと、いく枚かの半紙を手にして戻ってきた。思わず見とれるほど、いちいち優雅な挙措《きょそ》である。

受け取って、見入った。鑑広を描いた絵だとすぐに解した。太く吊り上がり気味の眉、ぶあつい唇など特徴をよく捉えている。

見せても鑑広が喜ばぬと知った五郎太は、いつしか絵を見せなくなった。しばらく見ていなかったが、腕前は格段に上達している様子だった。

「五郎太なら、絵師にもなれそうじゃな」

もしも吉弘家の存続が叶わぬなら、皆でどこぞに移り住み、戦と無縁な生活を送れぬであろうか。鑑広と小次郎は剣術を教え、左京亮は学問を教えればよい。

「俺の絵は要らぬ。楓を描いた絵をくれぬか」

渡されたのは見事な絵だった。この絵があれば、鑑広は常に妻子とともにいられる。鑑広は半紙を丁寧に畳んで懐にしまった。

†

翌朝、鑑広は楓を伴って白川稲荷に詣《もう》でた。

楓に手を貸しながら、ところどころ苔生《こけむ》した長い石段を登ってゆく。楓が息をはずませた。

「俺が連れていってやろう」

鑑広が楓のなよやかな身体を抱きかかえると、あたりに誰もいないせいか、楓はすがりついてきた。間近に感ずる楓の息遣いが愛おしい。

古びた石段を登り切った。巨石の前に祠《ほこら》がある。

「右近様、もうよろしゅうございまする。下ろしてくださいまし」

ふたり並んで神に祈った。鑑広はずっと楓とともにいられるようにと懸命に願った。訊ねた覚えはないが、楓の祈りも鑑広と同じだろう。

目を開くと、楓が小首をかしげて鑑広を見あげていた。

「実は身籠ったようでございまする。薬師《くすし》の見立てでは、出産は秋とか」

鑑広はいたわるように楓を抱き締めた。楓は身体こそ丈夫だが、流産の癖《へき》があった。五郎太も、五度目の懐妊でようやく夫婦が授かった子だった。遊び相手のいない五郎太は、弟妹を欲しがったが、楓は昨年も流産していた。

「賑やかになるのう。よし、帰りも抱いて下ろしてやろう」

「下りは、だいじょうぶでございます」

「俺が楓を抱いていたいのじゃ」

鑑広は有無を言わさず、楓を抱きあげる。

鑑広の半生は楓とともにあった。楓と結ばれて以来、楓は内から鑑広を支え、林左《さ》京亮《きょうのすけ》、丹生《にゅう》小次郎の兄弟は鑑広の股肱《ここう》の臣となった。吉弘の副将、右近鑑広が名うての戦上手と評され、吉弘随一の将と称されるに至った背景には、義弟たちの忠義と活躍だけでなく、楓の内助の功があった。

長い石段を降りると、ようやく楓を下ろした。

「お喉を潤されませ」

楓が両手で汲《く》んだ湧き水をむさぼるように飲んだ。いつもの野苺のような楓の香りがした。

「こそばゆうございまする」

楓が身を小刻みに震わせながら笑うと、鑑広もはじけるように笑った。

嫁して子なきは去るが、世のならいである。三度目の流産の時、楓は側室を持つよう鑑広に頼んだが、鑑広は一笑に付した。

鑑広と楓の間には何人にも侵しえぬ固い絆がある。その絆を、鑑広は守らねばならなかった。そのためなら、相手が主君であろうと戦わねばならぬ。

鑑広は楓の澄まし顔を見ながら、覚悟を決めた。たとえ敬愛する実兄鑑理《あきただ》であろうと、楓を守るために必要なら、討たねばなるまい。さような事態に陥らぬよう、鑑広は最後の最後まで力を尽くさねばならなかった。

†

馬酔木《あせび》が小さな白い逆さとっくりを鈴なりにしている。

鑑広は五郎太をすぐ前に乗せて、大田の山野を馬で走った。

馬を楡《にれ》の木に繋ぐと、鑑広はごろりと草原で横になった。五郎太も真似をして、隣で小さな大の字を作った。

「父上、無明《むみょう》橋にお連れくださる約束、覚えておられまするか？」

国東《くにさき》半島は修験で栄えてきた地であり、「六郷満山《ろくごうまんざん》」と呼ばれる寺院群を擁していた。都甲荘《とごうのしょう》にある天念寺《てんねんじ》の界隈からは、瘦せ尾根の上に無明橋が見えた。まるで天空に架かるがごとき修験用の橋は、都甲に住む子らの憧れだった。

鑑広も五郎太と同じ齢のころ、父氏直とともに渡った経験がある。

「おう、連れていってやるぞ。あの橋を渡れれば、まことの男じゃ」

大田や飛び地の所領を返上して、鑑広らが都甲荘に戻る日がくるかも知れなかった。それも悪い話ではない。鑑理の家族といっしょに皆で住めば、楽しかろう。

「賀兵衛《かへえ》殿は高い所が怖いと言われ、渡った経験がないとか」

「あの橋から落ちたら死ぬゆえな。賀兵衛殿は危ない橋は渡らぬ主義じゃ。賢明とも言える。人にはそれぞれの生き方がある」

鑑広は青空に向かって、右の拳を勢いよく突き出す。五郎太も真似をした。

「五郎太、絵をたくさん描いておるようじゃな」

すぐに答えはなく、のぞき見るような五郎太の視線を隣から感じた。

「昨晩、楓に見せてもろうたが、たまげたわい。上手に描けておったぞ」

鑑広は懐から半紙を取り出すと、開いて宙にかざした。

「お前の母上のごとき佳人《かじん》はめったにおらぬが、まるで楓がここにおるようじゃ」

「褒めすぎにございまする」

鑑広がやにわに半身を起こした。

「何じゃと、五郎太。お前は母上が美しゅうないと申すか」

「いえ、絵の腕前について申したのです」

「ならば、よいがの。五郎太が描いてくれたこの絵は俺のお守りじゃ。戦場《いくさば》にも持って参る。俺は楓と五郎太とともに戦っておるんじゃ」

春の陽光がかすかな草いきれさえ、感じさせている。

†

さきほどまで夕光に染まっていた府内《ふない》の町を、今は春月が皎々《こうこう》と照らしていた。が、月あかりは心の中まで届かぬようだった。鑑広《あきひろ》の心には不安と焦燥がしつこく蜷局《とぐろ》を巻いていた。

夜分、肥後から戻った紹兵衛《しようべえ》が吉弘屋敷に伺候すると、鑑広はすぐに会った。宗亀《そうき》に呼ばれた鑑広は、戦支度を小次郎に任せて、府内に戻っていた。が、事態はいっこうに変わらない。義鑑《よしあき》の時代は加判衆《かばんしゆう》の合議と義鑑で大事を決めていたが、欠けた加判衆の補充も未だなく、今は誰がどのように決めるか、決め方さえはっきりしなかった。

物事がことごとく裏目に出て、有効な手が何も打てぬまま、時だけが過ぎてゆく。紹兵衛なら、この難局を打開してはくれまいかと、鑑広は勝手な期待を抱いてもいたのである。

「紹兵衛よ。お主は吉弘の副将たる俺を信じられぬと申すか」

鑑広の問いに、紹兵衛は挑みを含むような片笑みを口もとに湛《たた》えながら、堂々と答えた。

「事と次第によっては、右近様が今後わが殿に刃を向けられても、不思議はありませぬゆえ」

吉弘兄弟は守りたいものが違っていた。鑑理《あきただ》は義を、鑑広は愛を守ろうとしていた。鑑理の貫かんとする義が吉弘を滅ぼすなら、兄弟の利害は決定的に対立する。

「これまで、俺と兄者は一心同体であった。いついかなる時も談合し、二人して乱世の荒波を乗り越えてきた」

「さればこそ右近様は、いかにしても吉弘を守らんとなされましょう。されど、わが殿は義を重んずるがゆえに、滅びへの道を歩んで来られました」

鑑広は紹兵衛の言葉をさえぎるように、身を乗り出した。

「紹兵衛。俺はともに滅びる気はないぞ。俺が兄者に叛したら、何とする?」

「おそれながら、その前にお命を頂戴いたしまする」

「申すわ。では問うが、お主は兄者の義のために、吉弘を滅ぼすと申すか?」

「否。殿も吉弘も守るが、わが殿のご恩顧に報いる、ただひとつの務めと心得ておりまする」

「宗亀の話では、お主はどこぞで良からぬ真似をしておるようじゃな」

「はて。何ぞ証《あかし》でもございましょうや」

とぼけるでもない、むしろ挑発するような余裕の片笑みを紹兵衛は浮かべている。

「見つからぬゆえ、宗亀も困っておるようじゃがの」

「下手に事情をお知りになれば、累が及びましょう。されば某《それがし》が何を為そうと、右近様のいっさい与《あずか》り知らぬ話。すべて『知らぬ存ぜぬ』でお通しくださりませ。万が一のときは石宗《せきそう》様に泥を被せまするゆえ、ご懸念には及びませぬ」

紹兵衛は肥後、肥前、筑後を足繁く行き来している様子だった。が、決して仔細を語ろうとはしない。

鑑広は紹兵衛の精悍な表情を睨みつけると、声を落とした。

「先般お主は、俺に話があると小次郎に言伝てたではないか。腹を割って話さねば、吉弘は救えぬぞ」

鑑広が悪びれずに問うと、紹兵衛は苦笑した。

「過日、右近様が某の命を狙われたは、わが殿と吉弘家の前途を案じられるがゆえと拝察いたしました。されば、お力をお貸しくださりませ」

「兄者は頑固者じゃ。あの堅物を口説くのは骨が折れるぞ」

「殿を説き伏せるは至難と悟りました。されば世の中のほうを変えるほか、手がありませなんだ」

紹兵衛は顔色ひとつ変えず、鑑広の前に手を突いた。

「結論のみ申し上げまする。近々、菊池義武《きくちよしたけ》が挙兵。大友は討伐の兵を起こす仕儀に至りましょう」

鑑広は覚えず身じろぎ、瞠目して眼前の男を見た。

先代大友義鑑の実弟で、肥後の名門菊池家へ養子に入った十郎義武は、かつて義鑑に背いて敗れた。以来、義武は十年近くの間、肥前の高来《たかき》に隠在していた。再び世に出る気があるなら、義鑑が横死した今こそが絶好の機会であろう。が、義武は昔、家臣団に見放されて滅び、力を失った男だった。義武には人も、金も、名声もなかったろうか。その敗残の男を再び世に担ぎ出すために、いかほどの知恵と力が必要であったろうか。政変後の短時日のうちに、紹兵衛は義武を蠢動《しゅんどう》させるのに成功したらしい。膨大な工作資金を注ぎこんだはずだが、石宗の食客《しょっかく》時代から懇《ねんご》ろにしていた仲屋《なかや》の財力を利用したに違いない。

紹兵衛の狙いは明白だった。大友の外敵が強大となれば、否応なく吉弘への処断に躊躇《ためら》いが生ずる。この男は主を守るためだけに、二階崩れの余燼《よじん》収まらぬ大友へ、再び危難をもたらそうとしているのか。

新当主大友義鎮《よししげ》にとっては抜き差しならぬ事態だが、外患がもたらす脅威は吉弘家の存続にとって好都合だった。難敵となる菊池方のため周旋に動くという驚嘆の禁じ手こそ、田原宗亀《たわらそうき》が紹兵衛抹殺を示唆した理由であったろう。

鑑広は世戸口紹兵衛《せとぐちしようべえ》という男を、初めて畏れた。

「菊池が勝てば、お主は一国の主となれるであろうな」

鑑広は褒め殺して牽制したが、紹兵衛の心の動きは読み取れなかった。

紹兵衛は今まで味方をも欺《あざむ》いてきた。鑑理も紹兵衛の動きを何も知るまい。軍師角隈石宗《つのくまいせきそう》の意図は図りえぬが、紹兵衛は痕跡を残さぬようにしながら、肥後の叛乱を創り上げてきたに違いなかった。画策が功を奏し、肥後に戦の焔《ほのお》が燃え広がれば、豊後は火消しに追われる。

「菊池のみでは心もとのうございますれば、大内《おおうち》を使いまする」

中国と北九州を支配する大大名を使うと言ってのけた紹兵衛の言葉を、鑑広は愉しんだ。

「これは義を貫いて家を守る策なれど、綱渡りに変わりはありませぬ。吉弘家を守るためには、右近様のお力が要りまする」

「聞こう」

鑑広が威儀を正すと、燭台の炎がわずかに揺らいだ。

十、義と愛と

美醜をわけ隔てなく覆い隠していた最後の雪はすでに跡形もなく、遠い過去の記憶となった。日脚も伸び、雲を散らす春風が都甲荘《とごうのしょう》を勢いよく吹き抜けている。

吉弘左近鑑理《あきただ》が筧《かけい》城奥の一室に入ると、待ちかねた様子の鑑広《あきひろ》が一揖《いちゆう》した。

「兄者。昨夜、江良《えら》殿と親しゅう話をしたぞ」

鑑広の押し殺した声に、鑑理は瞑目して腕を組んだ。

大内家の実力者は今、陶隆房《すえたかふさ》（後の晴賢《はるかた》）である。二階崩れの後、隆房の腹心である江良房栄《ふさひで》が都甲荘を訪れた回数は一度や二度でなかった。鑑理は面会を拒んだが、大内方も鑑理の人となりを弁えたらしく、副将の鑑広に接近している様子だった。

吉弘は追い詰められていた。加判衆《かばんしゅう》の任を解かれただけで済むはずもない。近く沙汰されようが、宗亀《そうき》の話では改易の懸念が多分にあった。幼少より一心同体であった鑑広さえもが鑑理の意に反して動く事態は、吉弘家の置かれた窮地を端的に示してもいた。

「決して悪い話ではないぞ。聞かれよ」

鑑広がすぐ傍まで膝を進める気配がした。

中国・北九州六ヵ国の覇者大内家は、大友家の年来の宿敵であった。両家の決戦となった勢場《せいば》ヶ原《はる》の合戦では、鑑理と鑑広の眼前で父氏直が戦死した。大内は兄弟にとって、不倶戴天《ふぐたいてん》の敵にほかならなかった。

「たとえ仇といえども、家を守るためには手を結ばねばならぬ時がある。陶殿は事成りし暁《あかつき》には、当家を豊前一国の守護代にするとまで約しておる」

鑑理の背を気持ちの悪い汗がひと筋、ゆっくりと流れ落ちてゆく。

豊前の土豪らは長年、大内、大友の二大勢力間を揺れ動きながら家を保ってきた。大友譜代の家臣、さらには同紋衆さえもしばしば宗家に叛した。が、吉弘家が大友宗家に弓を引いた歴史は、ない。

「大宰府には高橋鑑種《あきたね》殿の軍勢があり、東に睨みを利かせておるゆえ、大内も軽々には動けぬ。が、当家が同心すれば、話はまったく別じゃ。山が、動く」

鑑広の息遣いを間近に感じて、鑑理は目を開けた。すぐそばにある鑑広の切れ長の眼を、正面から睨みつけた。が、鑑広は動じる風もなく、険のある眼を返した。

「兄者、乱世を生き延びるためよ。他に道はない」

「今、紹兵衛《しょうべえ》が府内で動いておる。当家存続の道はまだ断たれてはおらぬ」

府内では入田《にゅうた》征伐に群がった諸将らの論功行賞が行われようとしている。

二階崩れの変の首謀者と目された入田親誠《ちかざね》の末路は哀れであった。親誠の義弟にあたる戸次鑑連《べっきあきつら》が征討軍の総大将に任ぜられて襲来するや、親誠は居城の津賀牟礼《つがむれ》城を捨てて落ち延びた。南肥後に逃れ、義父の阿蘇大宮司《あそだいぐうじ》惟豊《これとよ》を頼った。

鑑広がさらににじり寄って、鑑理にささやいた。

「紹兵衛は今、肥後におる。何ゆえかおわかりか。じきに菊池《きくち》が肥後で兵を挙げる。さらに大内を動かせば、南北から大友を挟撃できるからじゃ」

鑑理は驚愕して鑑広を見た。

先主義鑑の治世で最も重用された吉弘家の動員兵力は、五千を下らない。その将兵は鑑広以下、武をもって鳴る。吉弘が大内・菊池連合軍の主力に変ずれば、勝敗の鍵を握る勢力となりえた。話は見える。が、鑑理は強く頭《かぶり》を振った。

「紹兵衛はわが意を心得ておる。吉弘が宗家に弓引くなぞありえぬと重々承知じゃ」

到明寺の一件以来、鑑理は田原宗亀《たわらそうき》から、都甲荘を動かぬよう厳しく言われていた。吉弘家存続のための周旋のいっさいを紹兵衛に任せたが、菊池義武《よしたけ》は家臣と民に見放されて十年前に滅んだ男で、再起など夢物語だと鑑広も知っているはずだ。

「兄者は甘い。吉弘を潰さねば、論功行賞も満足にできぬではないか。都甲以外の封土を返上すれば、それで済むとでも思うてか。あの戸次が都甲に触手を伸ばしておるとの噂もあるぞ」

「五郎様は、案ずるなと静《しずか》に仰せであった」

鑑理は紹兵衛の勧めで、宗家に恭順の意を表すべく妻子を府内の吉弘屋敷へやり、義鎮と面会させた。人質として差し出す意を込めてもいた。

義鎮は父母を同じくし、幼少より慕う実姉の静を大いに歓迎した。姪の菊《きく》と甥の孫七郎が幼いころの静と自分に瓜ふたつだと何度もくり返しては喜んだという。が、姉弟の間で政《まつりごと》の話は何もなかったらしい。人質に取られるでもなく、静らはほどなく都甲荘へ戻された。鑑理にも、義鎮の深慮があるとは思えなかった。義鎮はまだ何も決めていないだけの話だった。

「義姉上と吉弘の命運はまったく別の話よ。吉弘を潰しても再嫁すればよい。それに、処遇を決めるは五郎様ではない。田原宗亀は信用ならぬ狸じゃ。すでに佐伯と手を組んでおるやも知れぬぞ。されば戦と同じよ。勝つためには、攻められる前に攻める。兄者もいいかげんに腹を括られよ」

「最初から腹は決めておる。吉弘が大友に叛するなぞ金輪際ありえぬ。滅びるほかない宿命なら、覚悟を決めて受け容れるまで」

鑑広はいらだちを隠そうともせず、鼻白んだ様子で身を引いた。

「家を滅ぼすはたやすい。阿呆でもできる。されど吉弘は兄者独りのものではない。義姉上はともかく兄者の三人のお子はどうなる？　俺には楓《かえで》がおる。子もおる。もうすぐ二人目も生まれるんじゃ」

鑑広と楓の鴛鴦《えんおう》の契りは鑑理も承知しているが、楓の懐妊は初耳だった。鑑広とて愛妻と幼子の前途を案じ、生き残れる見込みがわずかでも高い道を選択したいのであろう。

「改易とならば、われらだけでない、家臣とその家族らも路頭に迷う。当主たる者、家を保つ責めこそござろうが。家族、家臣を守るも立派な義じゃ。大内に同心したとて、亡き父上はわれらを決して責むるまいぞ」

勢場ヶ原で父を失って以来、鑑理と鑑広は互いの不足を補い合い、力を合わせて吉弘家を守ってきた。兄弟で作りあげてきた家だった。乱世にはいがみ合い、互いの血を流す兄弟もいるが、鑑理には想像もできなかった。

鑑理は、鑑広に向かって頭を下げた。

「済まぬ、右近。皆にはわしから詫びる。いかなる理由があろうと、宗家に弓引くは義にあらず。吉弘家の当主として、義に背く真似だけはできぬ。亡き御館様や父祖に対し——」

「申し開きは俺がしてやる」鑑広がぞんざいにさえぎった。

「兄者は己が詰め腹さえ切れば、万事済むなぞと考えてはおるまいな。そいつは大間違いじゃぞ」

　家族と家臣の身の落ち着き先が決まれば、黙って腹を切るつもりではあった。家を滅ぼした当主が先祖や家臣らに詫びる術《すべ》を、鑑理はほかに知らなかった。

「兄者のせいで皆が苦しむのじゃぞ。なあに一時《いっとき》、大友を離れるだけの話よ。一度は大内に身を寄せておった宗亀も、今では大友を牛耳る勢いではないか。世渡り次第で大友への帰参も叶い申そう」

「田原と吉弘は違う。ひとたび義に反すれば、失われし信は二度と復しえぬ」

「義なんぞ、いったい何処《どこ》にあるんじゃ！」

　激昂した鑑広が、鑑理に詰め寄ってきた。

「兄者。吉弘は今、生か滅か、大きな岐《わか》れ道に立っておる」

　鑑理はゆっくりと首を横に振ると、毅然《きぜん》と応じた。

「わがゆくてに道は岐れておらぬぞ、右近。わしにはただ、大きな一本道しか見えぬ」

絶句する鑑広に対し、鑑理は続けた。

「右近よ。お前が大友を離れると申すのなら、兄弟の縁を切り、戦場で相見《あいまみ》えるほかあるまい」

言い終わる前に、鑑広が荒々しく立ちあがった。

「承知した。ひとつ言うておくが、兄者とともに滅びるなぞ、俺はまっぴらごめんじゃ。兄者が吉弘を滅ぼす気なら、俺にも考えがある。今は乱世じゃ。俺は兄者のようなお人好しではない。家が滅びるとはいかなる意味か承知しておるのか？　入田親誠の末路を見るがよいわ」

肥後の義父を頼った入田はかえって誅《ちゅう》せられ、その首は府内に送り届けられた。義鎮はかつての傅役の首を検《あらた》めさえしなかったという。

背を向けた鑑広の姿が廊下から消えた時、鶯が庭で歌の練習を始めた。まだ巧く唄えぬようだった。

†

「赦《ゆる》されよ、左近殿。わしの力不足じゃった。貴家は改易と決まってしもうた。相済まぬ、このとおりじゃ」

じきじきに都甲《とごう》を訪れた田原宗亀《たわらそうき》は鑑理《あきただ》に向かい、坊主頭を深々と下げた。敵味方を問わず、禿頭を下げるくらい屁とも思わぬ男であると、鑑理も知っていた。

「佐伯、斎藤ら他紋衆が喧《やかま》しゅうてな。例の評定以来、御館様も心中、左近殿を快う思うておられぬ。せめて都甲荘だけは安堵をと頑張ったんじゃがな、果たせなんだ」

鑑理も覚悟はある程度できていた。己の代で由緒ある家を潰した以上、死をもって父祖に詫びるほかはない。が、その前に、生きてある家臣らの再仕官を世話せねばなるまい。

「一度なぞは、入田と同じく征討の話も出たほどじゃった。むろん、わしが許さなんだがな」

恩着せがましい言い方ではないが、宗亀は腹中でほくそ笑んでいるのやも知れぬ。

「宗亀殿のご厚情、痛み入ってござる」

「噴飯物《ふんぱんもの》の沙汰じゃな」

鑑理の後ろに控えていた鑑広《あきひろ》がぞんざいに口を挟んだ。

「戸次《べつき》、臼杵《うすき》、小原《おばら》、高橋ら諸将は入田の津賀牟礼城攻めの後、皆まだ所領にあって、府内に戻っておらぬ。されば、今回の処断は田原殿のほか、御館様と一部の他紋衆のみで決められた話のはず。今、加判衆《かばんしゅう》は六名のうち吉弘、斎藤の二名が欠け、吉岡殿も京にあって体《てい》をなしておらぬ。一部家臣らの一存で当家の処遇を決めるは、慣例に反するのではござらぬか」

宗亀は鑑広に視線を合わせず、鑑理に向かって答えた。

「誰が決めても同じ話よ。こたびの変事で御館様をお守りし、功があったはわしのほか、ただちに馳せ参じた他紋衆、なかんずく佐伯、斎藤じゃ。他方、われらの敵となりしは結局、入田一党のみ。皆が皆、入田征伐に馳せ参じた。論功行賞をするにも封土が限られておる。討伐令に背き、合力せなんだ重臣は吉弘家のみ。おまけに左近殿は到明寺墓参の一件で、御館様のご勘気を被っておる。吉弘が仲屋《なかや》を使うて金をばら撒いた話も聞こえが悪い。わしにどうやって吉弘を守れと申すのじゃ？」

宗亀は話の途中で身を引くと、大きなくさめをしてから続けた。

「左近殿は当面、当家の客将としてお迎えする所存。ここはいったん――」

鑑広が業《ごう》を煮やした様子で宗亀の言葉をさえぎった。

「さかしらな御託を並べなさんな、宗亀殿。都甲荘は豊前大内領に近い。当家中ではこの際、大内義隆《おおうちよしたか》公の庇護を仰ぐべしとの意見も強うござるぞ」

「何じゃな、藪から棒に。右近殿は込み入った話をするものよな」

「では、簡単な話を致そう。二階崩れの変のみぎり、田原勢は何ゆえ府内におられた？　われら同様、亡き御館様から義鎮様廃嫡の命を受けておったゆえではないか？」

鑑広の脅しに動ずる風もなく、宗亀はもう一度くさめをした。

「何の話じゃな？　齢を取るとは厄介なものよ。少し昔の話もすぐに忘れてしまうでな」

「吉弘と田原は同罪のはずじゃ！　こたびの沙汰は解《げ》せぬ！」

鑑理は吠える鑑広を手で制した。

「控えよ、右近。主命に背くは義でない。家臣らを召し放つは心苦しき仕儀なれど、是非もあるまい。して、宗亀殿、城明渡しの日限は？」

宗亀が切った期限はひと月であった。

「戦支度をするには十分に時がござるな」

嘯《うそぶ》く鑑広を鑑理はすぐにたしなめたが、宗亀は大きな目で二人をじろりと見ただけだった。

宗亀が去った後の苦い沈黙を、鑑広が破った。

「厳しいが、予期しておった話よ。兄者に任せておっては吉弘が滅ぶ」

八面山の緩やかな斜面に咲く薊《あざみ》の棘《とげ》のような言葉が、鑑理の胸を無遠慮に刺した。

「頑なな当主を持つと周りが苦労するわ。されど、宗亀の思いどおりにはさせぬ。俺も手を打っておるゆえな」

「右近、何処《いずこ》へ参る?」

「兄者の知ったことかよ」

鑑広が捨て台詞《ぜりふ》を残して去った後、のどやかな春の静けさが戻った。鑑理は耳を澄ませてみたが、この日、鶯の声はしなかった。

†

八面山《はちめんざん》の中腹にある長安寺《ちょうあんじ》の六所権現《ろくしょごんげん》には、薄暮が迫る山中で汗を流す愉《たの》しげな木挽唄《こびきうた》が、つい今しがたまで届いていたが、働き者の樵《きこり》たちも、家族の待つ家路についたに違いない。

本殿に祀《まつ》られた吉弘家の守り神〈太郎天《たろうてん》〉は、いつもの丸顔で鑑理《あきただ》を見下ろしていた。

童顔の神像は角髪《みずら》で、両耳の脇に髪を束ねて輪を作り、垂《た》らしている。右手には錫杖《しやくじよう》を、左手には蓮蕾《れんらい》を持ち、両脇には今にも動き出しそうな二童子を従えていた。

父氏直《うじなお》も、祖父親信《ちかのぶ》も、代々の吉弘家当主は思い迷える時、長安寺を訪《おとな》って、必ずこの太郎天に問いかけたはずだった。

鑑理は太郎天に向かって頭《こうべ》を垂れ、瞼《まぶた》を閉じて、両手を合わせる。

四百年ほど前に作られた等身大の神像がいったい何者なのかは、定かでない。不動《ふどう》明王《みょうおう》だという者もいるが、鑑理は亡き祖母からの口伝《くでん》を信じていた——。


その昔、九州には天まで届く巨樹が幾本もあった。

今は頂上が平らで屋山《ややま》城の築かれている八面山上にも、雲より高い榧《かや》の木が聳《そび》え立っていた。かねて豊かな実りが得られた都甲《とごう》の村も、あまりに大きくなりすぎた巨樹が常に影を作り、日の当たらぬ土地は痩せ細った。

村人たちは大榧を伐《き》ろうと試みたが、樹皮は固く、刃を受け付けなかった。

村一番の力持ちで、働き者の樵だった太郎は、村人たちに頼まれ、背よりも大きな自慢の大斧を振るって大榧に挑んだ。太郎の怪力は樹皮を傷つけたが、翌日にはほとんど元に戻っている。来る日も来る日も、太郎は日が沈むまでほんのわずかずつ伐り進んだ。二年が経《た》った頃、太郎はようやく半分余りまで伐り進んだ。幹を荒縄でふん縛り、村人皆で力を合わせ、ようやく大榧を伐り倒したのである。

都甲をくまなく照らす豊かな陽の光に、村人たちは小躍りして喜んだ。

太郎は村人たちの賞賛を一身に浴びた。村で一番美しい村長の娘と結ばれ、子もできた。

義父に後事を託された太郎が村長になって間もなく、異変は起こった。櫃の巨樹を失った山は荒れ放題になっていた。川も湧水も涸《か》れ始め、日照りが続くと、村人たちは水涸れに悩まされるようになった。大雨が降るたび、泥水が八面山の山肌をそのまま流れ、洪水が村を襲った。太郎は村のために先頭に立ち、寝る間も惜しんで堤《つつみ》を築いたが、台風が一夜にして堤を崩した。

旱魃《かんばつ》と洪水の不幸は繰り返され、さらに疫病《えきびょう》が村を襲ったとき、「あの大櫃は神の樹だったのだ」と誰かが言い始めた。「すべては、神木を伐り倒した祟《たた》りなのだ」と言い出す者も現れた。火の不始末で火事が村を焼き、大地震まで起こると、やがて村人たちの疑念は確信へと変わっていった。村人たちは神を殺した太郎の過ちを責め、やがて放逐を決めた。

太郎は黙って妻子を連れ、どこへともなく去った。

その後、都甲の村は、次第に災厄に見舞われなくなった。八面山には少しずつ豊かな緑が茂り始め、川は潤《うるお》い、湧水もこんこんと湧き出すようになった。

都甲が蘇《よみがえ》って、村人たちが太郎のことなどすっかり忘れ去った頃、幾日にもわたって黒雲が村を覆い、大雨が降り続いた。八面山の緑は雨水を蓄えたが、川の流れはますます水嵩を増してゆく。このままでは大氾濫となって、都甲は村ごと流され、水の底へ沈んでしまうに違いないと、村人たちは怯《おび》えた。

そんな時、一人の美しい娘が村人たちの前に現れた。いつか大榧の神木を伐り倒した太郎の娘だという。娘は上流の川の流れを変えるために、太郎が今、砂袋を積み、丸太で堤を拵《こしら》えているが、どうしても人手が足りない、村人たちに力を貸してほしいと頼んできた。

村の男たちは総出で、太郎の娘に従《つ》いて山の奥へ向かった。その間も、滝のような雨水が、村のある西へ流れてゆく。

皆が猛雨に打たれながら険しい山道を越えてゆくと、あの大斧をふるって木を伐り倒している男がいた。男は老いて、背も少し曲がり、髪は白くなっていたが、往年の怪力はなお健在らしかった。

男たちは太郎が伐り出す丸太を、力を合わせて堤にしてゆく。

雷鳴が轟《とどろ》き、豪雨がまた山に新たな流れを作っても、太郎は諦《あきら》めようとしなかった。

だが、太郎と男たちの努力も虚しく、にわか作りの堤は激流に耐え切れず、今にも決壊しようとしている。大水に恐れをなした男たちは娘を連れて、山の上へ逃げた。

それでも太郎は一人、山腹に残った。

太郎は幾抱えもある大きな椹の木を伐り倒そうとしていた。椹の幹を半分余り伐り進んだ時、酷使していた大斧が真っ二つに割れて、使い物にならなくなった。

濁流のために、砂袋と丸太の堤はいよいよ、崩されようとしている。

太郎は大斧を捨てると、椹の大木を抱えて力任せに押し倒そうとした。最初はビクともしなかった大木も、太郎が雄叫びを上げて力を込めると、傾き始めた。

村人たちは山の上から、泥流の向こうにいる太郎に向かって、声の限りに声援を送った。

固い幹はなかなか折れない。だが、あと少しのはずだ。

太郎は傾いた大木に登り、太い枝にぶら下がって、己が体重をかけた。ついに椹はメリメリと音を立てて折れ、堤に向かって倒れてゆく。椹の大木はもう一つの大きな堤を作った。濁流は一斉に流路を変え、村とは反対の東へ向かった。

だがしかし、男たちが快哉《かいさい》を叫んだ時、太郎の姿はなかった。

雨雲が去り、村に晴天が戻ると、村人たちが皆で探したが、太郎はついに見つからなかった。

村人たちは、すでに亡くなった妻とともに太郎が長年、故郷のために尽くしていたことを知らなかった。二人は、村人たちの気付かぬ夜のうちに、八面山と周辺の山々に木を植えて蘇らせたのだった。大雨や台風がやってくるたび、太郎は上流にたった一人で堤を作っていたと、娘から聞いた。

長年月にわたり、太郎によって救われていたことを知った村人たちは、太郎は今もきっと神になって、都甲を守ってくれていると信じた。堤代わりになった榧の大木から、太郎を偲《しの》ぶ神像を作って〈太郎天〉と名付けたのである。

都甲を守った英雄は神として崇《あが》められ、後にこの地を治めることになった吉弘家も、太郎天を守り神として信仰した――。


鑑理はゆっくり目を開けると、合掌《がっしょう》していた手を膝の上に置いた。

太郎は妻をも死なせ、己が身を捨てて、村人たちを守った。太郎天の神像は自慢の大斧を持ってはいない。武具の代わりに、世を浄めるための錫杖を手にしていた。

一指動かさぬはずの太郎天が、鑑理に向かってかすかに頷いた気がした。

――やはり、わが進むべき道は、一つしかない。

鑑理が太郎天に向かって微笑み返した時、背後の拝殿に人の立つ気配がした。

「やはり、こちらにおわしましたか」

愛しい妻がそっと語りかける声が、後ろから聞こえた。

振り返ると、静《しずか》が労《いた》わるような眼差しで鑑理を見ていた。結局、静は流産したが、鑑理が今回の政変でかけ続けている心痛と無縁ではなかったろう。そんな身で鑑理を案じ、筧城《かけい》から来てくれたわけだ。

太郎の妻は死に際し、何を思ったろうか。身勝手は承知だが、きっと静なら、わかってくれるはずだ。

「太郎天さまは、道を示してくださいましたか」

「わしの背中を押してくだされた。もう、迷いはない。今宵、皆を集めてくれぬか、静」

鑑理は太郎天に向かって深礼すると、静を伴って六所権現を出た。

†

筧城には静、家族らと鑑理《あきただ》の生活があり、人生があった。それも、終わろうとしている。奥のほうから、何も知らぬ菊と孫七郎の甲高い笑い声が聞こえてきた。

鑑理が奥の居間に姿を見せると、静と鎮信《しげのぶ》は畳に手を突き、菊と孫七郎は走り寄ってきた。鑑理は静の背をいたわるように優しく撫でた。

「済まぬ、待たせたのう」

鑑理の膝の取り合いをしていた菊と孫七郎が左右の膝になかよく収まると、菊が小さな顔を上げた。

「お父上。今年はいつ、みなでニュウに参るのでござりまするか」

幼い菊にとって毎年のごとく訪れてきた斎藤家の丹生庄《にゅうのしょう》には、よき想い出しかないのであろう。隣の孫七郎が菊の真似をし、回らぬ舌で同じ問いを発した。

幼子らは親鳥に餌を求める燕の雛のごとく、鑑理を見あげた。微笑みで返す。

「今年は無理じゃろうな。されど、いずれきっと皆で参るとしようぞ」

「それはいつに、ございましょうか」

菊が念を押す。鑑理の口もとを二人の幼子が真剣に見つめている。

「そうじゃな。菊が賀兵衛《かへえ》兄の肩くらいの背になったころ、じゃ」

鎮信は小柄である。菊はそれほど先でもないと考えた様子だった。

「きっとでございますよ、お父上」

「菊と孫七郎に、わしが嘘をついた覚えはあるかな?」

「ございませぬ」

声をそろえて答える幼子らに向かい、鑑理は大きくうなずいた。

「今宵は皆に大事な話がある。菊と孫七郎も聞くがよい」

鑑理が促すと、幼子らは静の左右に並んで正座した。

四人の愛する家族に向かい、鑑理はまず頭を下げた。

「済まぬ。今日、府内よりご沙汰があり、当家は改易と決まった。ひと月の後に城を明渡す。苦労をかけるが、支度をしてくれい」

「承知、仕りました」

静は観念したように眼を閉じて、両手を突いた。近いうちに離縁し、宗家に戻すほうが静にとっても幸せであろう。鑑理は不甲斐ない夫であった。

かたわらの鎮信が、鑑理ににじり寄った。

「お待ちくだされ。私はこれまで父上から義を守れ、貫けと教えられて育ちました。こたび当家が滅ぶは、父上が義に反した行いをされたがゆえにございまするか？」

鑑理はゆっくりと頭《かぶり》を振った。

「わしは何ひとつ義に反する真似をした覚えはない。さればお前は、父を誇りに思うてよい」

「逆ではありませぬか。当家は義を守るがゆえに滅びんとしておるのではありませぬか？　義を貫きし者が、何ゆえ滅びねばなりませぬ？」

鑑理にもわからぬ。己がしてきた選択の結果だが、天の摂理というほかない。

「賀兵衛よ。たとえ滅びようとも、義を貫かねばならぬときがあるのじゃ」

「義とはさように脆《もろ》く、か弱きものなのですか？」

「そうではない。そうではないぞ、賀兵衛」

鑑理は己にも言い聞かせるように繰り返した。

「父上。義に反するは不義。強いはずの義が、何ゆえ弱き不義に敗れねばなりませぬ？」

舟を漕《こ》ぎ始めた孫七郎の小さな頭が不憫に思えた。鎮信が続ける。

「私はもはや童ではありませぬ。大友が当家を見放すなら、大内《おおうち》に同心すればよろしゅうござる。豊前の諸豪は大内、大友の狭間《はざま》でしたたかに乱世を生き抜いて参りました。当家にはまだ力がござる。大内と結びし吉弘に対しては、宗家といえどたやすく手出しはできますまい」

立て板に水を流すがごとき鎮信の言葉に、鑑理はしばし黙した。

「右近と、話をしたか」

鑑広《あきひろ》が「打った手」とは、嫡男鎮信への入れ知恵であったろうか。乱世における身の処し方としては、鑑広の説く道こそ正解かも知れなかった。

「叔父上だけではありませぬ。紹兵衛《しょうべえ》とも以前に話しました。義を貫いて滅びるは、ただの愚か者にござる」

鎮信は口から生まれ出たごとく、幼いころから弁が立った。理屈では逆に鑑理が言い負かされるおそれさえ感じた。

「それは違うぞ、賀兵衛」

鑑理は諭すごとく、義を説き始めた。

たとえば親友であった斎藤長実《ながざね》や、鬼と恐れられる戸次鑑連《べっきあきつら》なら、有無を言わさず殴りつけて、議論を終えるのやも知れぬ。だが鑑理は家族や家臣に手を上げた覚えは一度もなかった。戦場でも本陣に坐してはいたが、鑑理は、人ひとり傷つけた経験がなかった。敵の命を奪う冷酷な命を下している将は己であるとの罪深い自覚を持ってはいたが。

目を擦《こす》りながら聞いていた菊と孫七郎が、静《しずか》にもたれて眠りに落ちる姿を見やりながら、鑑理はひたすら吉弘の歴史と義を説いた。それでも鎮信は舌鋒鋭く論戦を挑んできた。

「大なる義を為すためには、小なる不義もやむを得ぬ場合がございましょう」

「いや、ない。ひとたび小なる不義を為した者は信を失う。口先だけの者に、大なる義を為せはせぬ」

「それは平時の話。乱世に義を貫くなぞ、愚の骨頂にございまする」

「乱世なればこそ、義を貫かねばならぬのじゃ。不義を謗《そし》られるよりは、愚昧《ぐまい》なりと嘲られるほうがよい」

「滅びればそれまで。不義を糺《ただ》せもせず、義を守ることも叶いませぬ」

「義は滅びぬ。義を貫かば、必ず後に続く者が出る」

「ご冗談を。今は乱世。辺《あた》りは不義の輩《やから》で満ちておるではありませぬか。田原宗亀《たわらそうき》しかり、萩尾麟可《りんか》しかり。義を貫く者なぞ、何処《いずこ》に出ましょうか」

鑑理はひと呼吸置いてから、いくぶん胸を張った。

「義を貫かれしわが祖父の後には父上が、その後に、わしが出たではないか」

「こたび所領をすっかり召し上げられ、力を奪われし父上に、いかなる義が為せましょうや」

「義はいかなる場所にもある。百姓でも、商人《あきんど》でも、誰でも義を為しうる」

かたわらで黙って聞いていた静《しずか》が口を挟んだ。

「夜も更けて参りました。お二人ともそのあたりでおやめなさいまし。どちらも間違うてはおりませぬ。生き方の違いなのです」

静は両脇で眠る二人の幼子を抱き締めながら、鎮信に微笑みかけた。

「賀兵衛、もしお前が吉弘の主であったなら、当家は違った道を歩んでいたでしょう。でも今、当家の主は殿です。私は殿のご決断に従います。賀兵衛はすでに元服した身。己が頭で考え、心で感じ、自ら選ぶ道を歩みなされ」

鎮信は父に対し、子として文句を垂れているのではなかった。一人の将として当主を説得しようとしていた。

結論は変えられぬ。が、鎮信にも吉弘家の終焉《しゅうえん》を決する評定に出る資格があると考えた。

「賀兵衛。お前も明日より、評定に顔を出すがよい」

鑑理が微笑みかけても、鎮信は笑みを返さなかった。

†

都甲の春が心地よいのは、八面山から吹き下ろす風が藤の香りを含んでいるせいか、あるいは松行《まつゆき》川に映る山吹の色のせいか。だがこの日、鑑理《あきただ》の心は晴れなかった。

鑑理が鎮信を伴って評定の間に入ると、家臣らがいっせいにぬかずいた。

「本日より当家嫡男、賀兵衛《かへえ》鎮信《しげのぶ》が同席する。皆の衆、よしなに頼む」

最後の評定の肚づもりであった。鑑理は面を上げた家臣らの顔を一人ひとり見た。いずれも代々、吉弘家に仕えてくれた股肱の臣である。愛《いと》おしくてならなかった。

「昨夕、宗家より正式な使者として、田原宗亀《たわらそうき》殿が都甲に参られた」

鑑理はひと息ついてから、家臣らに向かって深々と頭を下げた。

「済まぬ。当家は取潰しと相成った。すべては……」

己の不甲斐なさに胸が詰まったが、涙はこらえた。咳払いをしてから、落ち着いて言い直した。

「すべてはわしの不徳。このとおりじゃ。赦してくれい」

家臣らが顔を上げるよう口々に訴えても、鑑理は頭を下げたまま動かなかった。己のしてきた判断に間違いはないはずだった。仮にもう一度天に試されたとしても、政変の最初からまったく同じ選択をしたに違いない。選択に悔いはなかった。だが、無念だった。

鑑理はようやく顔を上げると、座を見渡した。若い田辺又十郎義親が涙を浮かべている。

「皆の再仕官先は最後の一人《ひとたり》まで、わしが責任を持って周旋いたす所存。さすがは義の吉弘よと後世に称えられる、潔き城の明渡しを行いたい」

しばしの沈黙を破って、義親が手を突いた。

「世にかかる理不尽がありましょうや？　われら、殿とともに戦う覚悟はできており

ます る。いざお下知を！」

幾人もの声が義親に続いた。が、鑑理は小さく頭《かぶり》を振った。

「当家は義のない戦はせぬ、できぬ。主命なれば、従容《しょうよう》として受け入れるほか——」

「いや、道は今ひとつ、ある」鑑広が腕組みをしたままぶっきら棒にさえぎってきた。

「兄者、先刻より江良《えら》殿を書院に待たせてござる」

鑑理は、鑑広に視線を合わせるでもなく、応じた。

「面会には及ばぬ。大内《おおうち》への同心などありえぬ」

「それが、兄者の最後の返答じゃな？」

黙ってうなずく鑑理を見るや、鑑広は立ちあがった。

「俺はこれより、吉弘本家と袂《たもと》を分かつ」

座がどよめくなか、鑑理は言い切った。

「右近よ。たとえ改易の主命であっても、上意に変わりはない。上意に背くなら、お前は大友の、当家の敵となる。義に背くなら、たとえお前でも容赦はせぬ。覚悟はできておろうな」

直視する鑑理に、鑑広は堂々と応じた。

「むろんよ。われに同心せんとする者は、鉄輪《かね》ヶ城に集《つど》え」

鑑理は鑑広の眼を直視した。

「猛虎を野に放つわけには行かぬ。従えぬなら今この城で、お前を討ち果たすのみ」

戦上手の鑑広と戦って勝つ自信はない。公然と離反独立を宣言した弟を、そのまま城に帰すわけにはいかなかった。

うっかり迷い込んできた蝶も、あわてて逃げ出しかねぬほどの緊張で場が凍りついている。睨み合う兄弟を尻目に、乾いた笑い声がした。声変わりをする途中の掠《かす》れ声である。

「おそれながら父上も、叔父上も、お話がちと極端にございまする」

吉弘家の後嗣、賀兵衛鎮信が評定で初めて口を開いた。

「当家よりは世戸口《せとぐち》紹兵衛《しょうべえ》が府内へ遣わされ、軍師角隈石宗《つのくませきそう》と諮《はか》りつつ、諸々《もろもろ》の動きをしておるはず。城明渡しの日限までひと月も猶予がございますれば、まだまだ逆転はありえましょう。決着はまだ、付いておりませぬ」

「賀兵衛殿、すでに沙汰は出ておるのじゃ。たったひと月で何ができると申すか？」

鑑広の問いに、鎮信は微笑みながら答えた。

「力を失わぬかぎり、ひと月の約定はさらに延ばせましょう。叔父上が今、鉄輪ヶ城で挙兵なされば、当家の敵につけ入る隙を与えるだけ。大内に同心するなら、大内軍の主力が九州に上陸し、豊前の諸豪に号令をかける日まで、叔父上も大友に恭順の意を示しておかれませ。さもなくば大内の援軍が来る前に滅ぼされましょうぞ」

「結局、いかがせよと申すのじゃ？」

「後ろ指を差されぬよう、明渡しの準備は進めましょう。されど、当家は兵装を解きませぬ。逆意あるためではござらぬ。江良某《なにがし》の画策を始め、豊前の大内方諸豪に不審の動きあるがゆえでござる。叔父上も、江良殿とうまく話を詰めてくだされ」

「なるほど、豊前の動きに備える名目で戦支度を怠らず、城明渡しの日限を迎えるというわけか」

鎮信はうなずくと、鑑理に向かって座り直した。

「父上は紹兵衛に当家のゆくすえを委ねられたはず。かの者が戻るまで、事を急《せ》いてはなりませぬ。兄弟が事を構えるなど下の下の策。叔父上もさしあたりは大友への忠誠を誓うておられまする。その叔父上を討つなど、義に反しましょう」

「若殿の仰せはいちいちごもっとも」義親が手を突き、すかさず口を挟んだ。

「某《それがし》とて殿のお下知に従う所存なれど、右近様と戦う気はございませぬ」

鑑広は幼少から又十郎義親を可愛がった。己が過ちで死なせた傅役田辺長親への想いもあったろう。義親は齢の離れた実兄のごとくに鑑広を慕っていた。仮に鑑理と鑑広が訣別すれば、義親は悩んだあげく、鑑広方に付くかも知れなかった。

「それが賢いぞ、又十郎。皆も知っておろう。俺のほうが兄者より戦上手じゃ」

鑑広がおどけると、厳粛なはずの評定の場に爽やかな笑いが生まれた。

「それにしても賀兵衛殿は末頼もしい。吉弘はまだまだ健在じゃ。兄者、俺は江良の動きに備えるため、大田に戻る。間違うて、兵なぞ差し向けるなよ」

鑑広と腹心の林左《さ》京亮《きようのすけ》が辞去したが、鑑理は去るに任せた。鎮信の機転で衝突は回避できたが、問題を先送りしたにすぎない。やがて訣別の時は来るであろう。

実弟鑑広の造反は鑑理の責めである。最後は腹を切って、大友宗家と吉弘家の父祖に詫びる覚悟であった。

昔の鑑広なら鑑理と袂を分かちはしなかったろう。だが今、鑑広には守るべき妻子と家臣たちがいた。

†

「仁《じん》右《え》衛門《もん》よ。これまで当家によう尽くしてくれた。感謝の言葉もない」

鑑理《あきただ》が頭を下げると、渋江《しぶえ》仁右衛門は板の間に額を擦りつけた。内儀と幼子もこれに倣う。

「滅相もございませぬ。身どもとて、命のかぎり殿にお仕えしたいと願うておりました」

鑑理と齢も近い仁右衛門は昔、ともに勢場《せいば》ヶ原《はる》の敗戦を経験した仲であった。

「万事はわしの不徳の致すところ。家臣らには何の落ち度もない。高橋殿にはそなたの忠義をしかと伝えてある。安心して大宰府へ赴くがよい」

鑑理の日常は多忙を極めていた。城明渡しの準備だけではない、家臣らの再仕官先を周旋すべく、大友の重臣らを足繁く訪った。高橋鑑種《あきたね》のほか臼杵《うすき》鑑速《あきすみ》、小原《おばら》鑑元《あきもと》、京より一時戻った吉岡宗歓《そうかん》ら錚々《そうそう》たる諸将の所領を訪れては、頭を下げた。よけいな話はせず、ただ家臣らの再仕官のみを頼み込んだ。

実際上、独立を宣言したに等しい鑑広《あきひろ》の動きは不気味だが、鑑広が都甲荘《とごうのしょう》を攻めはすまいと根拠もなく信じた。

「覚えておるか、仁右衛門。わしは昔、そなたのおかげで命拾いをした」

勢場ヶ原で討ち死にした父氏直の仇を討つと、若い鑑理が絶望して敵中に飛び込もうとした時、後ろから鑑理を羽交《はが》い締めにした者がいた。仁右衛門は泣きながら鑑理を止めた。

「あのおりは無我夢中でございました」

小柄で痩身の仁右衛門とは思えぬほどの強力《ごうりき》だった。

「己には誇るべきものなどないが、わしはよき家臣たちを持った。が、そなたの忠義に報えなんだはわしの不徳じゃ。赦してくれい」

繰り返し頭を下げる鑑理を、仁右衛門は必死で押しとどめた。

「民にも分け与えねばならぬゆえ雀の涙じゃが、持っていってくれぬか」

わずかに膨らんだ巾着を差し出すと、仁右衛門は何度も断ったが、最後には震える両手で押しいただいた。

鑑理と仁右衛門の家族はともに筧城《かけい》を出、門の外で別れた。

ふり返っては何度も頭を下げる仁右衛門らの姿が見えなくなるまで見送った。

かたわらに立つ鎮信《しげのぶ》がぼそりと呟いた。

「都甲を出る時、紹兵衛は必ずや当家を守ってみせると申しておりました。私はあの者を信じたいと思いまする」

鑑理が吉弘家の前途を託した男からの連絡はしばらく途絶えている。鑑理は祈るような気持ちで山の端に沈む夕日を眺めた。

†

城明渡しの日限は刻々と近づいていた。

鉄輪《かね》ヶ城の物々しい様子に懸念を抱いたのであろう、田原宗亀《たわらそうき》からは進捗《しんちょく》を確かめる書状が届いた。表向きは鑑理《あきただ》を案ずる文面だが、容赦のない牽制と威迫が込められている。

「父上。田原殿からは何と？」

書状を手に宙を見つめていた鑑理は、鎮信をふり返った。

「要するに、逆意あらば右近を討てとある。が、右近は名うての戦上手よ。容易ではない」

鎮信は小さく笑った。

「叔父上を討つに、兵を動かす必要はありますまい。吉弘家存続のため大内《おおうち》に同心すると偽り、都甲荘にお呼びになれば、たやすく叔父上のお命を頂戴できましょう」

「騙し討ちは好かぬ。右近も馬鹿ではない。謀《はかりごと》に気づくであろう」

「よもや義を重んずる父上が実弟を欺くなぞと思うてはおられますまい。大義のために、小義を捨てればよろしき話」

鎮信の答えに込められた皮肉は、批判よりも憐憫《れんびん》を含んで聞こえた。

「紹兵衛は無事であろうかのう」

府内の紹兵衛から文が届いたのは、吉弘が改易と決まる少し前だった。その後、何も音沙汰がなかった。が、紹兵衛が鑑理を見限るはずはない。

「危ない橋を渡っておるに相違ありませぬ。万が一、敵の手に渡る事態を懸念して、書状も出さぬのでありましょう」

鎮信のいう「敵」とは、大友にあって吉弘の落魄《らくはく》を望む者たちか、はたまた吉弘を大友から離反させようとする大内の者たちか。

あれこれ思案するうち、表門のほうから馬の嘶きが聞こえた。早馬のようである。

――世戸口《せとぐち》紹兵衛《しょうべえ》様、お戻りにございまする。

鑑理の胸が早鐘のように鼓動を打ち始めた。

†

「待ちかねておったぞ、紹兵衛」

忠臣が現れて平伏すると、鑑理はすぐに助け起こし、紹兵衛の逞《たくま》しい肩に手を置いた。紹兵衛がそばにいるだけで、包まれるような安堵があった。

紹兵衛は真顔で鑑理《あきただ》と鎮信《しげのぶ》を見た。

「殿、若殿。期日の城明渡しは無用にございまする。ひとまずご安堵召されませ」

鑑理はすぐに言葉が出ず、表情で問うた。

「客人をお連れいたしましたゆえ、お人払いを。酒の用意をさせておりまする」

紹兵衛が求めたため、鎮信も部屋を出た。

やがて枯れ木のごとくに痩せた小男が現れた。大友軍師、角隈石宗《つのくませきそう》である。

石宗は嗄《しゃが》れ声の挨拶もそこそこに胡坐《あぐら》をかいた。思い出したように懐に手を入れると、鑑理に向かい、皺《しわ》のできた巻き手紙を無造作に差し出した。

「ほれ、手土産じゃ、左近殿。御館様からぞ」

鑑理は書状を押し戴いて、開いた。

肥後への出陣命令が記されている。従前の沙汰や所領については何も触れられていなかった。先だっての城明渡しと今回の出陣要請は、明らかに矛盾する。後の沙汰が優先するとすれば、取潰しの沙汰は撤回、少なくも猶予を得たとしか解しえない。

石宗はどっかと上座に陣取り、紹兵衛が注いだ盃の酒を一気にのみ干すと、相好《そうごう》を崩した。

「人助けをした後の酒は格別じゃわい。近ごろは忙しゅうて、やっておらなんだゆえのう」

当然の礼を求めるごとくに、石宗は鑑理を見た。無邪気と言おうか、不思議と嫌味は感じなかった。呆気に取られる鑑理に、石宗は空の盃を突き出した。

鑑理は紹兵衛から瓶子《へいじ》を受け取って、注《つ》ぐ。

「経緯《いきさつ》が経緯じゃ。馬鹿正直な左近殿は滅びへと至る道ばかり選んで参った。が、まだ吉弘家は首の皮一枚、繋がっておるわ」

「何ゆえ一度出された沙汰を――」

「至極単純な話よ。内を変えられぬなら、外より動かすほかはない。三日前、肥後で菊池義武《きくちよしたけ》が挙兵した」

天文十九年三月十四日。肥前の高来《たかき》に長らく隠在し、肥後奪還の機を窺《うかが》っていた義鎮《よししげ》の叔父、菊池義武は旧臣らに檄《げき》を飛ばし、田嶋伊勢入道《たじまいせにゅうどう》、鹿子木鎮有《かのこぎしげあり》らを伴って肥後隈本《くまもと》城に入ったという。

「紹兵衛の流言飛語《りゅうげんひご》に踊らされて、少なからぬ筑後、肥後の諸将が靡《なび》いた。かかる大事《だいじ》出来《しゅつたい》に、内輪揉《も》めしておる暇《いとま》はないぞ。右近殿も鉄輪《かね》ヶ城で不穏の動きを見せる今、吉弘を敵に回すは誰が見ても愚策じゃ。左近殿はよき家臣を持ったのう」

石宗は痩せて尖った顎で、紹兵衛を指して笑った。

「あと半月遅ければ、やつがれの鬼謀をもってしても、何ともならなんだわい」

義武の挙兵と時を同じくして筑後衆の三池上総介《みいけかずさのすけ》、溝口丹後守《みぞぐちたんごのかみ》や、肥後北部の国人辺春薩摩守《へばるさつまのかみ》、和仁弾正忠《わにだんじょうのちゅう》、大津山美濃守《おおつやまみののかみ》らが次々と義武に同心し始めたという。義鑑《よしあき》の死後、わずかひと月の間に起こった出来事だが、十年も野に下っていた敗残者にしては早すぎる動きであった。紹兵衛と石宗が作出した局面に違いなかった。

「左近殿、こたびこそは出陣して功を立てられよ。されば、取潰しは簡単でない」

早く酔い潰れたいのか、石宗は次々と盃を干した。

「何じゃ、窮地を助けてやったに、嬉しそうな顔ひとつせぬとは、世話の焼ける御仁じゃの。ははは、わかるぞ。菊池に弓を引かせての保身かと思うて、気に入らぬのであろう」

石宗は鑑理の心を見透かしているようで、気味が悪い。

もともと菊池義武は実兄に当たる大友義鑑の恩義を忘れ、義に背いた叛将である。鑑理にとっても義理の叔父に当たるが、滅ぼすのはかまわぬ。が、主家大友の危機を作り出してまで、吉弘は生き延びるべきなのか。

「こたびの叛乱は、大友が肥後を完全におさえるための秘策よ。肥後を平定したうえで、正当な論功行賞をし、新たな御館様による政《まつりごと》の始まりを寿《ことほ》ぐ妙計なのじゃ。何も吉弘のみを救わんがための策ではない。利害が一致したゆえ、ついでに救うてやったまでじゃ」

大友のための謀略であるなら、鑑理も受け容《い》れられる。石宗と紹兵衛は、鑑理の頑なともいえる義を尊重しながら、吉弘が生き延びる道を切り開いてくれた、とも言えた。

　骨ばった手で差し出された瓶子が震えている。鑑理は注がれた酒を干してから、石宗の盃に酒を注いだ。

「軍師殿。まことにかたじけない」

　鑑理は石宗に向かい、深々と頭を下げた。

「先主はやつがれの才を買っておられたが、便利な道具としか見ておられなんだ。道具は敵に奪われれば厄介じゃからの。やつがれは一度、先主に殺されかけた」

　十年近く前、幕府工作のため先主大友義鑑と鑑理が京にあったおり、義鑑は陰陽師《おんみようじ》の勘解由小路《かげゆこうじ》在富《ありとみ》と親しく交わった。在富の卦《け》によると、義鑑は後に石宗と思しき家臣によって弑《しい》されると出た。石宗の才を恐れていた義鑑は石宗殺害を企図したが、鑑理がこれを諌止したものである。仮に石宗が二階崩れの変を起こした張本人だとすれば、鑑理の判断は間違っていたのやも知れぬが。

「こうして美味い酒をのませてもろうた。礼はこれで十分じゃ。さてと、眠いぞ」

　石宗はごろりと横になると、すぐに高鼾《たかいびき》をかき始めた。

「近ごろほとんどお寝《やす》みになっておられませなんだゆえ。某《それがし》が寝所へお連れいたしまする」

紹兵衛は逞しい腕で石宗を軽々と抱き上げると、隣室に向かった。

音もなく戻った紹兵衛《しょうべえ》に向かい、鑑理《あきただ》は改めて頭を下げた。

「礼を申すぞ、紹兵衛。お主のおかげで当家は命を拾うた」

「もったいなきお言葉。されど、しょせんは急場しのぎ。正念場はこれからにございまする。佐伯らの先代に対する恨みは殿への憎しみに変わり、宗亀《そうき》様の肚も知れませぬ。肥後攻めの結果いかんでは、改易の話も再燃いたしましょう。ゆめゆめ油断なされませぬよう」

紹兵衛の顔に、危機を脱した達成感や喜びは微塵も窺えなかった。

「軍師殿が言われたごとく、当家存続のためにも肥後で手柄を立てねばなるまいな」

「肥後出兵は、大友宗家の軍師が用意された、ひとつの道にすぎませぬ」

「まだほかに道があると申すのか？」

驚いて尋ねると、紹兵衛は短くうなずいた。

「おそれながら石宗《せきそう》様の策は、当家にとって最善とは申せませぬ。宗亀様は二階崩れの秘密を知る殿をいつ亡き者にするか知れず、また、佐伯ら政敵も力を持ち始めており申す。当家に対するこたびの出陣の命《めい》とて、危急にあって思慮もせず、当家を離反させぬため、うやむやのうちに出されたもの。当家の存続を確たるものとするには足りませぬ」

「わしは戦上手ではないが、右近がおる。紹兵衛もおるではないか。肥後で大功を立つれば、取潰しだけは免れえよう」

紹兵衛は小さく首を横に振った。

「われらのゆくてには幾重にも邪魔が入りましょう。新たな御館様の下で、地位と恩賞を得んとする諸将が肥後攻めに群がるは必定。われらがいつ肥後入りしうるかも定かではありませぬ。仮に当家が何の手柄も立てられず、手ぶらで豊後へ戻る事態となれば、改易の話が蒸し返されかねませぬ」

しんと静まった部屋では、燭台《しょくだい》の炎の揺らぐ音さえ聞こえそうだった。紹兵衛はいくぶん声を潜めた。

「宿星の回座より運命を見まするに、当家が今年、本領の南西に位置する肥後へ出陣するは最大凶。将星を失う卦が出ておりまする。ご出陣は控えられませ」

紹兵衛は陰陽道にも通じているらしいが、問わぬかぎり見立てを述べなかった。自ら吉凶を進言したのはこの時が初めてだった。

「そもそも石宗様の策は、大友の勝利を前提とするもの。石宗様はこれより大内《おおうち》を抑えるべく山口に赴かれまするが、大内が矢留《やどめ》を破棄して菊池と結び、南北より挟撃すれば、大友は絶体絶命の窮地に陥りまする」

「申してみよ。今ひとつの道とはいかなる道か？」

「さいわい当家には吉弘の副将との聞こえ高い右近様がおわしまする。されば、義に背かず、寸分の封土も失わぬ策が某《それがし》にございまする。いや、当家はさらに封土を広げえましょう」

紹兵衛は注意せねば聞き漏らすほど低い声で献策した。

鑑広《あきひろ》が挙兵し、鑑理を幽閉していったん大内に同心する。肥後攻めの帰趨《きすう》を見極めながら、大友より帰参の誘いがあれば、鑑理が復権して大友に戻る。国都の至近にある都甲に敵勢力が出現すれば、肥後遠征軍の編制もままなるまい。宗亀が大内・菊池の南北挟撃策に怯えれば、全所領の安堵を明確な条件として帰参を打診してくる可能性が十分すぎるほどあった。

肥後攻めの結果いかんに吉弘の命運を委ねる石宗の策よりも、はるかに確実だと紹兵衛は説いた。

「石宗様は、吉弘が離反せず、大内を大友の味方に付ける前提で策を立てられましたが、その裏を掻くわけでござる。当家が同心すれば、大内は必ず動きましょう。むろん石宗様が黙ってはおられますまい。大友軍師の鬼謀、おそるべし。されば今宵これより、後顧の憂いを断つべく、石宗様のお命を頂戴いたしまする。そのために都甲へお連れし、薬を盛って眠らせたもの。これで、吉弘家の角隈石宗への遺恨も晴らせましょう」

鑑理は絶句した。紹兵衛にとって恩人に等しい石宗を葬り去るという苛烈な謀《はかりごと》である。

吉弘家中には、石宗の食客であった紹兵衛が石宗の意を受けた回し者ではないかと勘繰る家臣らさえいた。だが、まるで違う。

「紹兵衛ともあろう者が。このわしがさような非道の策を用うるとでも思うてか」

「思うておりませぬ。されば、殿のご意志ではありませぬ。悪名《あくみょう》はすべて、右近様に負うていただきまする。おそれ多くも今宵これより殿の御身を、天念寺へ押し込め奉る手はずは済ませてござる。右近様、賀兵衛《かへえ》様も先刻ご承知の策。――若殿、お入りくだされ」

襖が開くと、大小を帯びた鎮信《しげのぶ》が現れた。紹兵衛の隣で鑑理に向かい、畳に両手を突いた。鎮信の後ろには武装した兵らが平伏している。

「父上。何とぞ紹兵衛の策をお許しくださりませ」

大友軍に埋没するよりも、大友の危機をさらに高めたうえで、大友への帰参を交渉で高く売るという算段である。たしかに吉弘が最も確実に生き残れる策であるやも知れぬ。

だが、小賢しいもくろみは必ず天が見抜いている。たとえ鑑広が泥を被ろうとも、吉弘が義に反したという歴史に、何も変わりはない。

「最後に、そなたにまで裏切られるとは思わなんだわ。悲しいぞ、紹兵衛」

「殿。当家は今、最大の岐路に立たされておりまする。これが最後の機会なれば、とくとお考え召されませ」

鑑理はゆっくりと頭《かぶり》を振った。

「思案は無用ぞ。右近にも申したのじゃ。わがゆくてに道は岐《わか》れてなぞおらぬ。わしの前にはただ大きな一本道しか、ない」

鑑理はいったん言葉を切った。

「そのゆくてを阻まれるなら、義に殉ずるまで。これもまた時代の求めならば、やむを得ぬ。お前たちはわが屍《しかばね》を踏み越えて、進むがよい」

鑑理になしうる抵抗は自決だけだった。己さえ義に殉じれば、皆を救えると思った。これでようやく鑑理もすべての困苦から逃れられる。さほど悪い話でもなかった。

た。太郎天も、死んで村の礎《いしずえ》となったではないか。

「ただ、静《しず》かたちに別れを告げたい。しばしの時をくれい」

鑑理はむしろさばけた気持ちで、紹兵衛と鎮信に微笑みかけた。長い沈黙の後、紹兵衛は小さく首を振ってから口を開いた。

「その必要はございますまい。若殿も右近様も、某《それがし》の献策にひとつの条件を付けられました。いずれの日にか殿を囲み、皆で揃って鴨鍋を食えるように、と。右近様はそれが成らぬなら、角隈石宗の策に賭ける、俺が肥後で暴れて吉弘を救えばよい、されば兄者とともに歩めるゆえと、かく仰せになりました」

鑑理は紹兵衛と鎮信に向かって、頭を下げた。

「赦してくれい。わが一本道は辛い艱難《かんなん》の道じゃ。されど、最後まで伴してくれぬか」

紹兵衛は鑑理に向かって手を突いた。

「昔の某《それがし》であれば、すべて事を済ませたのち、天念寺で殿のお赦しを乞うていたに相違ありませぬ。されば殿は自裁されたでありましょう」

隣室から石宗の高鼾が聞こえた。紹兵衛は寂しげに苦笑した。

「やはりあの御仁にはかないませぬ。石宗様はわが策を見抜いた上で、己が身を無防備に某の前に晒したに相違ありませぬ」

「軍師殿とは浅からぬ因縁がある。『角隈石宗』もかの御仁が大友の軍師となりし後、名乗り始めた作り名にすぎぬ」

「おそれながら、事は勢場《せいば》ヶ原《はる》のみではございますまい。石宗様は何やら当家あるいは大友に含むところがおありのご様子」

「二階崩れも、軍師殿の差し金と見るか？」

「わかりませぬ。石宗様とて神ならぬ人なれば、過誤もございましょう」

「軍師殿がわれらの、さらには大友の味方か否かも定かでない、というわけか」

鎮信の問いに、紹兵衛は小さくうなずいた。

「ゆめゆめご油断なさいませぬよう。正念場はこれからでござる」

吉弘家は目の前の一本道を歩む。

軍師紹兵衛に嫡男鎮信、実弟鑑広主従を中心に、吉弘家は鑑理のもとで一枚岩となった。義を貫かんとする正しき者たちを天が見捨てようか。

鑑理に不安はなかった。

第四章　反転

十一、初めての嘘

鉛色《なまり》の重い曇天は、府内《ふない》吉弘屋敷の緑豊かな桜の梢《こずえ》まで落ちてきそうだった。が、長梅雨《つゆ》もじきに終わりそうな気配である。

降りみ降らずみの空の下で、枝上の赤翡翠《あかしょうびん》が真っ赤な嘴《くちばし》を尖らせていた。紫陽花《あじさい》の葉で休む蝸牛《かたつむり》を狙っているらしい。吉弘右近鑑広《あきひろ》は屋敷の縁側にだらしなく寝そべりながら、蝸牛の身を案じていた。吉弘家が置かれた立場に似ているせいかも知れない。

「吉報ぞ。戸次《べっき》殿が敵をさんざんに打ち破ったそうじゃ」

大友館から戻った鑑理《あきただ》の言葉がはずんでいた。大友方の勝利をすなおに喜んでいる様子だ。昔から鑑理の人のよさは救いがたかった。鑑理が今生きてあるのは、人の悪い鑑広が支えたおかげだろう。悪者になるのは馴れているし、いっこうに構わない。

だが……。

鑑広はぐっと拳を握り締めた。こたびはいかにしても功を立てねばならぬ。彼我《ひが》に入り乱れる戦場にわが身を置ければ、俺とて遅れは取らぬ。

春から一進一退を続けていた肥後戦線では、閏《うるう》五月に津守《つもり》、木山《きやまぐち》口の合戦、隈庄《くまのしょう》口《ぐち》の合戦で、大友方が続けて敗北を喫した。さらに相良晴広《さがらはるひろ》を筆頭とする南肥後衆が菊池方に同心するに及び、菊池方優勢で推移し、戦機に暗雲が漂っていた。

だが戸次鑑連《べっきあきつら》が戦線に投入されると、形勢は一気に逆転し始めた。しょせん菊池は統率の取れぬ烏合《うごう》の衆にすぎなかった。戸次鑑連、小原鑑元《おばらあきもと》ら名立たる大友の勇将が大軍を撃破した。これで戦は、肥後各地に散在する反大友勢力の城攻めに移る。角隈《つのくま》石宗《せきそう》の暗躍のせいか、中国の大内《おおうち》に動く気配はない。すでに肥後攻めの帰趨は見え始めていた。

「佐伯、志賀《しが》、斎藤らは嬉々《きき》として隈本城《くまもと》を囲んでおろうな。それに引き換え、われらはいったい、いつになれば出陣できるのじゃ？」

部屋のほうに向き直りもせず、鑑広は恨めしさを込めてぼやいた。

吉弘勢は将兵の約半数を所領に残してきた。北の豊前への備えは兵装を解かぬ口実でもあり、現に大内方の動きも懸念されたから、後背に備えるために必要な処置であった。のみならず実際には、大友宗家に本拠を攻められぬための牽制でもあった。

だが吉弘勢約二千は府内の寺社に分かれて駐留したまま、長雨に濡れそぼっていただけだった。義鎮《よししげ》も動かず、宗亀《そうき》の軍勢も府内に留まったままである。

「これでは兵を二手に分けさせられたあげく、動けぬよう見張られておるだけじゃ。いかに俺とて、戦場に出ねば手柄は立てられぬ。まんまと宗亀にしてやられたわ」

いらだつ鑑広の声にも、庭の赤翡翠《あかしょうびん》は動かない。

府内に兵を入れた吉弘家は、いつ解かれるか知れぬ待機命令のために足止めを喰らっていた。諸将らが続々と肥後入りを果たしていくなか、吉弘勢は戦場に向かってさえいなかった。

「右近、わしの責めじゃ」

「当たり前よ。兄者はいつも愚かな道を選ぶ。俺が兄者より先に生まれておれば、吉弘は今ごろ九州の主であったろうな」

誇張もすぎようが、肩越しに見やると、噛みつくような鑑広の毒舌に、うつむきかげんの鑑理は返す言葉が見つからぬ様子だった。

「このままでは白南風《しらはえ》が吹いても、この縁側で暇を潰しておらねばならぬ。退屈で死にそうじゃ。されば、俺が先に肥後に入って手柄を立てておくゆえ、兄者は後からのんびり来られよ。今から宗亀を脅しあげて出陣を認めさせてやるわ」

立ちあがろうと身を起こした鑑広の前に、紹兵衛《しょうべえ》が手を突いた。

「右近様。おそれながら兵を分ければ、当家はさらに小勢となりまする。万一の場合、危のうございましょう」

鑑広は鼻を鳴らした。

「何を懸念しておる、紹兵衛？　例の凶方位の話なら聞き飽いたぞ」

紹兵衛は肥後で将星が墜ちると予言していた。が、鑑広は月の盈虚《えいきょ》や星の回座なぞにまるで関心がなかった。

「敵は肥後以外にもおりまする。何やら口実を作り、殿に謀叛の疑いありとして、宗亀様が吉弘討滅の兵を差し向けぬとも限りませぬ」

宗亀が大軍を府内に駐留させたまま動かぬ理由は、表向きは大内という北の脅威に備えるためだが、真意は不明である。不気味ではあった。

「されど、このまま出陣できねば、戦の後、当家は潰されかねぬ」

「戸次勢の到着で戦の帰趨が見えた以上、国主自ら動かれましょう。出陣の日もさして遠くありますまい」

新国主である義鎮の出陣によって叛乱軍の討滅を完遂させれば、新政権の基盤は盤石となろう。肥後国中北部の平定により、論功行賞の原資も十分に得られる計算だった。

「戸次や高橋の眼もあるゆえ、宗亀とて好きにはできぬ。正面から当家を討つような真似はすまいぞ。万一の時はお主が兄者をお守りせよ。されば宗亀に談判して参る」

立ちあがった時、庭で慌《あわただ》しい羽音がした。赤翡翠《あかしょうびん》の飛び去った後、紫陽花の葉に蝸牛の姿はなかった。

†

府内はすっかり夏になった。夏の雨が蟬のにぎやかな唱和をかき消している。

念入りに粒を落としてくる雨雲を見飽きた鑑広《あきひろ》は、屋敷の縁側で寝返りを打った。

「このまま府内を出られねば、吉弘はいかが相成るか」

宗亀《そうき》は鑑広の直談判に応じた。が、吉弘家は義鎮本軍に同道すべしとして、主力である鑑広の先遣は認めなかった。しかたなく鑑広は、腹心の林左《さ》京亮《きょうのすけ》に兵一千余を預けて、先に肥後入りさせた。

が、隈本《くまもと》城攻めに適した枢要の地には、すでに他の諸将が布陣していた。その後の便りによると、左京亮は隈本城から十町も離れて陣を敷かされたらしい。

「つくづく先が思いやられるのう」

日々繰り返される鑑広の愚痴に、書見している鎮信《しげのぶ》も、瞑想中の紹兵衛《しょうべえ》も、隣で寝転がっている小次郎も反応しなかった。鑑理はと言えば出陣の命を受けるべく、毎日愚直に大友館に詰めている。

「賀兵衛《かへえ》殿、どうじゃ。俺がひさしぶりに稽古を付けてやろうか。学問ばかりしておっては身体が鈍《なま》るぞ」

半身を起こした鑑広の誘いに、鎮信は書見台から顔を上げるでもなく答えた。

「雨中の稽古などごめんこうむりまする。それに、私がいくら稽古を重ねたとて、これ以上、刀槍の腕を上げられるとも思えませぬ。人にはそれぞれ向き不向きがございますれば」

鑑広は再び縁側にだらしなく寝転がると、ぼやいた。

「賀兵衛殿も昔はすなおであったに、今ではどうして憎らしゅうなってきたのう」

「人は成長する生き物にございますれば」

鎮信のつれない言い種に、鑑広は口を尖らせた。

「府内におっても、蟬の相手ばかりでは退屈でかなわぬ。ああ、楓《かえで》は息災にしておる身重の楓は五郎太とともに大田荘《おおたのしょう》にあった。

「殿は一昨日《おととい》まで、大田におられたではありませぬか。寄ると触ると楓、楓。長年夫婦《めおと》をやっておって、ようも飽きませぬな」

主と同じく縁側に寝転がっていた小次郎が、例のごとく茶化した。

喧《やかま》しい蝉に庭で喚《わめ》かれるより、鑑広は楓のさえずりを聴いていたかった。これまでもこらえ切れなくなり、府内に来てから三度会いに戻ったが、いつ出陣の命が下されるか知れぬ、数日で府内に戻らざるをえなかった。

「紹兵衛よ、誰ぞ良き女子《おなご》を知らぬかの。小次郎が妬いて喧しいのじゃ」

「……はて、楓様ほどのお方となりますれば――」

背後で聞こえる紹兵衛の落ち着いた声を、鑑広はがさつにさえぎった。

「痴《し》れ者が。俺の楓のごとき女子を探そうとするゆえ見つからぬのじゃ。そこそこの女子で手を打たぬか」

思うがまま楓を称えるうち、楓の愛しいさえずりが鑑広の心のうちに甦った。いても立ってもいられなくなった。

「よし、俺は大田に戻るぞ。楓が待っておろう」

「まてでござるか？　このひどい雨の中を？」

小次郎は驚いた様子で起きあがったが、すでに鑑広は部屋から身を半分以上出していた。

「決めた。これより俺はずっと楓とともにおる。出陣の命あらば、ただちに早馬を大田へ走らせい」

言い捨てるなり鑑広は、土砂降りのなかを厩《うまや》に向かった。

†

「よほどお疲れだったのでしょう、いびきをかいておられました」

鑑広《あきひろ》は蟬時雨《しぐれ》に洗われる屋敷の縁側で目を覚ました。早朝、領民とともに草取りに汗した後、井戸の冷水を気持ちよく浴びた。ひと休みする気でいつものように楓の膝を借りたが、そのまま寝入ってしまったらしい。

楓が好む縹《はなだ》色の空に入道雲がふたつ、並んで屹立《きつりつ》している。鑑広と楓のごとく仲のよい夫婦であろうか。それとも兄弟か。

鳴きくたびれた蟬があくびでも始めそうなほどに、大田荘は平穏無事であった。

楓は府内から舞い戻ってきた鑑広の顔を見て驚いた風だったが、すぐに澄ました笑顔で迎えてくれた。秋が深まるころには出産である。鑑広も楓を抱き上げたりはしなかった。

「府内では、誰も俺を構ってくれんでな。やはり楓のそばがいちばんよい」

楓は軽く笑って、膝の上の鑑広の髪を撫で始めた。

「苦しゅうはないか、楓？」

「右近様と、こうしていたいのです」

「この難局を乗り切った暁には、ずっといっしょにおろうぞ。府内にも同道させる」

「嬉しゅうございます」

鑑広は微笑みながら、のぞき込む楓を見あげた。

「のう、楓。俺は時どき俺と楓が比翼の鳥じゃと申しておるがな。兄者がまじめな顔で、その鳥はいかなる姿形をしておるかと、尋ねてきおったのよ」

いつまでも出陣の命が下されぬため、愚痴ばかり並べ立てる鑑広の退屈を紛らわせる意図か、鑑理《あきただ》が出してきた難題だった。

「義兄《あに》上様のお顔が眼に浮かびまする」

楓は口もとに袖をやって、くつくつ笑った。鑑広は右頰にできた片えくぼを、指で突ついてやる。

「俺たちは兄者のために苦労させられておる。俺は昔から兄者の尻を拭《ぬぐ》ってばかりよ」

「でも私は、義兄上様が好きです」

先代義鑑《よしあき》の苛烈な性格は内外に敵を作った。そのたびに鑑理は義鑑に代わって泥を被り、憎まれ役となってきた。それでも不思議と鑑理は人気があり、政敵さえ善良でまっすぐな鑑理の人柄には敬意を抱きもした。

「ずっと昔、天念寺《てんねんじ》にお独りでお見えになったときがあります。一刻近くおられましたが、二言、三言話をされただけで、お帰りになりました。右近様のために来られたものと存じますが、とても心に残っておりまする」

鑑理なりに弟の成らぬ恋に心を痛めていたのだろう。鑑理は口下手なくせに、鑑広の恋心を伝えるべく楓を訪れたに違いない。が、うまく言い出せず、結局は「済まぬ、今日はうまい茶を馳走になった」と言い残し、頭を下げてすごすごと筧城《かけい》へ戻っていったという。

「兄者は比翼の鳥を鳩のごとき鳥じゃと言いおる。されど、そんなはずはない。楓はどんな鳥じゃと思う？」

妊娠のため顔もふっくらしているが、小首をかしげて真剣に思案する楓の仕草がたまらなく愛おしかった。

「さて……百舌鳥《もず》……のような鳥でございましょうか」

「……あの、雀のごとき小鳥か？」

鑑広が拍子抜けして訊ね返すと、楓はこくりとうなずいた。

「小さな目と嘴が可愛らしゅうございまする」

莞爾《かんじ》と微笑む楓には済まぬが、鑑広は落胆を隠さずに口を尖らせた。

「俺はたとえば鳳凰《ほうおう》のごとき逞しい鳥かと思うておったがな」

鑑広も鳳凰を見た経験はない。が、百舌鳥よりは格段に立派な大鳥のはずだ。己の意見を押し通すつもりもないが、百舌鳥はなかろう。せっかくの楓の提案だが、この際、鑑広はせめて鷹《たか》や鷲《わし》あたりで、手を打とうと思った。

「百舌鳥は身体こそ小さいですが、空の狩人のごとく勇敢な鳥です。番《つが》いが一生懸命に巣をこしらえまする。番いがなかよく力を合わせて縄張りを守るのです。私たちに似ている気がいたしませぬか？」

「それじゃ！」

鑑広はがぜん身を起こすと、即座に同意した。

「百舌鳥がよい。俺たちは百舌鳥じゃ。もしも来世、人に生まれ変われぬなら、俺は百舌鳥になる。楓とともに巣を作るんじゃ」

鑑広はやっきになって楓の同意を求めた。

「約束じゃぞ、楓。来世はふたりとも百舌鳥じゃ。よいな?」

楓はいくぶん大きくなった腹部を抱えて笑いながら、うなずいた。

「右近様の仰せなら、きっとさようにいたしましょう」

鑑広が楓の腹に大きな手を置くと、楓はその上に白く細い指をそっと重ねた。

†

早馬が大田に到着し、ついに出陣の命が伝えられた。吉弘勢は二日後に府内を進発するという。

明日には府内入りをせねばなるまい。

酒好きの鑑広《あきひろ》も、出陣前夜は酒を嗜《たしな》まなかった。酔うと倖せをしかと味わえぬ気がするし、楓《かえで》とともにいる時が足早に過ぎ去ってしまうからだ。

鑑広は楓の下腹を右手で優しく撫でながら、五郎太に自慢した。

「お前の弟か、妹じゃ。待ちかねておったろう」

「弟がよろしゅうございまする」

「楓は、どちらがよい?」

「元気な男子がおりますゆえ、娘も欲しゅうございますね」

乱世には男児こそ望まれるはずだが、楓の希望は常に鑑広の希望でもあった。

「決まりじゃ、五郎太。済まんがこたびは女子《おなご》よ。妹でも大切にせい。いじめたりするでないぞ」

「さような真似をするはずがありませぬ」

五郎太は口を尖らせながら香《こう》の物を次々と放り込んだ。食べ盛りである。

「怒るな、五郎太」と、鑑広は五郎太を抱き寄せようとしたが、「もう童ではありませぬ」と拒まれた。

鑑広はふてくされたように腕枕で寝ころがると、こんどは左手を楓の腹にやった。

「この子は、楓に似ておるかのう」

ちなみに五郎太は母親似である。長ずれば相当の美男になるだろう。

「きっと、殿にございましょう」

「楓に似ておるほうがよいが、無事に生まれて参れば、それでよいぞ。肥後から戻った時分には会えような。かの地でも安産を祈るとしようぞ」

「ときに父上、こたびの戦はいかが相成りましょうか」

鑑広は腕をほどくと、楓の膝枕で五郎太を見た。

「愚問じゃ、五郎太。大友の勝ちに決まっておろうが」

「それでは父上の御身に、大事ございませぬな？」

鑑広は大げさに驚いて起き上がると、のぞき見るようにわざとらしく、五郎太の至近へ顔をやった。

「当たり前の話よ。五郎太、お前は誰に物を訊ねておるのじゃ？　お前の父は大友でも名うての戦上手ぞ」

「吉弘は、大友でいちばん強いのでありますか」

鑑広は一瞬、口籠った。大友には勇将が多い。斎藤長実《ながざね》亡き今、名将小原鑑元《おばらあきもと》、高橋鑑種《あきたね》には並ぶと言って差し支えあるまい。だが筆頭は戦の天才、戸次鑑連《べっきあきつら》だと認めざるを得なかった。

「一番は戸次じゃと申す者もおる。されどそのうち俺は、あの戸次鑑連でさえ刮目《かつもく》し、手放しで称える凄い戦をしてみせる。傅役の爺《じい》にも昔、大友第一の将になると約したからな」

「男に二言はありませぬな」

「おうよ。俺が今まで一度でも五郎太との約束を破ったことがあるか」

鑑広は五郎太の頭に大きな手を置いた。乱世はまだまだ終わるまい。いつかわが子とともに戦場を駆けめぐる姿を、鑑広は思い描いた。

鑑広《あきひろ》は寝入った五郎太の頰を二本の指で撫でてから、楓《かえで》のもとに戻った。

†

大友家に限らず、出陣前の将は女を避けるならわしだが、鑑広はまったく気にしなかった。命を落とすやも知れぬ戦場に出るなら、むしろ愛する女とともにあるべきだと考えていた。

鑑広は楓を優しく抱き寄せ、野苺のような楓の髪の匂いを嗅いだ。楓のさえずりを聴き続けたかった。が、今宵、言葉は無粋《ぶすい》だった。穏やかな小川の流れのごとき時空が、深い淵にさしかかって佇《たたず》んだとき、間近で愛しい声が聴こえた。

「右近様。こたびのご出陣、お止《や》めいただくわけには参りませぬか？」

鑑広は驚いて楓を見た。真剣な表情がすぐそばにあった。

これまで楓は、出陣にあたって鑑広の武運を祈り、いつも澄まし顔で黙って送り出してきた。

鑑広は楓の背をいたわるように撫でながら、小さく笑った。

「案ずるには及ばぬ。俺は楓と夫婦《めおと》になって以来、戦に負けた覚えがない。こたびはすでにあらかた勝敗が決しておる。むしろ懸念は戦ができぬことなのじゃ」

楓は鑑広から身を離すと、畳に三つ指を突いた。

「私はご出陣にあたり、殿をお止めした覚えは一度もございませぬ。されどこたびだけは、どうかお取り止めくださりませ」

できぬ相談だった。かねて吉弘勢の陣頭には鑑広の姿があった。副将の出陣なくして、吉弘の戦はできなかった。再三にわたり宗亀《そうき》に出陣させよと談判してきたのも鑑広だった。副将が参陣せねば、任務の懈怠《けたい》さえ難詰《なんきつ》されかねなかった。

「戦なんぞ早う片づけて、楓と赤ん坊の顔を見るために戻って参る。この秋も、鋸山で茸を山ほど採り、皆で焼いて食おうぞ。ひき割り粥にのせてな。おお、今から楽しみじゃわい」

「勝ちの見えた戦なら、右近様がわざわざ赴かれる必要もございますまい」

「吉弘はこの戦に命運を賭けておる。俺が手柄を立てずして誰が立てる？　兄者なぞ、口をへの字にして床几に腰掛けておるだけぞ」

鑑広は笑いを誘おうとしたが、楓はにこりともしなかった。

「私は、亡き父を深く慕うておりました」

突然、封印されていたはずの過去に触れた楓の言葉に、鑑広は笑うのを止《や》めた。

「最後の朝、私は父に取りすがって泣いておりました。その時とまったく同じ、強い胸騒ぎがいたしまする」

楓に引き下がる様子はなかった。

「兄者の戦下手は豊後中の童さえ馬鹿にしておる。俺がおらんと戦ができんのじゃ」

「功なら、左京亮《さきょうのすけ》と小次郎が代わりに立ててくれましょう」

鑑広は楓を優しく抱き寄せた。

「吉弘は追い詰められておる。兜首ひとつでも一番槍でもよい、とにかく誰かが何かをせねばならんのじゃ。功を立てうる者が戦場に多くおればおるほど、よい」

鑑広は低い声で続けた。

「手柄なくば、大田は言うに及ばず、都甲まで召し上げられるやも知れぬ」

「右近様さえおられれば、私は他に何も要《い》りませぬ」

鑑広は息と息がすっかり混じり合う近さで、楓を見つめた。己が生涯を懸けて守ろうとする最愛の女性《にょしょう》の顔に見惚れた。

鑑広も楓とまったく同じ想いだ。鑑広は今までと同様、楓とともに生きたかった。願いはそれだけだった。が、できれば何も失わぬほうがよい。鑑広はわずかに視線を逸らした。

「兄者の軍師に、世戸口紹兵衛《せとぐちしょうべえ》なる者がおるのは知っておろう。あやつは星を見る。今年、吉弘が南西を攻むるは最大吉らしい。俺の槍働きで吉弘は生き残ると言うておる」

鑑広は楓に嘘をついた。覚えているかぎり、初めての嘘だった。

「俺は必ず戻ってくる。お前は身体をいたわって、俺を待て」

なお言い募ろうとする楓の赤い唇を、鑑広は己の唇でふさいだ。

十二、誰《た》がために

吉弘勢は異郷の山間《やまあい》を抜け、布田《ふた》川と木山《きやま》川が寄り添い、合流するあたりを行軍している。流水の冷気を含み颯々《さつさつ》と渡ってくる風が、吉弘左近鑑理《あきただ》のほてる頬を心地よく撫でた。

「御館様より、この先の津守《つもり》神宮にてしばし兵を休めよとのお触れにございまする」

本軍を預かって先行する田原宗亀《たわらそうき》からの使者が告げると、かたわらの鑑広《あきひろ》が聞こえよがしに舌打ちをした。

「何ゆえじゃ？　今朝からまだ二里も進軍しておらぬではないか。隈本《くまもと》城は近くであろう。道草を食う意味なぞ、どこにある？」

「この暑さなれば、兵も疲れておろうとの御館様のご配意にございまする」

国主大友義鎮《よししげ》率いる本軍が隈本城の南東、益城《ましき》郡に迫るや、菊池方に同心していた赤井城城主木山紹宅《きやまじようたく》が降伏勧告に応じた。紹宅は菊池《きくち》義武《よしたけ》の重臣田嶋伊勢入道の腹心らしいが、勝ち目なしと見たのであろう。戸次鑑連《べっきあきつら》に大敗して以来、義武は次々と家臣、諸豪に見限られ始めた。義武の武運が尽きようとしている。

所領安堵のために主を捨てた紹宅に対し、鑑理はよい感情を持たなかった。鑑理なら迷わず敗色濃厚の主家に殉じたに違いない。

紹宅から赤井城でささやかながら酒食を振る舞いたいとの申し出があり、義鎮は喜んで請けたという。

去っていく使者の後ろ姿が小さくなる前に、鑑広がさっそく毒づいた。

「戦の途中で酒盛りとはの。五郎様は物見遊山《ものみゆさん》に肥後まで来られた様子じゃな。われらが隈本城に着いたころには、城の焼け跡に薺《なずな》でも生えておろうぞ」

宗亀の差配で、鑑理は大友軍の殿《しんがり》を命ぜられた。敗れて退却する際には肝要でも、今回の遠征に関するかぎり、武功とは最も縁遠い役回りと言えた。

義鎮は当初、出陣を拒んだらしい。が、形勢が有利に傾くと、宗亀に乞われて自ら出馬した。もっとも、戦をする気はないらしく、阿蘇が視界に入るや、茫洋《ぼうよう》たる裾野と山嶺《さんれい》を愛《め》でながら、休みやすみ兵を進めた。功に逸る家臣らは許しを得て先を急いだから、義鎮自身が率いる兵は千にも満たない。宗亀の田原勢五千が本軍の主力であった。

殿を務める吉弘勢も自然、義鎮の進軍速度に合わせるほかなかった。義鎮は天に接するがごとき阿蘇の山々をこよなく愛で、眺めをぞんぶんに楽しみながら、腹立たしいほどにゆるりと行軍していた。

美にこだわる義鎮は、阿蘇山が己の完全な所領となる事態に狂喜した。おりしも行われていた御田祭《おんだ》の見物に、鑑理たちも加えられた。白装束の宇奈利《うなり》の女たちが神饌《しんせん》の入った膳を頭に載せて御仮屋《おかりや》へ向かう様を、義鎮は食い入るように見つめていた。

御仮屋では、神輿《みこし》の屋根に向かって自ら苗《なえ》を投げ、豊作を祈願した。颯然《さつぜん》と吹く阿蘇の風を浴びながら、鑑理と鑑広は、祭りを愉しむ新しい主君の姿を黙然と眺めていただけだった。

かくして吉弘勢は義鎮本軍の最後尾で、肥後へ向かう街道を蝸牛の歩みのごとく西進し、延々と続く阿蘇の裾野を左回りに大きく迂回してきた。

菊池方の諸将は降伏するか、籠城している。途中、敵とも出遭わず、のどかな行軍であった。勇猛で知られる吉弘勢でさえ、士気が緩んでいた。

「皆の衆、この際じゃ。暑気あたりする前に水浴びいたそうぞ」

がさがさ音を立てて鎧を外し始めた鑑広を、鑑理がたしなめた。

「われらは肥後の地理に暗い。いつどこから敵が来るか知れぬ。右近、ゆめゆめ注意を怠るでないぞ」

「それを言うなら、早う味方の大軍に合流するが、一番の安全ではないか。隈本城さえ落とさば、戦は終わるのじゃ」

褌《ふんどし》一丁になって逞しい裸身を現すと、鑑広は澄んだ木山川の青い淵に、ざぶと全身を沈めた。水しぶきが派手に上がる。小次郎と若い兵たちが続いた。

紹兵衛《しょうべえ》が鑑理に駒を寄せてきた。

「先の会戦で敗れ、山野に逃れた菊池方の諸豪が、反撃の機会を窺っておるやも知れませぬ。物見を出し、辺りを探らせるがよろしかろうと存じまする」

†

朝、きささげの林を夏風が吹き抜けると、樹々がいっせいにざわついた。

鑑理《あきただ》は一本の大いちょうを見あげた。数百年を生き、老成した風格がある。かたわらに立つ鎮信《しげのぶ》は初陣である。が、すでに大勢の決した戦場ゆえに、武功は立てられそうになかった。鎮信は鑑広《あきひろ》のごとく、陣頭に立って槍を振るう将ではない。が、持てる才を十分に発揮できれば、大友の誇る名将たりうるのではないか。

鑑理は大いちょうのざらついた幹に手をやると、樹皮の襞《ひだ》に挟まるように隠れていた、小指の先ほどの貝を取り出して、鎮信に見せた。焦げ茶色をした細長い巻貝である。

「この貝は陸《おか》に棲む貝でな。夜泣き貝と申すそうじゃ。よう泣く子らの枕元に置けば、不思議と泣かぬようになるらしい」

眠れぬ夜を過ごした鑑理が、早起きの地元の翁《おきな》から仕入れた話だった。

「孫七郎に効きそうでございまするな」

鎮信は長兄として癇癪《かんしゃく》持ちの弟、孫七郎の面倒をよく見ていた。

わしはまるで夜泣き貝のようじゃ、と鑑理は思う。

海に棲むべき生き物が、間違って陸に棲んでいる。鎮信が断言して憚らぬように、義を貫く武士など乱世には場違いなのやも知れぬ。鑑理はこれまで運がよかっただけだ。義を貫けば、祖父親信、父氏直のごとく命を落とすだけやも知れぬ。太郎天もそうだったではないか。

「父上。吉弘は陸《おか》に生きる貝のごとくあり続けましょう」

鑑理は鎮信を見た。鑑理と同じく小柄だが、この夏背が伸び、肩を並べていた。

「たとえいかなる逆境にあろうとも、したたかに生きて参りましょうぞ」

鎮信は受け取った夜泣き貝を、樹皮の間にそっと戻した。

鑑理は鎮信の言わんとする意味を解した。生き延びるだけではない。許されるなら復権して、夜泣き貝のごとく皆の涙を笑顔に変えてやりたい。それが豊後を託された義臣の務めだろう。

鎮信もまた吉弘家を案じ、そのゆくすえに思いを巡らせている。

鑑理はもう、独りではなかった。

†

木で鼻を括《くく》るがごとき宗亀《そうき》の使者の口上に、かたわらの鑑広《あきひろ》が憤激した。

「われらは隈本城に向かっておるのではなかったのか！」

義鎮の本軍、宗亀の田原勢と吉弘勢は、隈本城の南を素通りし、四里以上も離れた宇土《うと》へ向かうという。怒る鑑広をなだめて使者を帰した後、鑑理は津守神宮で軍議を開いた。

「宗亀様は南進して、宇土の名和行興《なわゆきおき》を味方に付け、相良《さがら》と菊池の離間を図るおつもりにございましょう」

紹兵衛《しょうべえ》の言うとおり、隈本城を包囲したまま、肥後南部の菊池方を調略する作戦であった。戦は下手でも政争に強い宗亀ならではの懐柔策である。菊池方の不利を悟った南肥の相良が大友に靡《なび》けば、菊池はいよいよ孤立し、勝敗は完全に決する。

「憚りながら、やはり紹宅《じょうたく》殿の降伏は偽りやも知れませぬ。かの御仁は、かねて益城《ましき》の地に善政を敷き、諸豪の心を摑んでおりまする。兵が集えば二、三千ともなりえましょう」

降将木山紹宅は、旧主田嶋伊勢入道の籠る隈本城攻めを涙ながらに拒んだ。代わりに、菊池方に同心していた名和攻めを願い、意気に感じた義鎮《よししげ》はこれを許した。紹宅は侵攻路の途上に位置する赤井《あかい》城で、木山家家老の竹崎《たけざき》筑後は木山川に北面する支城の木山城で、それぞれ出陣の準備を進めている。竹崎筑後は蒙古襲来で武功を挙げた、かの竹崎季長《すえなが》の血を引くと伝わる豪傑であった。

木山勢も義鎮の本軍に合流して宇土へ向かう手はずだが、仮に紹宅の降伏が偽りであったなら、義鎮本軍は背後を襲われる恐れがあった。鑑理《あきただ》は義鎮と宗亀にひそかに進言していたが、「讒言《ざんげん》は左近殿に似合わぬぞ」と相手にもされなかった。

「木山紹宅はなかなかの切れ者。配下の竹崎筑後も戦場往来の古強者《ふるつわもの》なれば、油断は禁物でございまする」

菊池《きくち》義武《よしたけ》の挙兵前から肥後で情勢を探っていた紹兵衛は、菊池方の事情に詳しい。紹宅は主君田嶋伊勢入道の娘を妻としていた。伊勢入道が菊池への同心を決めた際にも、情勢の不利を説いて強く反対したという。鑑理は先代義鑑と己の立場になぞらえながら、紹宅の降伏を残念に思いさえした。逆に、もし偽りの降伏であったなら、人の世に救いもあろうにと、詰まらぬことまで考えた。

背後からの奇襲への備えは、殿《しんがり》を任せられた将の務めである。

「万が一に備えて、この津守《つもり》に兵をしばし留め置くほかございますまい」

鑑理が南進の命に従わねば、あらぬ嫌疑を掛けられかねぬ。兵を二手に分けるほかないが、名和を降伏させるには、義鎮以下、大軍をもって城下を囲む必要があった。

津守に兵を多く留めれば、軍律違反とされるおそれがある。　合議の結果、陣払いが遅れたとの口実で、一千のうち二百ばかりの兵を残す段取りとなった。鑑理隊が先行する。

「津守に留まりこの大役を果しうる者、右近をおいてあるまい」

鑑理は西に向かって開けた津守の入口付近、名もなき緩やかな丘に目をやった。

†

吉弘右近鑑広《あきひろ》の小勢は、津守神宮の境内に軍旅《ぐんりょ》の陣を敷いていた。警戒する竹崎筑後の木山城とは指呼の間にある。鑑広が本殿で楓《かえで》の安産を祈願し、陣中の見回りから戻ると、帷幄《いあく》で一人の男が待っていた。

「紹兵衛《しょうべえ》か。おおかたお主の占筮《せんぜい》でも懸念して、兄者が遣わしたのであろう」

鑑広は唐破風《からはふ》の拝殿前に橋がかりの付いた五間四方の舞楽殿《ぶがくでん》に陣幕を張り、陣所としていた。小次郎には仮眠を取らせてある。気の早い秋虫の鳴き声のほかは、時おり篝火《かがりび》の萱松明《かやたいまつ》のはぜる音が聞こえるだけだった。

鑑広は陣卓子《たくし》を挟み、紹兵衛と向かい合って座った。

「右近様。木山城には今、いかほどの兵がおりまするか」

「ずいぶん増えたわ。二千近くにはなったかのう」

田原宗亀《たわらそうき》は名和行興《なわゆきおき》の籠る宇土城を大軍で囲み、義鎮の目の前で戦わずして降らせると公言した。大友軍の主力は、大功を立てんと菊池義武の本拠である隈本《くまもと》城を囲んでいるから、大友兵は十分な数がない。そこで宗亀は木山紹宅《きやまじょうたく》に対し、益城《ましき》郡の諸豪の動員を命じた。竹崎筑後もこの命に従い、兵を続々と木山城へ入れたのである。これが味方ならば、よい。だが、もしも突如敵となれば、南肥に侵攻中の大友本軍はたちまち窮鼠《きゅうそ》と化すであろう。

「木山城の松明の数が気になりまする」

紹兵衛に促されて帷幄を出ると、木山川の下流、南西の方角に、竹崎筑後の丘城が見えた。松明は数えるほどしか見当たらない。

城将竹崎筑後はなお益城郡諸豪の同心を得たいとして、昨日は兵を動かさなかった。今夕、自ら鑑広の陣を訪うと、明朝に城を出、時を同じくして赤井城を進発する木山紹宅の軍に合流すると通告してきた。

さらに竹崎筑後は、軍中慰撫と称して、酒食を献じてきた。さては将兵らが酔い潰れたところを襲う肚かと警戒し、鑑広以下、吉弘勢は節度をもって酒を愉しんだ。それでも竹崎筑後とその家臣らとの交わりは、裏切りを警戒する吉弘勢の緊張を解くのに十分ではあった。紹兵衛も士気の緩みに気づいた様子だった。

「明日に備えて兵たちを寝《やす》ませておるなら、松明が少なくとも不思議はあるまい。が、夜襲をしかける肚であっても、俺はあえて松明を赤々と焚いて敵に警戒させたりはせぬな」

「御意。おまけに今宵は更待月《ふけまちづき》。某《それがし》なら松明を用いず、兵らの眼を夜に馴れさせまする」

奇襲の隠蔽《いんぺい》を容易にするために、明日の出陣を通告したとも考えられた。竹崎筑後は鑑広より小柄だが、死んだ朋輩《ほうばい》、斎藤長実《ながざね》を彷彿《ほうふつ》させる驍将《ぎょうしょう》であった。戦場で陣頭に立ち、長槍を振るって奮戦する姿を容易に想像できた。

「取り越し苦労なら、助かるのじゃがな」

竹崎筑後と戦えば厄介な戦になると、鑑広は直感していた。

「もし竹崎が裏切るなら、今宵をおいてありますまい」

「実は赤井城の動きを探らせていた間諜が戻らぬのも気にかかる。それゆえ先刻、様子見に又十郎《またじゅうろう》をやったんじゃがな」

紹兵衛は渋い表情をして思案顔になった。

「されど、もはや菊池方に勝ち目はない。木山、竹崎が滅びゆく主に殉じて死ぬるとも思えぬが」

「御館様の御首級《みしるし》さえ上げれば、菊池方の逆転勝利となりまする。乾坤一擲の大勝負をしかける値打ちはございましょう。それに、わが殿のごとく義に篤き将もまれにおわしまする」

仮に夜襲された場合の手はずは考えてあった。

東へ逃れてしまえば自分は助かるやも知れぬが、鑑理《あきただ》が背後を襲われる。ゆえにあえて、全軍で西に向かって退路を切り開く。鑑広の手勢は二百に満たぬが、木山川沿いに西へ一点突破を試みれば、川と森に南北を守られて成功しよう。騎馬兵を中心に戦場を離脱してしまえば、勝負ありだ。その足で先行する鑑理、さらに隈庄《くまのしょう》の義鎮《よししげ》と宗亀《そうき》に紹宅《じょうたく》の裏切りを伝えれば、反撃は雑作もない。木山紹宅の奇襲は失敗に帰する。

鑑広は異国の夜空に浮かぶ、半ば近く欠けた月を見あげた。

「菊池の叛乱なくば、われらは今ごろ敵味方として相見えておったやも知れぬな」

肥後出兵のために吉弘への仕置きが沙汰止みとならねば、鑑広は楓を守るために大内と結び、挙兵していたはずだった。

「兄者か俺か、いずれが勝ったと思うか？」

「敵味方に分かれた時点で、ご両人の負けにございまする。吉弘の両近《りょうこん》が相争う姿を、敵は望んでおりましょうゆえ」

「されど、このまま手ぶらで府内に戻らば同じ話よ。もしも改易とならば、お主は何とする？」

「殿がお許しくださるかぎり、いつまでも殿のおそばにおりまする」

紹兵衛には鑑広にとっての楓《かえで》のような、守るべき家族がいない。

「兄者も無位無官では扶持《ふち》も与えられまいが。許されねば、いかがする？」

「禅の道にでも入りますかな」

「仕官は、せぬのか」

「わが殿を生涯最後の主と決めてございますれば」

紹兵衛の顔がふっと暗くなった。見あげると、月に薄雲が掛かっている。

「俺はな、紹兵衛。吉弘より、義より、家族を守りたいのじゃ。楓は俺には過ぎたる妻よ。俺は楓を守りたい。俺の生きておる理由、肥後から生きて戻る理由はそれだけじゃ。己が妻を焼き殺した戸次鑑連《べっきあきつら》が聞けば、のけぞるであろうな。お主も笑うであろう?」

紹兵衛は即座に頭《かぶり》を振った。

「笑いませぬ。右近様のお気持ちはお察し申し上げております」

「お主は家族を持たぬのか?」

紹兵衛は都甲荘《とごうのしょう》のはずれ、八面山と筧城《かけい》がよく見える小高い丘の庵に、民らと親しく交わりながら、老いた召人《めしうど》と二人で寓居している。鑑広も一度訪ねた覚えがあるが、そこには世捨て人のごとく清廉《せいれん》な暮らしだけがあった。

「某《それがし》にも、かつては家族がおり申した。されど……」

しばし流れた沈黙の後に、ぼそりと声がした。

「旧主に、命を奪われ申した」

ゆえに紹兵衛は旧主を弑《しい》したのであろう。義鎮によって楓と五郎太を殺されたなら、鑑広も復讐のために叛乱を企てるはずだ。

「某は義も愛も、守れませなんだ。それゆえにわが殿の義も、右近様の愛も、ともに解しておるつもりでございまする。さればこそ、お二人が争わずとも済む途《みち》をずっと求めて参りました」

仮眠から覚めたらしい小次郎が、伸びをする声が聞こえた。

「殿も、昨晩は一睡もしておられますまい。紹兵衛殿もお疲れであろう。しばし某に任せてお寝《やす》みくだされ。万一の時、戦ができませぬぞ」

鑑広隊は、昨日も不意の夜襲を警戒して眠っていなかった。戦場にあっても心を鎮め、十分な仮眠をとるのも名将の心得だ。竹崎筑後と酌《く》み交わした酒が、まだ身体に残ってもいた。

「赤井城の様子が気懸りでござる。某が又十郎殿を迎えに参りましょう」

「おお、紹兵衛が行ってくれるなら安心じゃな。されば俺は寝《い》ぬ。小次郎、しばし頼むぞ」

鑑広は懐から、傅役《もりやく》田辺長親の形見の白いあごひげが入った巾着《きんちゃく》を取り出した。出陣時の御守である。「爺、又十郎を頼むぞ」と話しかけてから床几《しょうぎ》に坐ると、すぐに眠りに落ちた。

†

夢か現か、馬の嘶きと天地を揺るがす鬨《とき》の声がした。

隣には弓矢を手挟《たばさ》み、座ったまま陣盾にもたれて眠り込んでいる小次郎がいた。

鑑広《あきひろ》はあわてて立ちあがった。兵らの悲鳴が聞こえる。

「木山城より敵襲！　大軍にござる！」

帷幄の外から駆け込んできた紹兵衛《しょうべえ》は、すでに槍を手にしていた。赤井城に向かう途中で異変に気づき、とって返したという。

木山勢の離反と奇襲を鑑理《あきただ》に伝え、義鎮《よししげ》が知った時点で、木山紹宅《きやまじょうたく》の作戦は失敗する。敵は包囲網からの脱出を何としても阻止する肚に違いなかった。

帷幄を飛び出した鑑広は、戦況を摑もうと夜闇を凝視した。敵はすでに陣中深く攻め入っている。一気に鑑広隊を屠《ほふ》り、そのまま隈庄《くまのしょう》へ向かうつもりか。混乱のさなか兵の指揮など執《と》れそうになかった。眼を凝らすと、川沿いの松の木に繋いであった馬が敵に奪われていた。頼りにしていた機動力が、ない。

「敵は一兵も逃さぬ覚悟のようじゃ」

眠りこけていた小次郎や兵らを責めても詮《せん》なき話だった。

このままでは鑑広隊が全滅する。鑑理に急報し、援軍を求める必要があった。使者は包囲網を突破し、鑑理のもとへ確実にたどり着ける者でなければならぬ。目まぐるしく変わる戦況を正確に摑み、すばやく対応して鑑理に献策できる者は一人しかいなかった。

「俺の馬が本殿裏の松に繫いである。紹兵衛、お主が抜け出し、兄者に急を知らせよ」

紹兵衛はすぐに意を決したようにうなずいた。

「承知仕りました。右近様、決してあきらめなさいますな」

「わかっておる。おまえは必ず兄者のもとへたどり着け。われらは生きて、援軍を待っておる」

夜戦ゆえに敵味方の区別も容易ではない。明けがたまで持ち堪《こた》えさえすれば、援軍は間に合う。

鑑広は平謝りの小次郎に、槍を取らせた。

「まずは敵兵を百人討ち取って参れ。されば赦してつかわそう。紹兵衛を掩護するぞ」

怒号を放って戦場へ飛び出す小次郎に、鑑広と紹兵衛が続いた。

野営中、仮眠していた鑑理《あきただ》の耳に、遠く馬の嘶きが聞こえた。
すわ夜襲かと胸騒ぎがしたが、かたわらの鎮信《しげのぶ》は平然と床几に腰掛け、じっと耳を澄ましている。

†

鑑理は津守から隈庄へ向かう侵攻路の途上、加勢《かせ》川の南岸で兵を休ませていた。津守に留まった鑑広から報せがあれば、木山勢を迎撃するためである。

鎮信に続いて帷幄を出た。見ゆるはただ一騎である。やがて全身を返り血で染めた紹兵衛《しょうべえ》が現れ、ひらりと下馬すると、鑑理の前で片膝を突いた。

「津守に木山勢の夜襲。地の利は敵にあり、お味方、苦戦しております。益城郡の諸豪はこぞって敵方に合力し、多勢に無勢なれば、全滅のおそれがございまする」

戦場の地理を知悉《ちしつ》した敵相手では、いかに勇猛な鑑広《あきひろ》とて苦戦は必至であろう。殿《しんがり》の吉弘勢が突破されれば、義鎮《よししげ》の本陣も危うい。

「紹兵衛よ。済まぬが、隈庄の御館様と宗亀《そうき》殿に急を知らせてくれぬか。木山紹宅、離反せりとな。わしはこれよりただちに津守へ救援に向かう」

疲れはあろうが、紹兵衛ほどの武士でなくば務まらぬ役目だった。吉弘勢が進軍を遅らせ、津守に留まって紹宅の離反に備えていなければ、今ごろ義鎮の本陣が奇襲を受けていたに違いなかった。吉弘は殿《しんがり》の役目を果たしたと言えよう。

「銅鑼《どら》を鳴らせ。全軍で津守へ取って返す。騎馬隊が先に参る。右近らを助けるぞ」

鑑理は馬に飛び乗った。たった一人の弟を死なせるわけにはいかぬ。手綱を握ると、夢中で馬腹を蹴った。

†

鑑広《あきひろ》は血糊《ちのり》で滑《ぬめ》る、折れた長槍を捨てた。

斃《たお》した敵から槍を奪い取って、構え直した。

乱軍の中で、田辺義親の泣きそうな声が聞こえた気がした。

「右近様！　面目次第もございませぬ」

赤井城へ向かった義親は道に迷ったあげく、敵情を摑めぬまま津守に戻ってきた。が、すでに戦が始まっていたという。己の責めと考え、乱軍の中を戻ってくるあたりが、律儀な義親らしかった。

鑑広は義親の背をどんと叩くと、高笑いした。

「作戦どおりにうまくゆく戦なぞ十に一つもないわ。それでも俺はちゃんと生き延び、勝ってきた」

「されど右近様。われらは袋の鼠。いずれ死を免れえぬなら――」

竹崎筑後は評判に違わず、獰猛《どうもう》な熊のごとき将だった。激烈な包囲殲滅《せんめつ》戦を演じていた。

「馬鹿め。俺はかような地で果てるつもりは毛頭ないぞ。俺は楓《かえで》と五郎太に必ず帰ると約した。戦はこれからじゃ」

勝利の条件は明快だった。紹兵衛《しょうべえ》なら、すでに包囲陣の突破に成功しているはずだ。鑑理の援軍が来るまで生き延びさえすれば、鑑広らの勝利だった。

が、闇夜が隠す吉弘勢の数は着実に減っていた。夜が明ければ、掃討されるに違いない。

鑑広は再び戦場に飛び込んだ。眼前の雑兵《ぞうひょう》に向かい、雄叫《おたけ》びをあげて槍を扱《しご》いた。

†

鑑理《あきただ》は津守に急行していた。

だが、しだいに青味を帯び始めた薄明りの下、鑑理を先頭に木山川沿いを先行する騎馬武者は十騎に満たなかった。乗馬も得手でない鑑理が陣頭に立つ戦は、初陣の生葉城攻め以来であろうか。あの時は鑑広を救い出せた。今回も絶対に救ってみせる。

気ばかりが焦った。手綱を握る手が嫌な汗をかいた。

紹宅《じょうたく》の思惑は大いに外れたはずだった。木山勢は殿《しんがり》を務める吉弘勢と交戦しているだけで、肝心の義鎮の本陣に到達していない。夜が明けて丘の上の吉弘本隊を見れば、作戦の失敗を悟るはずだった。呼びかければ、投降するのではないか。

「父上。ゆくて左の森に敵の伏兵あり。ご注意召されませ」

鎮信《しげのぶ》の言葉に駒を止めた。包囲網を突破した鑑広隊を捕捉するためか、策士紹宅は街道沿いに兵を伏せていた。

手勢が揃うのを待ってから、伏兵を蹴散らした。

さらに木山川沿いに街道を駆けるうち、なだらかな丘に出た。川むこうに、森と川《かわ》畔《あぜ》を埋め尽くす兵らの姿がうっすらと見えた。

吉弘の抱《だ》き杏葉《ぎようよう》の旗印はまだ、戦場に立っている。

「さすがは叔父上にござる。あの寡兵でよう持ち堪《こた》えられましたな」

「足軽を待っておる暇《いとま》はないぞ。いざ、参らん」

一瞬の遅れが、鑑広の命取りになるおそれがあった。

「父上、お待ちくだされ。この寡兵で敵中に飛び込めば、返り討ちに遭うだけでございまする」

戦場での命のやり取りは、鑑広ら配下の猛者《もさ》たちに任せてきた。鑑理は帷幄で指揮していたにすぎぬ。十騎ほどの小勢で敵を蹴散らす武勇など、鑑理は持ち合わせていなかった。

「おそれながら私と父上の武勇など、合わせてもせいぜい半人前にございまする。将を討たれれば、敵を勢いづかせるだけ。いま少し兵馬が整うまで待たれませ。その間、吉弘に援軍ありと、津守から抱き杏葉の旗印が見えるよう、高く掲げておきましょうぞ」

鎮信が正しい。鑑理は祈る気持ちで後続を待った。

が、ようやく揃い始めた騎馬兵の中には、紹兵衛《しようべえ》の姿が混じっていた。隈庄《くまのしよう》まで行って戻るには早すぎる。急いで下馬する紹兵衛を見て、鑑理はひどい胸騒ぎを覚えた。

「殿！　街道は木山勢の別働隊が隈庄に向け進軍中にて、ゆくてを阻まれ、戻って参りました。面目次第もございませぬ」

紹兵衛は馬を走らせるうち、西へ急行する敵と遭遇したらしい。

木山勢を警戒した鑑理は、義鎮《よししげ》がいる隈庄と津守を結ぶ中間地点に布陣していた。ゆえに紹宅が西進すれば、津守に兵を返した鑑理の兵とぶつかるはずだった。

「なぜじゃ、紹兵衛。敵はまだこの津守におるはずではないか？」

「全軍ではなかった模様。おそらく地侍しか知らぬ間道を用いて、隈庄へ向かったのでございましょう」

　紹宅は益城郡の地理を知り尽くしている。津守へ取って返す鑑理とうまく行き違って、兵を進めたわけか。菊池方の起死回生の一手として、義鎮の命を狙っている。

「謀《はか》られたぞ、紹兵衛。このままでは五郎様の御身が危ない」

　義鎮や宗亀《そうき》が万全の態勢で味方の夜襲に備えているとは思えなかった。吉弘勢の大半は今、鑑広隊救援のため、街道を東の津守に向かい進軍中のはずである。ただちに騎馬兵を反転させ、西へ取って返す。道すがら足軽をまとめていけば、義鎮本軍を襲っている木山勢の背後を衝《つ》けるはずだった。まだ、間に合う。

「おそれながら、こたびの危地は紹宅を赦し、信じた御館様、宗亀様の過誤が招いた結末。われらに責めはありませぬ。奇襲に対する適時の迎撃は、すでにひとつの軍功と申せましょう」

「わしは功を云々《うんぬん》しておるのではない。五郎様の御身を案じておるのだ」

　紹兵衛は鑑理に向かって片膝を突いた。

「御館様が紹宅の奇襲で命を落とされる事態は、当家にとってむしろ僥倖《ぎょうこう》とも言えまする。御館様に未だ男子はなく、若い弟君も英邁《えいまい》とは言えませぬ。よもや御館様を討った菊池の血筋に後継を見出す愚は、誰も唱えますまい」

鑑理は瞠目して軍師を睨みつけたが、紹兵衛は動ぜず続けた。

「されば、大友の後嗣たりうるは、先主の血を引かれ、御館様の甥御に当たられる当家の賀兵衛《かへえ》鎮信《しげのぶ》様におわしまする。御館様の姫君を賀兵衛様のご正室となされませ。賀兵衛様は性、温厚にして英明。大友の惣領《そうりょう》たるにふさわしきお方と心得まする。小《お》原《ばら》、高橋、臼杵《うすき》ら有力諸将は殿にかねて恩義を感じておりますれば、諸将の同心を得て――」

鑑理は紹兵衛の雄弁を荒々しくさえぎった。

「吉弘に守護職簒奪《さんだつ》の意はないぞ、紹兵衛。どの面《つら》を下げて、あの世で亡き御館様とわが友に会えようか。五郎様が吉弘に殿《しんがり》を命ぜられたは、わしを信じられたがゆえじゃ。五郎様の信に背くわけにはいかぬ」

「宗亀様は表裏比興《ひきょう》のお方。すでに木山紹宅《きやまじょうたく》の欺罔《ぎもう》を――」

「見抜いておらなんだら、何とする？　万一の事態あらば、殿《しんがり》を承りながら紹宅の進軍を防げなんだわしに一切の責めがあろう」

宗亀の大友宗家に対する忠義も疑わしかった。身を挺してまで義鎮を守ってくれる保証はない。宗亀が義鎮を見殺しにし、後継を失ってますます混乱する大友を手中に入れる肚だとすれば、どうか。先主義鑑《よしあき》から後事を託された遺臣として、大友の敗亡を傍観するわけにはいかなかった。義鑑はこの今も天から、忠臣吉弘鑑理の一挙手一投足を見ているに違いない。

鑑理は片膝を突く紹兵衛を凝視した。

「そなた、紹宅が間道《かんどう》から隈庄へ向かうと見抜いておったな？」

世戸口《せとぐち》紹兵衛《しようべえ》ならば、赤井城から別働隊を発し間道伝いに義鎮の背後を衝く敵の奇襲策を読んでいたのではないか。が、あえて紹宅に義鎮を襲わせ、吉弘の未来を切り開こうと目論《もくろ》んだのか。

「おそれながら、窮地の右近様をお救いするには、兵を返すよりほかに手だては――」

鑑理は大きく首を振って、紹兵衛をさえぎった。

「亡き御館様は死に臨まれ、わしに五郎様のゆくすえを託された。されば……」

鑑理は必死で思案した。太郎天なら、どうなさる……。

鑑広《あきひろ》に笑顔で寄り添う楓《かえで》を想った。鑑広の肩車で満面の笑みを浮かべる五郎太を思い浮かべた。だがどうしても、答えはひとつしか、見つからなかった。

鑑理の眼から涙があふれ出て、頬を流れてゆく。

「赦せ、右近……。これより当家は兵を、返す」

鑑理の震え声に、かたわらの鎮信が息を呑んだ。

「目の前の叔父上を見捨てると、仰せにございまするか！」

津守には防柵もなく、鑑広隊は周囲を敵に包囲されていた。すでに一刻近く激戦が続いている。手勢の半数以上は死傷し、全滅せんとしていた。

「吉弘家の当主が、主君を見殺しにできるとでも、思うてか？」

鑑理は苛酷な選択を強いられる宿命を呪った。

「迷うておる暇《いとま》はない。右近なら、必ずやわが意を解してくれよう」

絶句した紹兵衛が呆気に取られた様子で鑑理を見あげた。

「もし宗亀様が紹宅の策を見抜いておわせば、この反転はまったくの無駄となりかねませぬ」

「宗亀殿には任せられまい。吉弘家は殿《しんがり》の務めを果たさねばならぬ」

鑑理は、鑑広たちのいる戦場に背を向けると、下知した。

「これより全軍ただちに兵を返す。先陣は世戸口紹兵衛に申しつける。一刻も早う隈庄に着き、木山勢の背後を襲え」

鑑理は最後に、津守の方角をふり返った。

吉弘騎馬隊の姿は、津守で死闘を繰り広げる両軍に見えているはずだった。

鑑広たちは狂喜しているはずだ。が、目の前まで来た実兄の援軍が引き返す様《さま》を、いかなる気持ちで見るだろうか。鑑理を恨んで死ぬであろうか。それでも鑑理は反転せねばならぬ。鑑理は心の中で鑑広たちに何度も詫《わ》びた。

†

藍色の闇が、異国の稜線から取り払われようとしている。

「丘を見よ！　援軍が参ったぞ！　皆の者、いま少しで敵の包囲は崩れる！　下流へ向かえ！」

鑑広《あきひろ》は大音声《だいおんじょう》で手勢を励ました。

鉛のように重くこわばった疲労が全身を覆ってはいた。が、激戦の中でも怪我ひとつしていない。姿を見せ始めた味方の姿を見て、鑑広の体軀に再び力が漲《みなぎ》っていた。

この戦、勝った。生きて、楓《かえで》の声を聴ける。やはり俺は楓に守られておる。心が弾んだ。

槍を片手にぶんと音を立てて振り回すと、敵の足軽が怯《ひる》んだ。

「楓、生きて帰るぞ！　待っておれよ！」

心に念じるだけでは足りぬ。鑑広は叫びながら踏み込んだ。有頂天になって、鑑広は辺りに人なきがごとく、戦場を乱舞した。

「殿！　援軍が、引いてゆきまする！」

小次郎の悲鳴に鑑広は耳を疑い、あわてて背後をふり返った。

目を疑った。白み始めた暁闇の向う、小高い丘の上に集結しつつあった吉弘家の抱き杏葉の旗印がひとつ、またひとつと消えて行く様を、呆気に取られて、見た。

吉弘本隊の反転は、ただちに鑑広隊の全滅を意味していた。

「何ゆえじゃ！　何ゆえ、わが殿は兵を返されるのじゃ？」

血相を変えて叫ぶ義親に、鑑広が答えた。

「俺たちは竹崎勢と戦っておっただけのようじゃ。おそらくは赤井城の木山勢が隈庄を急襲したのであろう。それに気づいた兄者は、兵を返した」

かつて生葉城で己が命を捨ててまで鑑広を救おうとした鑑理《あきただ》が、たかだか死を恐れて弟たちを見捨てるはずがなかった。肉親への愛に勝る価値、主君を守るという義にしか、反転の理由は見出せなかった。

鑑広は絶望混じりに高笑いした。

「ははは。実の弟より主君を選ぶとは、いかにも兄者のやりそうな真似よ。今度会ったらぶん殴ってやるわ」

「……右近様、かくなる上は刺し違えるほか、ございますまい」

気丈にふるまう様子が健気《けなげ》だが、義親はまだ若い。身体ががくがく震えていた。

「早まるな、又十郎。俺が闇雲《やみくも》に戦うておったとでも思うてか。兄者の援軍が間に合うとも限らなんだ。われらは敵の馬が嘶くほうへ少しずつ向こうてきたのよ。さればこれより森へ入る。敵兵に紛れ、馬を奪って脱するぞ。ついて参れ！」

生をあきらめた足軽が、鑑広の目の前でまたひとり、討たれた。

†

鑑広《あきひろ》隊は援軍が来るという心の支えだけを頼りに、敗色濃厚な死戦を繰り広げてきた。戦い続ける理由を一方が失った時、戦は終わる。吉弘本隊の撤退により、津守の戦は数に勝る竹崎勢による吉弘勢の掃討戦と化した。

鑑広は打刀で敵の槍を払った。槍が樹幹に刺さる。左手で槍を押さえ、右手の刀で敵の首筋を斬ると、鑑広はまた返り血に染まった。

鑑広は森を味方につけた。樹々は盾にも身代わりにもなった。

木山城は小さな丘城である。吉弘勢から奪った戦利品であろう、幾頭かの馬が城外北麓の松の木に繋がれていた。

すでに剣戟の音は止んでいる。なお生きて戦い続けている者は、鑑広たちだけか。

一瞬の隙を突いて小次郎が躍り出ると、見張り番を討った。鑑広と小次郎がすばやく馬に跨る。義親も続いた。

このまま逆に川沿いを東進すれば、戦場を離脱できる。

鑑広と小次郎は巧みな手綱捌《さば》きで乱軍を切り抜けると、木山川を渡った。が、義親が続かない。

ふり返ると、川中で敵兵に囲まれた義親の姿があった。

「殿。又十郎殿はもはやこれまで。今のうちに逃れましょうぞ」

義親を身代わりに残せば、己が命を拾える。楓に会える。一瞬、迷いが生じた。

――爺《じい》。

ありし日の傅役《もりやく》田辺長親の笑顔が鑑広の脳裏に浮かんだ。義親に子はまだ、ない。

鑑広は手綱を強く引いて、驚く馬を止めた。

義親は馬を討たれていた。嬲《なぶ》るように引きずり倒された義親の姿が、水中にいったん消えた。心の中で何かが弾けた。馬頭を返した。

「まさか、殿！　お戻りあるな！」

鑑広は川にざぶと馬を乗り入れた。

包囲陣に斬り込む。敵を突き伏せた。小次郎が続く。

突然、鑑広の右脚に焼けつく痛みが走った。太腿に矢が深く突き刺さっている。鑑広は歯を食いしばって、矢を引き抜いた。鮮血が迸《ほとばし》る。

鑑広が雄叫びを上げて数人の足軽を突き殺すと、兵らが怯えて、散った。

身体が変だ。一瞬ふらついた。

「ちっ、鏃《やじり》に毒を塗っておったか。どうして敵もやりおるわ」

鑑広は馬を下りると、義親を軽々と持ち上げて代わりに乗せた。

「お前の祖父は俺の傅役であった。俺は若いころ、爺に命を貰うた。田辺の家を絶やすわけにはいかぬ。さいわい俺には、自慢の跡継ぎがおるでな。又十郎、お前は生き延びよ」

義親は恐怖にうち震えていた。歯をがちがち言わせながら、泣き出しそうな顔で鑑広を見つめていた。戻ってきた小次郎も、蒼白の表情で鑑広を見ている。その間にも、敵将を討ち取らんと、続々と現れた足軽どもが遠巻きに群がっていた。

「小次郎。楓《かえで》と五郎太を頼むぞ。又十郎とともに必ず生きて戻り、吉弘右近が死に様、世に正しく伝えよ」

「殿、お待ちくだされ！」

「馬は二頭。すでに新手が来ておる。身体も痺《しび》れてきおった。俺はもう、助からぬ」

「されば殿、冥途までお供いたしまする」

「右近様、某《それがし》も死にまする!」

「阿呆どもが! 皆がここで死ぬ意味がどこにある? 世に名立たる吉弘の副将の首ぞ、敵も大いに欲しがっておろう。俺が最後にひと暴れする間に、このまま川沿いに逃げよ。ときに小次郎。教えてはくれぬか。楓は鋸山《のこぎりやま》で俺のことを、何と言うておった?」

「……日ノ本一の男児と結ばれ、日ノ本一倖せな女子です、これからいくたび生まれ変わろうとも、そのたび必ず右近様と夫婦《めおと》になります……と」

鑑広の瞼に楓の澄ました笑顔が浮かんだ。耳に、楓のさえずるような明るい声がこだました。突然訪れた離別に、鑑広の眼に涙が浮かんできた。

一本の矢が飛来して、鑑広の左肩に刺さった。もう抜く必要もない。

背後で敵の鬨《とき》の声が上がった。

「俺はつくづく果報者であった。楓に伝えてくれ。生きよ、と。たとえ死すとも俺は、天から楓たちを守っておるゆえ。皆、達者でな」

小次郎が泣きながら、うなずいた。

すかさず鑑広が馬腹を蹴ると義親の馬が嘶き、疾駆を始めた。

鑑広は震える手で、懐から一枚の半紙を取り出した。

わが子の絵筆が、目の前に愛妻の姿を甦らせた。

「済まぬ、楓、五郎太。俺としたことが、こたびは約束を守れなんだ」

死のみが待つ戦場で、楓の澄まし顔が浮かんだ。

いつものさえずりが聴こえ始めた。

鑑広は槍を片手にふり返った。山津波のごとく敵兵が押し寄せてきた。

絶叫しながら、敵の只中へ飛び込む。

小次郎らが逃れる方角とは反対に突き進んだ。

豪槍で敵の槍衾《やりぶすま》を切り裂く。大音声で怒鳴った。

「われこそは吉弘が副将、右近なり！　お前たちは運に恵まれておるぞ。命惜しまぬ者、わが首を掻っ切って名をあげよ！」

鑑広が名乗ると、雑兵らが幾重にも取り巻いた。槍を大上段に構えて笑うと、敵が一瞬怯んだ。すかさず踏み込む。動くたびに太腿から鮮血が噴き出た。血が足りぬらしい。疲労と痺れで身体が思うように動かなかった。

それでも鑑広は、最後に戦場を乱舞した。

小次郎らが逃げおおせるまで時間を稼ぐ。

鑑広は死など微塵も怖れてはいなかった。眠るのと別段変わりないと思っていた。

ただ、楓との別れがつらくてしかたなかった。

堪《こら》え切れずに涙があふれた。涙で敵が見えなくなった。

いずれ守れぬ宿命なら、吉弘家を守らずともよかった。手放さねばならぬのなら、楓とともに育んだ大田荘《おおたのしょう》も、故郷の都甲荘《とごうのしょう》も誰ぞに呉れてやる。

封土も、城も、館も、富も、家来も、武名も要らぬ。慎ましくてよい、楓《かえで》とごく普通の夫婦《めおと》として、日々の暮らしを営むことさえできたなら……。

もしも俺と楓が、面倒な乱世なぞに生まれなんだなら……。

鑑広はただ、楓とともにありたかった。それ以上は何も望まなかった。

吼《ほ》えながら、泣き叫んだ。泣くのは幼いころに母を失って以来だった。爺を死なせたときも、必死で歯を食いしばって泣かなかった。

鑑広はずっと楓とともにあって倖せだった。

倖せすぎたから、泣く必要がなかった。

ひとかどの将が逃れえぬ死に臨んで、敵に涙を見せるは恥辱やも知れぬ。だが、死を前にして泣けるのは、恐怖に魂を縛られていないからだ。

俺は死なぞ毫《ごう》も怖れてはおらぬ。俺はただ、哀しくてたまらぬだけだ。

鑑広は泣き喚きながら、吼え猛《たけ》った。

わが手から楓との暮らしを奪おうとする者たちに向かい、夢中で槍を突き出した。

全員、斃してやる。楓のもとへ戻ってやる。

鑑広は楓との絆を引き裂いてゆく敵を斃し続けた。

だが、斃しても斃しても、敵は現れた。

自他の流血で赤く染まった川の淵に一瞬、足を取られた。

敵の長槍が、鑑広の脇腹を貫いた。

すぐに、背にも何かが刺さった。

動き続けていた世界が、止まった。

槍の穂《ほ》が次々と、鑑広の鍛え上げた体軀を貫いてゆく――

敵の攻撃が止んだ。

鑑広の長身にはもう、凶器を貫ける場所がなくなったのだろう。

きっと俺は今、武蔵坊弁慶《むさしぼうべんけい》のように突っ立っているに違いない。

鑑広は今生《こんじょう》の最期に、全身全霊で愛し抜いた者の名を、叫ぼうとした。

だが、喉にあふれてきた血塊のせいで、愛しき名は、もはや言葉として発せられなかった。

それでも鑑広は心のなかで、最愛の妻の名を声の限りに叫んだ。

さっきから何も、聞こえなかった。

閴《げき》とした戦場で、透き通った夏風だけが、鑑広を包んでいた。

生臭い血の匂いは消えて、野苺のような香りがする。

天の涯《はて》まで澄み渡った夏の朝空に、楓がいた。

駘蕩《たいとう》と流れる白雲のまにまに、縹《はなだ》色の打掛姿で佇《たたず》んでいる。

鑑広の身体は倒れていくらしい。

まだかろうじて動いた右手を、宙に伸ばす。

楓がいつもの澄まし顔で微笑んだ。

片えくぼができた。鑑広の大好きな声でさえずった。

最期に鑑広は、楓の笑顔に向かって微笑み返す。

光が、満ちた。

†

鑑理《あきただ》が急行した隈庄《くまのしよう》には、のどかな時が流れていた。敵の姿は、ない。

微風の吹く椨《たぶ》の木陰で、義鎮《よししげ》は瓶子を片手に微睡《まどろ》んでいる様子だった。

鑑理が鎧《よろい》を鳴らして伺候すると、義鎮のかたわらに坐していた宗亀《そうき》がすばやく手で制した。眠らせておけとの意であろう。

「宗亀殿。木山紹宅《きやまじようたく》が奇襲は――」

「ご苦労。すでにわれらで打ち払うたわ」

宗亀によれば、木山勢に内通者があり、義鎮も宗亀も夜襲を端から知っていたという。宗亀は遠く隈庄のはずれに伏兵を置き、街道を西進してきた木山勢を木端微塵《こつぱみじん》に撃破したと、胸を張ってみせた。

「左近殿も紹宅を疑っておったが、敵を欺くには味方からよ。わしとてまんざら戦下手でもないのじゃ」

間延びした宗亀の声に、鑑理は二の句が継げなかった。宗亀が紹宅の奇襲作戦を鑑理にあらかじめ知らせてさえいれば……。

「津守でも何やら小競り合いがあったそうじゃな。武辺者の右近あたりが早とちりでもして何ぞやらかしたのか？　……おお、お目覚めにございまするか、御館様」

うたた寝から覚めた義鎮は眼をしばたたかせていたが、やがて鑑理に気づいた。

「遅いぞ、左近。この暑さに、そちもどこぞの木陰で朝寝をしておったか」

とうてい間に合うはずもない。それでも鑑理は、一刻も早く津守へ兵を返したかった。

「木山紹宅が家臣、竹崎筑後が――」

「のう左近、そのことよ。紹宅の忠義、敵ながら天晴れとは思わぬか。余も紹宅のごとき忠臣が欲しいものよ。衷心《ちゅうしん》より余に忠誠を誓わば赦し、所領を安堵してやるつもりじゃ」

あくび混じりの義鎮の言葉に、鑑理は無言で平伏した。歯を食いしばった。

鑑広隊が繰り広げた死闘に意味はあったのか。主君義鎮を守るはずが、無用の戦に命を捨てたにすぎぬのか。あれは誰のための、何のための戦いだったのか。

「名和《なわ》は戦わずして降った。日ならずして相良《さがら》も余に服するであろう。孤立無援となりし隈本《くまもと》城さえ落とせば、肥後で余にまつろわぬ者はおらぬ。鬼に任せておれば、そのうち城は落ちる。予祝に、名和の献上してきた酒を呷《あお》っておったのじゃ。ほれ、左近も試してみよ」

酩酊《めいてい》して上機嫌の義鎮の手から盃を受け取ると、鑑理は濁った酒を口に含んだ。

味などまるでわからなかった。

戦場に残してきた鑑広の笑顔が浮かび、鑑理の視界が歪んだ。

第五章　鑑連の手土産

十三、秋百舌鳥

道ゆくかぎり、垂穂《たりほ》の稲田が山々の麓《ふもと》まで広がっている。本来なら穏やかな気持ちで、豊かな実りを天に感謝すべき光景であったろう。だが、吉弘左近鑑理《あきただ》にとっては今、いかなる佳景も悲しみを思い出させる縁《よすが》にしかならなかった。

鑑理は林左京亮《さきようのすけ》とともに大田荘《おおたのしよう》へ馬を駆っている。道中、涙で視界を失うたびに馬を止めた。そのため、早朝に府内を発ったが、すでに日は高く昇っていた。

肥後遠征は大友方の大勝利に終わった。菊池《きくち》方は潰滅、菊池義武《よしたけ》は再び肥前に逃亡し、行方をくらました。

大友方では諸将が華々しい手柄を立てるなか、吉弘家の一人負けと言えた。

楓《かえで》と五郎太に対し、鑑理がいかに言葉を尽くして詫びようとも、鑑広《あきひろ》は戻らぬ。それでも鑑理はじかに会い、悲しみを共にせねばならぬと思った。過日すでに小次郎が出向き、鑑広戦死の報は大田荘に伝わっていた。楓は鑑広を守り切れなかった小次郎を面罵《めんば》し、館から追い出したという。

菊池征討戦で手柄のなかった吉弘家については、佐伯惟教《さえきこれのり》の提案で処遇問題が再燃し、肥後攻めの論功行賞と合わせて府内で議論が始まっていた。肥後遠征の終盤で菊池方諸将がこぞって離反したため、恩地として分け与えられる新領も限られていた。田原宗亀《たわらそうき》によれば、従前の沙汰に変更はなく、全領没収、田原家預かりとの見方が強いらしい。

紹兵衛《しょうべえ》からは大田行きを強く諫止された。この時期に所領へ戻れば、謀叛の疑いありとされ、反吉弘派に取潰しの口実を与えかねない。だが鑑理は聞き入れなかった。静《しずか》と幼子らの待つ都甲荘《とごうのしょう》には帰らぬが、大田荘には赴かねばならなかった。

鉄輪《かね》ヶ城のある見馴れた山並みが遠くに見えると、鑑理はまた涕泣《ていきゅう》した。馬を下り、沓掛《くつかけ》川の畔で大の字になると、秋空に向かって男泣きした。目をつむると、楓と楽しそうに笑う鑑広の姿が浮かんだ。腹の底から尽きぬ悲しみがこみ上げてくる。血の代わりに涙が全身を流れている気がした。

鑑理の肩の震えがようやく収まると、見かねた左京亮が声を掛けてきた。

「大殿、まだお加減が優れぬのではありませぬか」

「楓と五郎太の前で、涙は見せられぬ。されば今、ここで泣いておかねばならんのじゃ」

津守での反転後、大友に再び降った木山方から、鑑広ら吉弘兵の遺体の引き渡しがあった。遺体を検《あらた》めた紹兵衛は鑑理に見ぬよう勧めたが、鑑理は鑑広の死を背負うため、むしろ己が眼に焼き付けておきたいと願った。

無数の槍で貫かれた鑑広の骸《むくろ》はあまりにも変わり果てていた。

鑑理は物言わぬ鑑広にすがりつき、何度も詫びながら号泣するうち、悲嘆のあまり昏倒《こんとう》した。

以来、気鬱が亢《こう》じて飯も喉を通らず、勝ち戦の陣中に病を得て寝込んだ。やがて大友軍が隈本《くまもと》城を陥落させると、吉弘勢も肥後から豊後へ戻った。鑑理の病は重く、府《ふ》内《ない》の吉弘屋敷で臥《ふ》せっていた。

ようやく歩けるほどに回復すると、鑑理はさっそく大田荘に出向いたわけである。

鑑理は沓掛川の冷たい水で顔を何度も洗った。

川面に、何とも情けない顔が映った。

「わしの顔はどうじゃろうな、左京亮？　やはり泣いたとわかるかのう」

左京亮は軽く苦笑しながら、うなずいた。

「瞼《まぶた》はひどく腫れ、見る影もなくお窶《やつ》れのご様子にて、姉は申すに及ばず、何人も大殿のお嘆きをすぐに察しましょう」

「ならば、まだしばしここで休んでから参るとしよう」

鑑理は再び寝転がった。

天が高くなり始めている。秋が来ていた。

†

主を失った屋敷は、打ち捨てられて久しい廃城のごとくひっそりとしていた。

鑑理《あきただ》と左《さ》京亮《きようのすけ》が奥の間で待ち始めて二刻も過ぎたころ、ようやく衣擦れの音がした。身重の楓《かえで》が視線を落としながら、五郎太の手を引いて姿を見せた。

鑑理はろくに眼を合わせられぬまま、楓と五郎太に向かい、深々と頭を下げた。

「楓、五郎太、相済まぬ。右近を、死なせてしもうた」

左京亮が楓ににじり寄る気配がした。

「姉上、殿のご遺髪でござる」

楓は半紙に包まれた夫のなれの果てをそっと両手で取り、愛おしげに胸の中に抱き締めているようだった。

思えば、楓とは数奇な廻《めぐ》り合わせであった。鑑理は心ならずも楓にとって大切な者の命を二度も奪わねばならなかった。実父を生葉城に敗死させ、今度は敵中にあった最愛の夫を見殺しにした。

重苦しい沈黙を、楓の落ち着いた声が破った。

「あの大きなお方が何と小さくなられましたこと……。右近様は常に死を覚悟して、出陣なさいました。戦場で散るは、吉弘の副将として本望にございましょう。乱世を生くる将の妻なれば、私もいつかこの日が来ると覚悟しておりました」

鑑理はゆっくり顔を上げた。別人と見間違うほどに憔悴《しょうすい》しきった楓の顔があった。穏やかな言葉とは裏腹に、泣いて腫れ上がった真っ赤な眼が、鑑理を睨みつけている。楓の隣で、五郎太の小さな二つの眼も同じく鑑理を恨めしげに睨んでいた。

「……されど、されど右近様は、生きて大田に戻り――」

咽《むせ》び泣きで、楓の言葉がとぎれた。

「生まれくるわが子を見、その腕に抱き、頬ずりしたかったはず……」

鑑理は歯を食いしばって涙をこらえた。

「わしのせいで右近を死なせたのじゃ。赦してくれとは、言わぬ。土台、無理な話ゆえのう」

「義兄《あに》上様は敵に囲まれた右近様を見捨て、目の前で兵を返されたとか。ならば、義兄上様が殺したに等しいではありませぬか！　右近様を、お返しくだされ！」

取り乱し、摑みかからんばかりに詰めよる楓を、左京亮が必死で抱え止めた。

「姉上、控えられませ。主君の危急を救うは、吉弘の義――」

「お黙りなされ！　家臣を滅ぼさんとする主君なんぞのために、兄を慕う実の弟を何ゆえ見捨てねばなりませぬ？　義なんぞより、愛を守ってくだされ！　私の右近様をお返しくだされ！　さあ、早う！」

鑑理はもう一度、頭を下げた。

「わしを恨んでくれい。わしが皆の恨みをすべて引き受ける。わしはそのために大田に参ったのじゃ」

「お言葉を頂かずとも、そのつもりでございます。私も五郎太も、腹の中の子も皆、義兄上様を一生、お恨み申し上げまする！」

楓は叫びながら立ちあがると、すぐに踵を返した。五郎太の手を引き、ふり返ることなく部屋を後にした。

「大殿、申しわけございませぬ」

「これでよいのじゃ、左京亮。わしも己を赦せぬ。そのわしを責めてくれれば、少しは気が楽になる。右近を失うた悲しみまで癒されるわけではないがの」

鑑広の暮らした部屋には、主を想い起こさせる縁《よすが》がいくつもあった。赤い漆《うるし》仕上げの皮の弓入れは擦り切れている。昔、鑑理と共用で使った稽古用の竹張弓は、使い込みすぎたせいか、巻きがすっかり緩んでいた。握りの皮が厚く巻かれた鑑広自慢の三人張りの黒弓は、津守で探したものの見つからなかったが、よく似た弓が無雑作に置かれたままだった。

生前の鑑広の姿を想い出させる品々に囲まれ、鑑理の頰をまた涙が流れた。

鑑理は見っともないほど咽び泣いた。楓たちの前では涙を見せなかった。泣けば、楓が鑑理を責められまい。最愛の夫を奪った男に憎しみさえ向けられぬのでは、あまりに哀れだと思った。楓の憎しみをすべて引き受けてやりたいと願った。

ようやく鑑理が落ち着くと、左京亮が嚙んで含めるように問うた。

「紹兵衛殿もすぐにお戻りあるよう釘を刺しておりました。明日になさいますか？」

「わしはしばらく、この屋敷にとどまる」

「されど、大殿が大田荘におわすとなれば、大友への異心ありと――」

「右近がな、楓のそばにおってやれと、わしに言うておる気がするのじゃ」

「姉は亡き殿を心から慕うておりました。さればおそれながら、もはや大殿への恨みしか口にはいたしますまい」

「それでよい。楓も五郎太も、わしが憎うてたまらぬであろう。なればこそわしは、まだしばらく大田におらねばならんのじゃ」

大田荘を照らしていた秋の陽は、すでに翳り始めている。

†

鑑広《あきひろ》の好物だったひき割り粥《がゆ》の上に、またいく粒も涙が落ちた。かまわず楓《かえで》は焼き茸を口に運んだ。近ごろ楓が口にする物は全部、涙の味がした。

鑑広戦死の報せに接した時、楓は呆然として泣くことを忘れていた。以来、ほとんど何も口にできず、身重の身体とは思えぬくらいに痩せ細った。鑑広の遺児を生むためにと、無理に食べても、必ず吐いた。

秋が来て、家人が採ってきた茸の初物を焼き、ひき割り粥の上に載せてみた。腹の中のわが子のために食べねばならぬと意を決して、食べた。嘘のように喉を通った。鑑広が救いの手を差し延べてくれたのだと思った。だが、最愛の夫を失ったのに粥を美味いと思う己が浅ましく思えてしかたなかった。

その時初めて涙が出た。楓は泣きながら食べ、食べながら泣いた。泣き出すと、ますます悲しくなった。泣くと腹が空き、食が進んだ。五郎太の寝顔を見るたび、鑑広の永遠の不在が改めて重く楓にのしかかってきた。

そんなおり、義兄の吉弘鑑理《あきただ》が大田荘《おおたのしょう》を訪ねてきた。

もともと楓は鑑理を嫌いでなかった。動の鑑広とは対照的に寡黙で小柄な将だが、不思議なくらい兄弟の心は通じ合っていた。

鑑理は屋敷に留まり、朝夕、楓の機嫌を伺いに来た。しばらくは「加減が優れぬ」と会いもせずに追い返していたが、鑑理はあきらめずに楓の部屋を訪れた。あまりのしつこさに腹が立ち、楓はある晩、面と向かって「お顔を見とうないのです」と言い切った。痛々しいほど悲しげな表情を浮かべる鑑理の顔に向かい、楓は容赦なく恨み言を繰り返した。

それでも翌朝、鑑理は懲りずにまた楓の部屋に来た。面会を断ると、鑑理は茸の入った籠を侍女に託していった。どこで聞きつけたのか、楓が茸を食していると知り、左京亮《さきょうのすけ》を連れて鋸山の中腹まで茸を採りに出かけたらしい。五郎太は叔父の左京亮に懐いているが、鑑理を恨んでいるらしく、誘われたものの同道しなかったという。

「姉上、お気持ちは察しまするが、今は吉弘家の大事。大殿は大田でなく、府内《ふない》におわすべきなのです。姉上からひと言、優しき言葉を掛けてはもらえませぬか？

吉弘はかつて仇ではござったが、今は五郎太殿の家にござるぞ」

と先刻も、鑑理の長の滞在にたまりかねた様子で、左京亮が会いにきて説いた。

が、楓は返事もしなかった。鑑広のおかげで吉弘家は栄えてきたのだ。鑑広を失った痛み、重みを皆が思い知るべきだ。楓のせいで吉弘が滅ぶなら、いい気味だとさえ思った。

火ともし頃、衣擦れの音がし、襖のむこうに乳母の気配がした。

「大殿様がご挨拶にお見えです。いつものように、お引き取りいただきますか？」

鑑理が来て以来、繰り返されてきたやりとりだ。不愉快だった。朝から腹が張り、下腹と背に鈍い痛みが幾度かあった。加減が優れぬからこそ、鑑理を面罵してやりたくなった。己の懊悩を見せつけることで、鑑広を奪った鑑理を苦しめてやりたかった。

「大殿様は毎日、先の戦で亡くなった兵らの家族にも一軒一軒、頭を下げに出向いておられるとか……」

詫びたところで失われた命は決して戻らぬ。腹立たしい偽善だ。

「会う。お通しせよ」

やがて鑑理が茸を入れた籠を片手に、済まなそうな笑みを浮かべて現れた。

「今日は左京亮と、美味そうな茸をたくさん採ったのじゃ」

楓はあらかじめ考えていた鑑理に対する悪口雑言《あっこうぞうごん》をいっせいに並べ立てようと、口を開いた。だが突然、下腹部を強い鈍痛が襲った。

楓は腹を押さえた。激痛に覚えず悲鳴を上げた。陣痛なら早すぎる。薬師《くすし》の見立てでは、分娩まで二月近くあるはずだった。出産のための手立てをまだ何も講じていない。楓は焦った。鑑広の遺した子を死なせるわけにはいかぬ。

――誰かある！　早う、薬師を呼べ！

鑑理の必死の叫び声がした。

†

楓《かえで》は半身を起こすと、乳母《うば》が差し出すわが子をしっかりと抱き締めた。

早産のため小さな身体で生まれたが、赤子は健やかに育っている様子だった。

七郎太《しちろうた》と名付けられた赤子は、鑑理《あきただ》に救われたとも言えた。楓の切迫早産のとき、あいにく薬師は遠く府内にあり、不在だった。覚悟した鑑理は侍女らに命じ、自ら助産すると決めた。室の静《しずか》が急な早産を経験していたため、鑑理には多少の心得があったらしい。

楓は鑑理に言われるまま、天井から吊り下げた綱に取りすがった。徹夜の難産だった。鑑理が臍《へそ》の緒を切り、赤子を産湯《うぶゆ》に浸けた。赤子の無事を確かめると、鑑理は思い出したように泣き出し、楓もつられて泣いたのだった。

「今朝は不思議に加減がよい。七郎太を連れて、白川稲荷へお参りに行こうと思う」

「されどお方様、近ごろお山のほうには恐ろしい妖《あや》かしが出るとか」

表情で問う楓に、乳母が怯えを隠せぬ様子で続けた。

「あの山姫《やまひめ》が国東《くにさき》にやって来たんですよ。茸狩りに参った者が、押し殺した泣き声のような悲鳴を聞いております」

九重《ここのえ》の山奥に住まうらしい麗しき山姫は、長く伸びる舌で人の血を吸い尽くすと聞いていた。

「血を吸われた骸《むくろ》を見た者があるのですか？」

「ございません。きっと山姫が骨ごと食べてしまうからでしょう」

声を潜める乳母を見て、楓は吹き出した。五郎太の乳母でもあり、楓の流産を何度もともに悲しんでくれた女であった。七郎太のために再び出仕してくれたのだが、衷心から楓の身を案じているのであろう。

「今日はふだんより心地がよいのです。これから参るゆえ、支度をなさい」

今回の出産では産後の肥立ちが優れなかった。普通の身体でないと自覚していた。

動ける時に詣でておくべきだ。行けば、鑑広《あきひろ》に会えるような気がした。

——半刻後、楓は杖を頼りに、白川稲荷の石段の下にあった。

「お方様。何やら悲鳴が聞こえませぬか」

七郎太をひしと抱き締める乳母のひそひそ声に、楓も耳を澄ました。たしかに巨石群のほうから、獣の唸り声のような悲鳴が断続的に聞こえてくる。

楓はそれが何か、すぐに解した。

「山姫の正体、私たちが突き止めましょう」

乳母が止めるのも聞かず、楓は石段をのぼり始めた。

†

鑑理は声にならぬ声で鑑広に詫びながら、巨岩にすがりついて泣いていた。楓の前では涙を見せぬと決めているが、こらえ切れなくなったとき、鑑理はここへ来た。

昔、大田荘に赴任したころ、鑑広が巨石群を案内し、「俺はこの大岩じゃ」と言って笑った、鑑広の背丈より高い大岩である。

「義兄上《あに》様は卑怯です。泣きたいのは私たちですのに」

背後で聞こえた鈴の音のような声に、鑑理はおそるおそる振り返った。

決まりが悪くなった鑑理は洟《はな》を啜《すす》りながら、あわてて袖で涙を拭った。

「すまん。わしは昔から泣き虫でのう。勝手に涙が出て参るのじゃ。なかなか止まらぬでな。右近にも、よう揶《から》揄《か》われたわ」

「義兄上様、抱いてやってくださいまし」

出産時に取り上げたのは鑑理だったが、その後、楓は鑑理に赤子を抱かせなかった。鑑理も母子の健康を気遣い、遠くから見守るだけだった。

鑑理は壊れそうに小さな甥の身体を優しく抱き締めた。頬ずりをした。温かい。

にわかに頭上で、けたたましく鳥が啼《な》いた。

自然、目をやると、樫の梢に茶色の頭巾を被った小鳥がいた。

百舌鳥《もず》の高鳴きだった。

鑑広《あきひろ》が落命した日のように、空が澄んでいる。

樹間から冴え渡る青空を見やると、鑑広の声がした。

――兄者め、何をしておる？　大田で泣いておるうちに、吉弘が滅びてしまうぞ。

心の中で反駁しようとする鑑理を、鑑広が横柄にさえぎってきた。

――馬鹿じゃな。俺の楓がさようにか弱き女子とでも思うてか。五郎太も七郎太もおる。兄者など別におらんでよいわ。

かたわらを見ると、楓も樫の梢を眺めている。

鑑広の死後に初めて見る、澄ましたような微笑みが、そこにはあった。鑑理は胸のつかえがおりたように、心が軽くなった。

やがて百舌鳥は秋空高く舞い、いずこかへ飛び去った。

「右近が今、来ておったような気がしたのじゃ」

楓は胸を打たれたように、震える声で答えた。

「……気のせいではありませぬ。あの方はたしかにこの地へ、私たちのもとへお戻りになりました。楓がおらぬゆえ、淋しいと仰せでした。私も右近様のもとに参りとう存じまする。されど、右近様の遺されし子らのために、まだしばらくは生きて参らねばなりませぬ」

楓は鑑理を正面から見て、澄まし顔で微笑んだ。

「義兄上様、府内へ戻られませ。私たちのために、吉弘家の明日をどうかお守りくださいまし」

鑑理は笑みを返そうとしたができず、涙をごまかすように七郎太に頬ずりしてから、百舌鳥の去った秋空を見あげた。

十四、義は何処にありや

府内《ふない》大友館を出ると、気の早い松並木がすでに松釵《しょうさい》を散らせていた。鑑理《あきただ》が大田荘にあって不在の間も、府内では二階崩れの変以来の論功行賞を巡る駆け引きが容赦なく行われていた。諸将は兵を所領へ帰し、府内の屋敷に逗留して沙汰を待っている。

宗亀《そうき》から顔を出すよう言われて、鑑理も今朝、大友館に出仕した。今は秋の夕べが許す束の間の西日を浴びながら帰路にある。足どりは重い。府内に戻った鑑理を待ち受けていたのは、さらなる苦境だった。

屋敷に戻るや紹兵衛《しょうべえ》が伺候した。鑑理と時を前後して、都甲から戻ったばかりだという。

「大友館が何やら騒がしゅうございましたが、大事ございませなんだか」

鑑理は小さく首を横に振ると、声を絞り出した。

「小次郎が佐伯の家臣に斬りつけおったのじゃ」

大友館に向かう時、鑑理はちょうど吉弘屋敷の庭で木刀を振っていた小次郎に声をかけ、護衛に同道させた。これが思わぬ事態を招いた。大友館は論功行賞の沙汰を待つ諸将とその家臣で賑わっていたが、館の大広間へ向かう途中の廊下で、どっと哄笑《こうしよう》する声がした。

笑いが収まるころ、聞こえよがしに戯《ざ》れ唄を披露する声があった。

〽秋釣瓶《つるべ》　御覧候へ　左近殿　右近は亡くし　都甲は取られ

吉弘家が釣瓶落ちする秋日のごとく没落して行く様を、嗤《わら》っていた。

小次郎が話の主らしき侍に大音声で誰何《すいか》したところ、相手は佐伯家臣、本庄新左衛門尉《ほんじようしんざえもんのじよう》と名乗った。新左衛門尉は鑑理の姿を認め、小次郎が吉弘家臣と知るや、嘲《あざけ》った。

「何という名でござったかな、津守の小競り合いであっけのう落命された貴家の将は？　ご愁傷様であったの」

一瞬の出来事だった。小次郎は嗤いころげる新左衛門尉とその取り巻きに向かって疾《はし》った。躍りあがるや抜く手も見せず新左衛門尉に斬りかかった。が、額にひと太刀浴びせたものの、居合わせた者たちに止められ、討ち果たせなかった。

聞けばこのころ、大勝に沸く府内では誰が作ったのか、口さがない連中の間で吉弘を嗤う件《くだん》の戯れ唄が流行っていた。佐伯家臣らによる誹謗中傷は茶飯事で、小次郎は腹に据えかねていたらしい。鑑理の面前で亡き主を侮辱され、怒りにわれを忘れた様子だった。

「小次郎は今、大友館の土牢に放り込まれておる」

仮にも政庁の渡り廊下を血で染めた刃傷《にんじょう》沙汰であった。二階崩れを想起させる不穏な事態であり、佐伯惟教《さえきこれのり》の訴えを受けて事件は大ごとになった。政争のさなか、吉弘はまんまと政敵に嵌《は》められたというべきであろう。

黙って聞いていた紹兵衛が苦い顔をした。

「佐伯らは当家への仕置きに、小次郎殿の処断を絡めて参りましょうな」

本来、論功行賞と今回の事件は別物だが、政争の具とされるなりゆきは目に見えていた。

「先の事件以来、大友館での抜刀は死罪と決まってござる。誰が裁いても、小次郎殿の獄門は免れますまい」

「小次郎は当家によう仕えてくれた。何とか救えぬものか」

楓《かえで》の実弟でもある。これ以上、楓を悲しませたくなかった。

「たとえ死罪を免ぜられても、当家が取潰しとならば、小次郎殿が責めを感じて自決するは必定。とにかく当家が生き残る道を探らねばなりませぬ」

まずは正確な情勢の把握が必要であった。紹兵衛は足早に屋敷を出て行った。

†

「愚弟にかかる処断は、戸次鑑連《べっきあきつら》公に一任されてございまする」

薄暮、田原屋敷から戻った左京亮《さきようのすけ》が鑑理と紹兵衛に告げると、沈黙が続いた。

佐伯側の申し出を加判衆《かばんしゆう》が認め、鑑連もこれを請けたという。

紹兵衛が口を開いた。

「噂どおり、戸次様は恩賞として都甲荘《とごうのしよう》を強く所望されておるとか。他の所領なら恩賞は要らぬ、都甲荘をそっくり拝領したいと仰って譲られぬ由」

津賀牟礼城を陥落させて入田家を討滅し、菊池勢を大破して肥後攻めの劣勢を逆転させた鑑連の功は、今回も家中で独り抜きん出ていた。

鑑連の要求は家臣たちの注目するところでもあった。先主義鑑《よしあき》以来の暗黙の慣例によれば、戦では常に最大の功を挙げる鑑連への恩賞を決めてから、他の者らの恩賞が決まる。

隈本《くまもと》城攻めで武功を挙げた佐伯はこの慣例を破り、報償として都甲荘を求めたという。これに対し、戸次の功が佐伯をはるかにしのぐと鑑連は主張し、都甲荘を所望したという経緯らしかった。

「仄聞《そくぶん》する事情から判じまするに、こたびの論功行賞にあって当家は改易、田原家預かりとなりましょう。殿、事ここに及んでは、当家が生き残る道はひとつしかございませぬ」

　紹兵衛は居住まいを正すと、鑑理に正対した。

「津守における右近様の壮絶なる戦死、血を分けた片腕の弟君を見捨ててまで主君を守らんと兵を返されし殿の忠義。そのいずれをも大友は、いかなる恩賞にも値せぬ、無用の小競り合いとして片付けたのでございまする。右近様が、津守で討死せる吉弘の兵たちが、果たしてこれで浮かばれましょうや。主君には誰よりも忠義を尽くし、封土では君臣相和して、民に仁政を施されてきた吉弘家が、何ゆえ滅びねばなりませぬ？」

　紹兵衛は鑑理に身を寄せると、声を落として続けた。

「されば、すでに屋山城、鉄輪《かね》ヶ城の籠城支度は万端、相整ってございまする」

　鑑理は瞠目した。

　戦場から府内へ戻って以来、紹兵衛は血気に逸る田辺義親らに指図して、極秘に事を進めていたという。驚きを見せぬ左京亮も一枚嚙んでいるに違いなかった。

「家臣、民ら一同、殿をお慕い申し上げ、吉弘の存続を心より願うておりまする。兵らの士気愈々高く、この紹兵衛に一手の指揮をお任せあれば、八面山の要害を自在に用い、たとい戸次勢が襲来しようとも、見事撃退してみせましょうぞ。すでに大内方《おおうち》の江良殿とは話を付けてございまする」

　紹兵衛はさらに声を落とした。

「殿、大内に同心なされませ。大友の宿将、吉弘左近起《た》つと聞かば、豊前宇佐《うさ》三十六人衆はことごとく大内に靡《なび》き、当家に加勢しましょう」

　紹兵衛によれば、対大内の備えとして北の大宰府《だざいふ》にあり、今回の菊池攻めに加わらなかった大友の名将高橋鑑種《あきたね》も、恩賞の沙汰次第では大内方に同心するのではないかと噂されているらしい。おそらくは鑑種を巻き込んで味方に付けるために、紹兵衛の仕組んだ流言飛語の類《たぐい》であろう。

「殿には、右近様の遺されし楓様とお子らへの責任もおありのはず。わが策を用うれば、鉄輪ヶ城も、五郎太様の将来も守ることができまする」

　ずっと口をつぐんでいる鑑理に、紹兵衛はたたみかけた。

「小次郎殿を救うには、大友館の土牢から力ずくで奪い取るしかありませぬ。そのまま都甲、大田へ別れ戻り、来る戦に備えましょうぞ。殿、起つなら、今をおいて時はございませぬ。どうか今こそ、お覚悟を」

左京亮も、紹兵衛の隣で、鑑理に向かって手を突いた。

「大殿、他に道はございませぬ。身どもも紹兵衛殿の策に賛同いたしまする。いざ、ご決断を」

まるで海の底にゆっくりと沈められてゆくようだった。深海の底流のように重い沈黙を、紹兵衛が静かに破った。

「もし殿がこの策を用いられねば、吉弘は滅びましょう。されば某《それがし》はもはや殿のお役に立てそうにありませぬゆえ、今宵かぎり、お暇《いとま》を頂戴しとう存じまする」

口調こそ穏やかだが、紹兵衛の精悍な表情には、悲壮ともいえる覚悟が滲《にじ》み出ていた。口先の男ではない。本気と知れた。否と答えれば、紹兵衛は鑑理のもとを去る気であろう。

「大殿はすでにあたうかぎりの義を貫かれたではありませぬか。いいかげんに大友に愛想を尽かされませ」

鑑理は腕組みをし、己を見つめる紹兵衛と左京亮の視線を避けるために、目をつむった。

古来、叛意など抱かぬのに、疑心暗鬼の中を追い詰められ、保身のためにやむなく謀叛を起こしてきた者たちがいる。骨肉相食む大友の歴史もその例に漏れなかった。

だが、吉弘家のみは違った。その歴史は稀有《けう》の例外だった。鑑理の祖父も父も、大友宗家のために戦で命を散らせた。実弟鑑広も同様だった。鑑広を失ってまで守ろうとした義を、たかだか保身のために、最後に捨つるべき理由は見つからなかった。

鑑理の心のなかで、六所権現《ろくしょごんげん》の太郎天が小さく頷いた気がした。

張りつめた静寂の中で、鑑理は目を開き、ぼそりと答えた。

「忠誠を誓うた主君に対し、わしが愛想を尽かすということはない。吉弘家はいついかなる時も、義を守らねばならぬ。敵兵を豊後に入れるなぞ、言語道断」

鑑理は努めて明るくつけ加えた。

「されば紹兵衛、そなたには暇《いとま》をやろう」

しばしの沈黙が澱《よど》んだ後、ついに匙《さじ》を投げた様子の紹兵衛は鑑理に向かい、深々と平伏した。

「お名残り惜しゅうございまするが、やむを得ませぬ」

突然訪れた忠臣との別れに際し、鑑理は紹兵衛の逞しい両肩に手を置いた。

「これまで吉弘によう尽くしてくれた。心より礼を申す。わしはいつも皆に謝ってばかりじゃが、赦せ、紹兵衛。わしの器ではそなたの知謀を使いこなせなんだ。なんぞわしにできることがあれば、言うてくれい」

紹兵衛は平伏したまま、低い声で答えた。

「主家の苦境にあって主を代えたとなれば、あらぬ噂を立てられ、後ろ指を差されるは必定。されば殿より、某《それがし》を推挙する一筆を賜ればと存じまする」

「紹兵衛殿、正気で言うておられるのか？」

鑑理は左京亮を手で制して、うなずいた。

「承知した。わしはこたびの政変にあって、そなたの献策を用いなんだ。それも一度や二度ではなかった。吉弘が滅びようとも、決して紹兵衛の責めではない」

鑑理はすぐに文机《ふづくえ》に向かうと、硯箱《すずり》を開けた。手ばやく椙原紙《すいばらがみ》に長い文をしたためて巻き、墨引きをした。

「そなたが今度こそよき主に巡り合えるよう、祈っておるぞ」

紹兵衛は厚く礼を述べ、恭《うやうや》しく巻き手紙を受け取ると、懐に入れた。

「半月もせぬうちに沙汰が下されましょう。某《それがし》はまだしばし『豊前屋』なる旅籠《はたご》におりますれば、もし殿が起つと決断されしおりには、お召し出しくださりませ」

「わしの心は変わらぬ。いかなる沙汰であろうと、仕置きには従う所存じゃ」

紹兵衛が平伏して立ちあがると、左京亮が堪りかねた様子で紹兵衛を呼び止めた。

「待たれよ、紹兵衛殿。まこと当家を去ると言われるか？　貴殿までが大殿より受けし恩顧をお忘れか？」

「止《や》めよ、左京亮。そなたは知るまいが、紹兵衛がわしを見限る理由は十指に余る」

「左京亮殿。殿のご身辺、くれぐれも留意くだされ」

紹兵衛は改めて深々と頭を下げると、飄々《ひょうひょう》と去った。その後ろ姿が消えた時、鑑理は吉弘家の破滅を初めて実感した気がした。

「行ってしまわれましたな。あの御仁が大殿を見捨てるとは思えませぬ。紹兵衛殿は何か秘策をお持ちなのではありますまいか」

「いかに紹兵衛とて、事ここに至り、吉弘を救う手立てなぞあるまい。わしが選んでしもうた道じゃ」

「紹兵衛殿のおられぬ今、これよりいかがなさいまするか？」

「宗亀殿が当家存続のためにお骨折りくださっておる。信じてはならぬお人やも知れぬが、親族でもある。今は信じるほかあるまい」

宗亀のせいで鑑広を失ったとも言えた。その宗亀に頼らねばならぬ己が不甲斐なく、みじめでしかたなかった。

すでに夜の帳《とばり》が府内を覆っている。が、紹兵衛の去った後、鑑理は人を呼ばず、火も灯《とも》さなかった。

秋夕に吹きしきる風が疲れ果てた鑑理《あきただ》の身体を容赦なく弄《もてあそ》んでいる。

鑑理は戸次《べっき》屋敷を出た後、もう一度ふり返ってみた。見馴れた屋敷の門は戸次鑑連《あきつら》らしく質素で頑丈な瓦葺きの門構えである。

†

この半月近く、鑑理は林左京亮《さきょうのすけ》とともに足繁く戸次屋敷を訪ねた。が、鑑連は吉弘、佐伯両家に関わりある者との面会をいっさい拒んだ。理由は丹生《にゅう》小次郎への処断を決するに当たり、公正を欠くおそれがあるため、という。

それでも鑑理は戸次屋敷に毎日、足を運んだ。楓《かえで》のためにも、せめて小次郎だけは救いたかった。が、そのつど門前払いを喰らった。

鑑理は畏友《いゆう》戸次鑑連を嫌いでなかった。若いころに命を救われた恩義もある。が、二人の生きかたはまるで違った。先代義鑑《よしあき》の死にも鑑連は平然として動ぜず、涙ひとつ見せなかったと聞く。鑑連は入田家の女を正室として長年連れ添っていたが、二階崩れの変を機に離縁した。さらに叛将とされた義父と義兄を征伐する軍の総大将となり、津賀牟礼城に戻した正室ごと焼き滅ぼした。義兄の親誠は肥後へ逃れたが、かつての姻族を滅ぼす戦でも、やはり鑑連は大友最大の軍功を立てた。鑑理にはできぬ芸当だった。鑑連が「鬼」と呼ばれる所以《ゆえん》であろう。

暮れゆく秋穹《しゅうきゅう》を見あげる。空に秋陽《しゅうよう》の名残りはもう、ほとんどなかった。

小次郎事件は明朝に沙汰される論功行賞と絡めるためか、処断が先延ばしにされてきたが、明日の昼下がりには鑑連による裁定がある。結局、鑑連には会うことさえできなかった。

「済まぬ、左京亮。すべてはわしの非力ゆえじゃ。楓に合わせる顔もない」

「小次郎も覚悟の上。われらもできることは、すべていたし申した」

鑑連のごとく自他に厳しい者が、鑑理の助命嘆願で法を曲げるはずもなかった。だが、今の鑑理にできることはほかになかった。

ほどなく屋敷に戻ると、憂鬱な顔をした田原宗亀《たわらそうき》が膝を揺すりながら鑑理を待っていた。作り顔やも知れぬが、宗亀の済まなそうな顔を見て、明日下される沙汰の中身を直感した。

挨拶もそこそこに、宗亀はぺこりと頭を下げて切り出した。

「赦されよ、左近殿。何しろあの戸次が都甲《とごう》を強く所望しおってのう」

紹兵衛の予想したとおり、吉弘家は改易、田原家預かりとの処断であった。すでに出された沙汰を変える理由はないとの結論になり、義鎮《よししげ》も承認したという。大田荘《おおたのしょう》を始め豊前、豊後、肥後、筑後に散在する吉弘領は功ある者たちに分け与えられ、都甲荘は望みどおり、戸次鑑連に下賜される。

「鬼は昔から己の封土を広げることしか考えておらぬ。鬼と事を構えるは面倒ゆえ、誰もわしに味方してくれなんだわ。されど、わしと左近殿の仲じゃ。せめてと、思うての。城明渡しの期限は年明けの吉日まで延ばさせたぞ。左近殿の忠義に鑑み、この一点だけは頑として譲らなんだ。じゃが、わしにできるのもここまでであった。赦してくれい」

宗亀がまた頭を下げると、禿げ頭が満月のように真ん丸く見えた。

「お骨折りに感謝申し上げる。当家はご沙汰に粛々と従うまで。明日にでも都甲へ戻り、準備を進めたく存ずる。されど一点だけ――」

いぶかしげに見る宗亀に向かい、鑑理は続けた。

「都甲は要り申さぬ。されどわが家臣、丹生小次郎の命だけはお救いくださらぬか」

沙汰におとなしく従うかわりにと、鑑理なりに精いっぱいの威迫を込めたつもりだった。鑑広《あきひろ》の死を想えば、宗亀と刺し違えたいくらいだった。

「左近殿のお気持ち、察するにあまりある。されど、知ってのとおり、こたびは鬼が裁く。鬼は仲睦《なかむつ》まじゅうしておった正室さえ、容赦なく焼き殺した男ぞ。鬼が一度決めたことを覆すは、わしにも無理じゃ。あの先主でさえ、できなんだではないか」

苛酷なまでに厳正な戸次鑑連という男が下す裁断を、誰が変えられようか。

「されば戸次殿に代わり、宗亀殿が処断してはくださらぬか」

引き下がらぬ鑑理に、宗亀はできるかぎりの周旋《しゅうせん》をしてみようと答えて、帰っていった。

この夜も鑑理は部屋に灯りを入れさせなかった。鑑理の憂鬱をよそに、秋虫の集《すだ》く庭はすこぶるにぎやかであった。

†

翌日、大友館主殿の遠侍《とおざぶらい》の大庭に面した広間には吉弘、佐伯両家の者たちを始め、百人近い武士が詰めかけていた。丹生《にゅう》小次郎に対する処断を聞くためである。

鑑理《あきただ》は左京亮《さきょうのすけ》に身体を支えられながら部屋へ入った。呆然としたまま倒れこむように座った。向かいには、佐伯惟教《さえきこれのり》のなすび顔があるような気がしたが、ほとんど目に入らなかった。

昨夜遅く大田荘から突然の悲報が届いた。産後の肥立ちが悪く、ずっと臥せっていた楓《かえで》が身《み》罷《まか》ったのである。鑑理を赦し、信じてくれたのであろう、死のまぎわに五郎太、七郎太のゆくすえを鑑理に託したという。不憫でならなかった。年明けにはすべてを失う鑑理に、してやれる世話は限られている。飽きもせず次々と己を打ちのめしてくる苦難に、鑑理は絶望する気力も湧かなかった。壊れた置物のように、つくねんと座っていた。

やがて戸次鑑連《べっきあきつら》が足音荒く現れ、堂々と上座を占めた。牢番に引かれた小次郎が大庭から現れ、ぬれ縁の先に引き据えられると、鑑連の濁声《だみごえ》が響いた。

「丹生小次郎よ。先の御館様が非業の死を遂げられしよりこの方、大友館内での抜刀は理由名目のいかんを問わず、厳に死罪と決まっておる。承知しておったな？」

小次郎はうなずくと、悪びれずに胸を張った。

「無礼者の下郎を討ち果たせなんだ一事のみが、返す返すも無念にございまする」

鑑連は怒るどころか、むしろ眼を細めた。

「死罪と知りながら、亡き主を貶《おとし》めし者を斬らんとした忠義、見あげたものよ。うぬのごとき家臣を持った吉弘右近は果報者であったぞ」

鑑連はその巨眼で座を睨みつけるように見渡してから、続けた。

「されど、たとえ義によっても、法は曲げられぬ。されば是非もなし。丹生小次郎には切腹を申しつける。吉弘に右近ありと謳われし勇将の名に恥じぬよう、わが前で見事、腹を掻っ切って見せい」

佐伯が満足げにうなずいたが、鑑理は微動だにできなかった。

鑑連は立ちあがってのそりと歩き、大庭へ降りた。どこかはればれとした表情の小次郎の肩に、親しげに手を置いた。

「小次郎よ。府内は大勝に浮かれておるが、吉弘も大友もこたび、次代を支えるはずの良き将を二人も失うてしもうた。惜しい話よ。じゃが、後はわしに任せい。冥途で右近と親しく盃を交わすがよいぞ」

「武士《もののふ》の心を弁《わきま》えられしご沙汰、感謝申し上げまする。幼きころ戸次様にお救いいただかねば、絶えておった命、惜しゅうはありませぬ。されど、都甲の片隅で構いませぬ、吉弘家存続の一件、戸次様のお力にて、何とぞお取り計らいくださいませぬか。さもなくば大友は、忠烈にして得難き将らを失う仕儀となりまする」

即座に冷たく頭《かぶり》を振る鑑連の後ろ姿を見て、佐伯が片笑みを浮かべた。

「わしはうぬの刃傷沙汰につき処断を委ねられたにすぎぬ。御館様のもと、しかるべき談合を経て吉弘家の改易を決した以上、わしの出る幕はない。たしかに戸次は、こたび下賜される中で最大の所領を望んだが、挙げた功に見合う当然の恩賞を賜っただけじゃ。わしを恨むなら筋違いというものぞ。さて、切腹は明日の午《うま》の刻《こく》といたす。それまでに親しき者らに別れを告げるがよい」

鑑連は踵《きびす》を返して座に戻ると、鑑理に向きなおった。接するだけで痺れるような鑑連の覇気に圧《お》されっ放しで、異を唱えようにも隙がなかった。

「これで沙汰は済んだ。これよりは左近殿との雑談じゃが、佐伯家の面々、宗亀《そうき》殿も付き合うてくれぬか。冥途の土産話に、小次郎も聞くがよいぞ。近ごろ府内商人の手代が上方で商いをするに当たり、負け知らずのわしの武名に肖《あやか》りたいと申し、各地の美味い酒を献上してきおってな。毎晩のようにわしの屋敷へ酒を届けおる。左近殿も知っておろうが、わしは酒に目がない。味おうてみると、なかなかの美酒なのじゃ。わしもひとこと礼が言いとうなっての。昨晩、手代に会うてみることにした」

鑑連は懐から真紅の鉄扇を取り出すと、ぱさりと開いて扇《あお》ぎ始めた。覇気の塊のようなこの男は、時節を問わず暑いのやも知れなかった。鑑理は今ごろ気づいたが、鑑連は引立《ひきた》て烏帽子《えぼし》に直垂《ひたたれ》姿で、滑稽なほど似合っていない。

「大嘘つきめが、手代じゃなぞと抜かしおったが、どうしてひと目で乱世を生き抜いてきた豪傑と知れたわ。美酒の肴《さかな》に佳《よ》き話をと、その手代から、比翼の鳥じゃと申すある仲睦まじい夫婦《めおと》の話を聞いた。わしにも佳き妻がおったゆえ、身につまされる想いであったわ」

鑑連は遠くを眺めるように寂しげな表情を浮かべた。鑑連も決して、望んで妻を死なせたわけではなかったろう。

「夫のほうには領主の兄がおってな。乱世に骨肉相食む兄弟は多いが、二人は互いに持たざるを補い合い、固い絆に結ばれた兄弟であったという」

鑑連は顔からはみ出しそうな巨眼で、鑑理を正視した。

「兄弟はある戦で、主君の命により殿《しんがり》を承った。弟は偽りの降伏をした敵の奇襲によく備え、大軍を邀撃《ようげき》した。小競り合い、小合戦《こがっせん》などではない、手勢のほとんどが討ち死にした激戦であったと聞く。他方、兄は弟の危地を知るや、ただちに救出に向かった。が、途中で、主君を弑逆《しいぎゃく》せんとする敵別働隊の奇襲を知った。兄は死を待つ弟を目の前にして、主君を救わんと涙ながらに兵を反転させた。弟は寡兵で二刻《とき》あまりも奮戦したが、ついに見事な戦死を遂げたという。実に豪胆なる、天晴《あっぱ》れな戦ぶりではないか。されど主君からは、兄弟に対し何らの恩賞もなく、功なきを理由に改易されたと聞いた。じゃがわしは、かくも貴き死を知らぬ。わしはその兄弟の生きよう、死に様に甚《いた》く胸を打たれた。遺族、家臣らの心中、推して知るべしじゃ」

鑑連は鉄扇をぴしゃりと閉じた。

「その手代めが、話し終えてから、最後にその兄弟の名をわしに明かしおったわ」

鑑連が豪快に笑った。その表情は常に怒気に支配されているやに見えるが、笑うと似合わぬえくぼが現れて、妙に愛嬌があった。

「吉弘家の改易は加判衆《かばんしゅう》の決したる事柄。法は法なれば、わしとて変更はできぬ。すでに吉弘家の本領、都甲荘《とごうのしょう》はこたびの連戦で最大の勲功を挙げし戸次が、恩賞としていい、と賜っておる。都甲荘は大友最強を自負するわが戸次の所領。何人も手出しできぬわ。されば、わしが煮て食おうと焼いて食おうと、誰も文句は言えぬはずじゃ」

鑑連はひと呼吸置くと、鉄扇を懐に戻して威儀を正した。

「吉弘両近《りょうこん》の功、忠烈にして大なるに鑑《かんが》み、戸次から吉弘に都甲荘を贈ろう。府内からの手土産に、持ち帰られよ」

ぶあつい唇をへの字に結んだ鑑連は、まるで無謀に刃向かう敵どもを睨み殺すがごとき視線で、座を見渡した。

「さて、この場におる皆に問う。誰ぞ、わしの左近殿への手土産に不服を申し立てる者は、おるか？」

巨眼がぎらりと輝いた。鑑連の威迫に、宗亀も惟教も黙したままだった。

感極まった様子の小次郎の啜り泣きが聞こえた。鑑理の頰をひと筋の涙が流れた。

「吉弘家の大友への忠義、疑うべくもなし。大友がため、ますます忠勤に励まれよ」

鑑理は涙を流しながら、鑑連に向かい、無言で手を突いた。

「その手代はわし好みの豪傑であったゆえ、是非ともわしに仕えよと口説いたのじゃがな。その者、すでに主は決めてあると抜かし、言下《げんか》に断りおったわ。不届きにもわしの誘いを断った、初めての漢《おとこ》よ」

鑑連は鑑理を助け起こすと、耳元に顔を近づけた。が、大きすぎる地声は、ささやきの意味を有していない。

「左近殿。わしはよう常勝無敗と言われるが、誤りじゃ。若いころに一度だけ、驕《おご》って戦に敗れたことがある」

勢場《せいば》ヶ原《はる》の話だと、鑑理はすぐに察した。

豊後国東《くにさき》半島の南まで侵攻してきた宿敵大内《おおうち》軍との決戦にあって、邀撃策を立案したのは吉弘氏直に目を掛けられ、若くしてすでに大友家随一の戦上手と称されていた戸次鑑連だった。が、大友方の動きは、敵の軍師に完全に見抜かれていた。

「あのとき、氏直殿は若いわしに大友の命運を託された。が、わしの策は麻生外記《あそうげき》に破られて負けた。翌日の弔い合戦に勝ったと言うても、宿将を討たれた大友の負けじゃ。ずいぶん遅うなったが、このたびの手土産は氏直殿への手向《たむ》けでもある。よしなにお伝えしてくれい」

鑑理が鑑連に対し、氏直戦死の責めを問うたことはない。が、鑑連は承知している。氏直は自ら推挙した鑑連の失敗を、己が死をもって贖《あがな》ったことを。鑑連はたった一度の敗戦を忘れず、その責めを今もなお、負おうとしていた。

鑑連が微笑みを浮かべると、荒れ果てた地に一輪の菫《すみれ》でも咲いたように、鬼瓦に似合わぬえくぼができた。

†

鑑理《あきただ》が鑑広《あきひろ》、楓《かえで》、小次郎らの墓参りから戻ると、初冬の都甲荘《とごうのしょう》の夕しじまを、袖笠《そでがさ》雨《あめ》が潤《うるお》し始めた。が、鑑理に季節の移ろいを感じている暇《いとま》はなかった。

「父上。当家への仕官を願い出て参った者がおりまするが」

所領の過半を失っても、鑑理は家臣らの召し放ちをしなかったから、吉弘家の財政は急激に逼迫した。新たに召し抱える余裕などありようはずもなかった。

「落魄《らくはく》の当家を頼って参った者。気の毒ゆえ、一夜の宿と路銀をくれてやるがよい」

「されどその者、さる方のご推挙があり、必ずお召し抱えあるはずと申して、聞きませぬ」

弁の立つ鎮信《しげのぶ》が説いても引き下がらぬとは、めずらしい話である。

「どれ、ちょうど鴨鍋の用意ができる頃合いじゃ。飯でも食らいながら、わしから言って聞かせよう。今宵は屋敷に泊めてやるがよい」

鑑理が鎮信を伴って書院に入ると、一人の逞しい身体つきの武士が平伏していた。

男の前には、見覚えのある椙原《すいばら》の巻き手紙が封も切られぬまま、置いてあった。

鎮信の心憎い悪戯《いたずら》だと知れた。が、鑑理はすぐに声を出せなかった。駆け寄ると、すがりつくように男を抱き締めた。もう二度とこの男にわがもとを去らせはせぬ。

「窮乏のおり、はなはだ心苦しゅうございまするが、いま一度お召し抱え賜りたく、まかりこしましたる次第」

「探したぞ、紹兵衛《しょうべえ》。手を尽くしたが、どうしても見つからなんだのじゃ」

やっと声が出た。が、震えている。

「仲屋の手代として、上方で米の商いをしておりましたゆえ」

鑑理がようやく身を離すと、紹兵衛は笑顔を見せ、懐から重みを感じさせる巾着を取り出して、鑑理の前にずしりと置いた。中から金子《きんす》がこぼれ落ちた。

「仕官を求める者にまで路銀を渡されておっては、財政も立ちゆきますまい。されば、これで当座は凌《しの》げましょう」

紹兵衛は食客時代から仲屋顕通《なかやけんつう》と諮《はか》り、年貢米の運用をしていたらしい。仲屋は年貢米の輸送で益を上げていたが、地方により米の相場は異なる。米を数年ぶん預かって集め、高く売って安く買い、年貢は銭納する。加えて米と銭の交換比率の変動までも利用し、有利な時期を選んで換金する。紹兵衛が商いの道に関心があったなら、豪商となったであろうか。

おかげで無事に年も越せそうである。気づいたら、鑑理はまた泣いていた。かたわらの鎮信が苦笑いをこぼした。

「そなたには世話になってばかりじゃ。当家はそなたと戸次殿《べっき》に救われた」

「某《それがし》がお会いせずとも、戸次様は最初から肚を決めておられたご様子にて」

鑑連《あきつら》は決して政《まつりごと》に秀でてはいない。が、佐伯や宗亀《そうき》らの動きを見て、吉弘家を救うには、己が都甲荘を手に入れるしかないと考えたらしい。

「こたび当家が存続しえたは、決して偶然ではございませぬ。亡き先代への恨みゆえに殿を憎む者でさえ、公明正大にして私心なく、誠忠《せいちゅう》あふれる殿のご仁徳を内心では慕うておりました。他方、殿に深い恩義を感じておられる諸将は、この機に報恩せんとひそかに動かれていた様子。高橋様は大内の脅威を誇張して府内へ伝え、吉弘切捨ての動きを牽制されました。臼杵《うすき》様も最後まで改易に反対し続けられたとか。当家は多くを失いましたが、ゆくすえは決して暗くはありませぬぞ」

鑑理は涙を拭おうともせず、そのまま笑いかけた。

「紹兵衛、皆で鴨鍋を食おうぞ」

†

暮れも押し詰ったころ、都甲荘を訪れためずらしい客人があった。

来るなり酒を所望し、主も待たずに一杯やり始めていた小柄な男は、さっそく瓶子《へいじ》を空にすると、ようやく人心地ついたのか、鑑理《あきただ》を正面から見た。

「左近殿、実はのう。先だって鬼からやつがれに、吉弘を救う策はないかと相談があったのじゃ」

すでに呂律《ろれつ》が回っていないが、思考はすこぶる健全らしい。酔ったふりやも知れぬと、鑑理は神経をとがらせた。

「ご苦労な話じゃが、左近殿は先代への恨みを一身に背負われた。ゆえに吉弘の取潰しを望む他紋衆は少のうなかった。宗亀《そうき》も肚のうちは保身がすべてよ。世には、守るよりも新しゅう作るほうが容易《たやす》いときもある。されば鬼にはかく教えた。吉弘をいったん滅ぼせ。しかる後に再興させるが、吉弘を救う最も確実な手立てじゃ、とな」

鑑理は角隈石宗《つのくませきそう》が差し出してきた震える盃に、酒を注いだ。

「軍師殿は何ゆえ当家のためにかくもお骨折りを？」

石宗は無遠慮な視線を、盃から煤《すす》けた障子《しょうじ》に逸らした。

「やつがれが昔、まだ麻生外記《あそうげき》と名乗っておったころ、左近殿を頼った理由をご承知か？」

麻生外記は初陣で奇計を用い、豊前に大挙侵攻した大友軍を寡兵で大破した。結果、鑑理の祖父にあたる総大将吉弘親信《ちかのぶ》は戦死した。長じては大内《おおうち》の宿将陶興房《すえおきふさ》の懐刀として暗躍し、勢場《せいば》ヶ原《はる》では戸次鑑連《べっきあきつら》の策を破り、吉弘氏直《うじなお》らを敗死させた。だが外記は、主の陶興房が急死すると大内を逐《お》われ、宿敵大友を頼った。その際、外記は祖父、父二代の仇として外記に私怨を持つ鑑理に、義鑑《よしあき》への推挙を依頼してきたのである。

石宗は鑑理の答えを待たずに続けた。

「大友に名将は多いが、その徳において最も優れたるは吉弘左近と見たゆえじゃ。誰よりも義に篤き将ならば、私情を離れて主君のために必ずやつがれを推挙する。主もまた受け容れると見た。大友に鞍替えしたやつがれにとって、最大の政敵となるはずの吉弘家を味方とする策でもあった」

「この乱世に軍師殿はいったい、何を望んでおられまする?」

酔いのせいか鑑理の問いは、石宗に届かぬ様子だった。

「誰がやっても勝てぬ戦は、やつがれがやっても負ける。されど、わが鬼謀を用いながら、やつがれは生涯で、勝てるはずの戦に二度敗れた。一度は毛利《もうり》元就《もとなり》と申す男に、いま一度は勢場ヶ原で戸次鑑連に、してやられた。初日は大内が勝ったが、二日目は力ずくでわが謀《はかりごと》を破りおった。こたびの一件は鬼とやつがれの、吉弘家への罪滅ぼしの意もあった」

戸次鑑連の気持ちはそうであろう。が、角隈石宗の本意は解しえなかった。それでも鑑理は、石宗を信じてみようと思った。

「軍師殿はこれより何処へ参られまする？」

「周防《すおう》じゃ。京の吉岡宗歓《よしおかそうかん》殿より報せが参った。これから大内が麻のごとく乱れるぞ。乱世はますます面白うなるわ」

石宗は酔いが回ったのか、大の字になって高鼾《いびき》をかき始めた。

†

波乱に満ちた年が明け、都甲の村人たちは天念寺《てんねんじ》で行われる修正鬼会《しゅじょうおにえ》の準備に大忙しである。

間もなく鎮信《しげのぶ》は義鎮《よししげ》の近習《きんじゅ》として府内《ふない》へ赴く。宗家に差し出す人質であった。が、若き主君大友義鎮の子飼いの臣となれば、才覚と運次第で出世の道も開けよう。

静《しずか》、鎮信、菊と孫七郎に紹兵衛《しょうべえ》という顔触れで鴨鍋を囲んだ。

「やはり五郎太は来てくれぬか」

鑑理の問いに、静は小さく頭《かぶり》を振った。

鑑広と楓の二人の遺児を都甲に引き取ったものの、五郎太は鑑理を決して赦そうとしなかった。叔父である林左京亮《さきょうのすけ》以外の者とはいっさい口をきかず、筧城《かけい》の一室にずっと閉じこもったままだった。乳呑み児の七郎太は乳母に寝かされている。五郎太は傅役の林左京亮と二人で年を越すつもりらしかった。

「されど今朝がた部屋を訪うた時、五郎太が眼を合わせてくれたのじゃ」

鑑理は毎日、五郎太の部屋を訪れ、親しく声を掛けていた。いつも返事はない。すぐに眼を逸らしたが、この日の五郎太は一瞬、鑑理の眼差しを確かに受け止めた。

「それは良うございました。殿の真心はいずれきっと、通じましょうほどに」

「五郎太様が幼くして負われた心の傷は深うございまする。時をかけるほか、ありますまい。――若、行儀ようなされませ」

孫七郎は傅役の紹兵衛をすっかり気に入ったらしく、膝の上で暴れている。

「今宵の修正鬼会にも、顔を出さぬつもりであろうな」

「明日にでも、私が無明橋《むみよう》へ連れて参りましょう。以前に渡りたがっておりましたゆえ」

「賀兵衛《かへえ》、頼んだぞ。お前の話なら、五郎太も聞いてくれよう」

「されど賀兵衛は、高い所が苦手ではありませぬか。だいじょうぶなのですか？」

「母上、心配はご無用。私は渡りませぬゆえ。紹兵衛に任せまする」

「若殿、ご勘弁くだされ。某《それがし》も高い場所は大の苦手にございますれば」

「たまげたの。紹兵衛にも怖いものがあったとは」

紹兵衛のあわてる様子に、皆が笑った。

心地よい団欒《だんらん》が続き、鴨鍋が尽きると、いよいよ天念寺に向かう刻限である。祭りが苦手と尻込みする紹兵衛も、鑑理が説き伏せ、今年は参加する。鑑理は紹兵衛を家族に加えたつもりである。

居眠りを始めた菊と孫七郎を、静が寝床へ連れていった。静が戻れば、皆で筧城を出る。

「父上、義は苦しきものなれど、弱きものではないやも知れませぬな」

ぼそりと漏らした鎮信の言葉に紹兵衛がうなずき、鑑理は笑顔で返した。


その年、天文二十年（一五五一年）九月。

中国、九州を震撼させる政変が、周防（現在の山口県南東部）で出来《しゅったい》した。大内《おおうち》家当主義隆《よしたか》が、宿将陶隆房《すえたかふさ》（晴賢《はるかた》）の謀叛により、自刃して果てたのである。世にいう大寧寺《たいねいじ》の変であった。この後、大友は大内の混乱に乗じ、力の均衡が崩れた北九州へ怒濤の侵攻を開始する。他方、陶晴賢を破った毛利元就《もうりもとなり》は中国をまたく間に平定し、やがて大友と激突することになる。

吉弘家は否応なく、激動の乱世の渦に巻き込まれてゆくのである。

【主な参考文献】

『大友宗麟』外山幹夫　吉川弘文館
『大友宗麟のすべて』芥川龍男編　新人物往来社
『大友宗麟』竹本弘文　大分県教育委員会
『筑前戦国史　増補改訂版』吉永正春　海鳥社
『筑後戦国史　新装改訂版』吉永正春　海鳥社
『大分県史　中世篇Ⅲ』大分県総務部総務課編　大分県
『大分市史（上）』大分市史編さん委員会編　大分市
『大分歴史事典』大分放送大分歴史事典刊行本部編　大分放送
『豊後高田市史　通史編』豊後高田市編　豊後高田市
『大友館と府内の研究「大友家年中作法日記」を読む』大友館研究会編　東京堂出版
『戦国大名大友氏の館と権力』鹿毛敏夫・坪根伸也編　吉川弘文館
『菊池市史（上・下）』菊池市史編さん委員会編　菊池市
『新熊本市史　通史編第二巻』新熊本市史編纂委員会編　熊本市
『新・熊本の歴史4』「新・熊本の歴史」編集委員会編　熊本日日新聞社
『益城町史　通史編』森田誠一（ほか）益城町

『玉名市史　通史篇（上）』玉名市立歴史博物館こころピア編　玉名市
『日本戦史　九州役　附図・附表』参謀本部編　村田書店

※その他インターネットを含め種々の資料を参照しました。

本作は書き下ろし歴史エンターテインメント小説であり、史実とは異なります。なお、文庫化に際しての改稿にあたっては、都甲史戴星塾、豊後高田市教育委員会の松本卓也様、大分市教育委員会の坪根伸也様、大友氏顕彰会、九州歴史研究会の秋好政寿様、豊後高田市、大分市から、貴重なご教示や資料提供を賜りました。改めて感謝申し上げます。文責はもちろん全て筆者にあります。

解説

辻原 登

タイトルの如《ごと》く、先《ま》ず大友《おおとも》家跡目相続を巡る「二階崩れの変」がある。戦国時代に九州の雄として名を馳せた大友義鎮《よししげ》（大友宗麟《そうりん》）のデビューのきっかけとなったクーデターだが、作品は権謀術数《けんぼうじゅつすう》入り乱れ、骨肉相食《は》む血みどろの争いの渦中に、大友家重臣、吉弘左近鑑理《よしひろさこんあきただ》（以下左近と呼ぶ）、吉弘右近鑑広《うこんあきひろ》（以下右近）の兄弟を投げ込み、躍動させる。

兄左近は当主大友義鑑《よしあき》の専横を諫《いさ》めつつも、家臣としての義を貫いたため、「二階崩れ」で主の座に就《つ》いた義鎮に疎《うと》まれ、吉弘家は改易処分の危機に直面する。

この小説のテーマは、「義」と「愛」とその相克《そうこく》である。歴史小説において、テーマはシンプルで、くっきり際立つほど成功の確率が高い。

シェイクスピアの歴史劇然《しか》り。しかも、『リチャード二世』『ヘンリー四世』『ヘンリー五世』、これら戦争と王権力簒奪《さんだつ》、家臣団相互の葛藤《かっとう》を比類ない洞察と緊張で描くドラマを貫いて浮かび上がって来るテーマもまた「義」と「愛」である。

テーマというのは作品中のどこにあるのか。ドラマの奥に潜むのか、行間を吹き抜ける風か、主人公たちが見上げる宙《そら》にあるのか。さにあらず、テーマは目の前にある。いつも読者の目の前に、目に見える形である。主人公そのものが、テーマを担っている。あるいは主人公そのものである。

『大友二階崩れ』で、「義」を担うのは兄の左近、「愛」を担うのは弟の右近。だが、彼らは「義」と「愛」の木偶坊《でくのぼう》ではない。義と愛を発動し、自らの運命を切り開き、その運命を受け入れ、とことん生きて崇高な悲劇を実現するのだ。テーマを担い切れず、途中で息切れして、読者を落胆させる昨今の多くの歴史小説の中で、赤神氏のこの作品は期待を裏切らない。

†

三つのシーンを取り出してみる。

一、当主大友義鑑が愛妾《あいしょう》の子塩市丸《しおいちまる》を寵愛《ちょうあい》して、二十一歳の長子義鎮を廃嫡《はいちゃく》し、九歳の塩市丸に家督を譲ろうとする。これを激しく諫めた重臣斎藤長実《さいとうながざね》に、義鑑は腹を切れと命じ、吉弘左近に長実を斬って忠義の証《あかし》を見せい！　と迫る。

長実と左近は戦友であり親友である。

「済まぬ、長実。上意なれば、赦《ゆる》せ」

「おうよ。お主に斬られるなら、悔いはない」

（…………）

（左近は）刀の柄《つか》に手をやる。が、涙で視界が歪《ゆが》んだ。

「泣くな、左近。大の男が情けないぞ」

長実の笑い声に、左近は膝《ひざ》を突いて頽《くずお》れ、潸然《さんぜん》と泣いた。

——とある。このあと、左近は友の頭上に刀を振り上げる。

一、二階崩れの変を遡《さかのぼ》ること約二十年。吉弘兄弟は筑後《ちくご》攻めで初陣を果たす。その折、弟の右近は、敗将星野実親《ほしのさねちか》の美しい娘（少女）楓《かえで》と出会う。父母を殺された少女は右近に薙刀《なぎなた》を向ける。叩《たた》き落されると、少女は脇差《わきざし》を抜き、己が首筋に当て自決しようとする。
このあとに続く、楓が父の首実検を強いられるシーンには、「愛」のテーマが息苦しいばかりに凝縮して、小説中の白眉《はくび》といっていい。

一、吉弘兄弟は、肥後《ひご》で義鎮に抗して挙兵した菊池義武《きくちよしたけ》征討の戦功による、吉弘家の改易回避を狙って奮闘する。兄弟は吉弘軍を二手に分けて敵の急襲に備える。右近の手勢は二百に満たない。多勢の敵が右近らを急襲、全滅の危機に陥る。それを知った兄左近は、右近救援のため肥後攻めの軍勢を取って返す。

「丘を見よ！　援軍が参ったぞ！」

右近は大音声で手勢を励ました。

（…………）

「楓、生きて帰るぞ！　待っておれよ！」

しかし、敵別働隊による主君義鎮本陣急襲を知った左近は、苦戦する弟たちを目の前にして、再び反転する。

「赦せ、右近……。これより当家は兵を、返す」

（…………）

「殿！　援軍が引いてゆきまする！」

右近の最期は壮絶である。

だが、この反転は意味のない反転だった。

義を貫き、愛を貫き、滅びて行く。義に報いぬ、愛に報いぬ神もいれば王もいる。ギリシャ悲劇は言うに及ばず、シェイクスピアの悲劇も、滅び行く人々を高貴、崇高と見る。無論、我々もヤマトタケルの物語を初めとして幾多の悲劇を持つ。

†

史料・資料にもとづいて歴史小説は書かれる。では、どうやって書き手の創造意欲を掻き立ててくれるような事実・題材を見つけるのか。

「事実というのは、魚屋の店先にある魚のようなものではなく、広大な、時には近寄ることの出来ない海の中を泳ぎ回っている魚のようなもので、歴史家が何を捕えるかは偶然にもよるが、多くは彼が海のどの辺で釣りをするか、どんな釣道具を使うかによる」(E・H・カー『歴史とは何か』)。

カーは歴史家について言っているが、歴史小説家にも当て嵌《はま》る言だろう。

赤神氏が海のどの辺で、どんな釣道具を使ったのかはさておいて、彼が恰好《かっこう》の魚を釣り上げたことは間違いない。

しかし、釣り上げただけで済む訳ではない。何しろこの『大友二階崩れ』に描かれるのは、今から四百七十年も昔に生きた人々の世界である。ファンタジーの世界と言ってよい。ファンタジーを如何《いか》にして真実《リアル》に還元するか。

釣り上げた史実は隙間《すきま》だらけで、それだけでは梁《はり》の一部しか架けられない。全ては作者の、隙間を埋める想像とセンス、それに文体の力にかかっている。さらに魅力的な人物や出来事を描くに足る、彼らが生き、その事柄が生起《せいき》した風光を創出することが必要だろう。

赤神氏は、豊富な史料・資料を闊達に運用、駆使しつつ、明朗でよどみのない文体で、あの時代の豊後《ぶんご》の風光を創出することに成功した。当然、人物もまた生き生きと躍動し始める。

†

この小説のストーリー展開のテンポの良さはどこから来るか。

左近・右近の兄弟と、二人の軍師、角隈石宗《つのくませきそう》、世戸口紹兵衛《せとぐちしょうべえ》、加えて大友家最大の軍将戸次鑑連《べっきあきつら》。この五人は、互いにまるで違う気質・個性の持主だが、彼らの知謀と勇気をベースにした三つ巴《どもえ》、四つ巴の絡《から》み、まさに時計のムーヴメントの如き、大小の歯車の嚙み合いからもたらされるテンポである。

楓による首実検の際の戸次の采配、ラストにおける、所領を全て失なった吉弘家に対する彼の豪気な振舞いに、読者たる我々は胸のすく思いがする。

しかし、何よりもこの小説における作者の手柄は、正体不明の世戸口紹兵衛をその時々、物語の勘所《かんどころ》に配したことだろう。彼は胸に、何やら過去の大きな悲しみを抱え込んでいるらしいが、彼の見通しと暗躍ぶりが、この物語に小気味の良い興趣《きょうしゅ》と痛快さをもたらす。

同時に、ここに隠されたもう一つのテーマ、義でも愛でも献身でもなく、かつ中世にも近世にもまだなかった言葉「友情」が浮上して来る。

小説は、義と愛に加うるに、友情という新たな魂の高貴な次元へと、ドラマを止揚《しよう》して幕を閉じる。まぎれもなく優れた歴史小説であると同時に、現代の小説たるゆえんである。

●本書は二〇一八年二月に、日本経済新聞出版社より刊行されました。
文庫化にあたり、一部を加筆・修正しました。

|著者| 赤神 諒　1972年京都府生まれ。同志社大学文学部卒業、上智大学教授、法学博士、弁護士。2017年、「義と愛と」（本書『大友二階崩れ』に改題）で第9回日経小説大賞を受賞し作家デビュー。同作品は「新人離れしたデビュー作」として大いに話題となった。他の著書に『大友の聖将《ヘラクレス》』『大友落月記』『神遊の城』『酔象の流儀　朝倉盛衰記』『戦神《いくさがみ》』『妙麟』『計策師　甲駿相三国同盟異聞』『空貝《うつせがい》　村上水軍の神《しん》姫《き》』『北前船用心棒 赤穂ノ湊 犬侍見参』『立花三将伝』などがある。

大友《おおとも》二《に》階崩《かいくず》れ

赤神《あかがみ》 諒《りょう》

講談社文庫

定価はカバーに
表示してあります

2020年8月12日第1刷発行

発行者――渡瀬昌彦
発行所――株式会社 講談社
東京都文京区音羽2-12-21　〒112-8001
電話 出版（03）5395-3510
　　 販売（03）5395-5817
　　 業務（03）5395-3615

デザイン―菊地信義
本文データ制作―講談社デジタル製作
印刷―――豊国印刷株式会社
製本―――株式会社国宝社

Printed in Japan

ISBN978-4-06-520584-6

講談社文庫刊行の辞

二十一世紀の到来を目睫に望みながら、われわれはいま、人類史上かつて例を見ない巨大な転換期をむかえようとしている。

世界も、日本も、激動の予兆に対する期待とおののきを内に蔵して、未知の時代に歩み入ろうとしている。このときにあたり、創業の人野間清治の「ナショナル・エデュケイター」への志を現代に甦らせようと意図して、われわれはここに古今の文芸作品はいうまでもなく、ひろく人文・社会・自然の諸科学から東西の名著を網羅する、新しい綜合文庫の発刊を決意した。

激動の転換期はまた断絶の時代である。われわれは戦後二十五年間の出版文化のありかたへの深い反省をこめて、この断絶の時代にあえて人間的な持続を求めようとする。いたずらに浮薄な商業主義のあだ花を追い求めることなく、長期にわたって良書に生命をあたえようとつとめるところにしか、今後の出版文化の真の繁栄はあり得ないと信じるからである。

同時にわれわれはこの綜合文庫の刊行を通じて、人文・社会・自然の諸科学が、結局人間の学にほかならないことを立証しようと願っている。かつて知識とは、「汝自身を知る」ことにつきていた。現代社会の瑣末な情報の氾濫のなかから、力強い知識の源泉を掘り起し、技術文明のただなかに、生きた人間の姿を復活させること。それこそわれわれの切なる希求である。

われわれは権威に盲従せず、俗流に媚びることなく、渾然一体となって日本の「草の根」をかたちづくる若く新しい世代の人々に、心をこめてこの新しい綜合文庫をおくり届けたい。それは知識の泉であるとともに感受性のふるさとであり、もっとも有機的に組織され、社会に開かれた万人のための大学をめざしている。大方の支援と協力を衷心より切望してやまない。

一九七一年七月

野間省一

多和田葉子
ヒナギクのお茶の場合／海に落とした名前
パンクな舞台美術家と作家の交流を描く「ヒナギクのお茶の場合」（泉鏡花文学賞）、レシートの束から記憶を探す「海に落とした名前」ほか全米図書賞作家の傑作九篇。
解説＝木村朗子　年譜＝谷口幸代
たＡＣ6
978-4-06-519513-0

多和田葉子
雲をつかむ話／ボルドーの義兄
読売文学賞・芸術選奨文科大臣賞受賞の「雲をつかむ話」。ドイツ語で発表した後、日本語に転じた「ボルドーの義兄」。世界的な読者を持つ日本人作家の魅惑の二篇。
解説＝岩川ありさ　年譜＝谷口幸代
たＡＣ5
978-4-06-515395-6

講談社文庫　目録

講談社文庫　目録

講談社文庫　目録

井上真偽　聖女の毒杯〈その可能性はすでに考えた〉
井上真偽　恋と禁忌の述語論理《プレディケット》
泉　ゆたか　お師匠さま、整いました！
伊兼源太郎　地検のS
内田康夫　シーラカンス殺人事件
内田康夫　パソコン探偵の名推理
内田康夫　「横山大観」殺人事件
内田康夫　江田島殺人事件
内田康夫　琵琶湖周航殺人歌
内田康夫　夏泊殺人岬
内田康夫　「信濃の国」殺人事件
内田康夫　風葬の城
内田康夫　透明な遺書
内田康夫　鞆《とも》の浦《うら》殺人事件
内田康夫　終幕《フィナーレ》のない殺人
内田康夫　御堂筋殺人事件
内田康夫　記憶の中の殺人
内田康夫　北国街道殺人事件
内田康夫　「紅藍《くれない》の女《ひと》」殺人事件

内田康夫　「紫《むらさき》の女《ひと》」殺人事件
内田康夫　藍色回廊殺人事件
内田康夫　明日香の皇子
内田康夫　華の下にて
内田康夫　博多殺人事件
内田康夫　黄金の石橋
内田康夫　金沢殺人事件
内田康夫　朝日殺人事件
内田康夫　湯布院殺人事件
内田康夫　釧路湿原殺人事件
内田康夫　貴賓室の怪人〈「飛鳥」編〉
内田康夫　イタリア幻想曲 貴賓室の怪人2
内田康夫　靖国への帰還
内田康夫　若狭殺人事件
内田康夫　化生の海
内田康夫　不等辺三角形
内田康夫　ぼくが探偵だった夏
内田康夫　怪談の道
内田康夫　逃げろ光彦〈内田康夫と5人の女たち〉

内田康夫　皇女の霊柩
内田康夫　悪魔の種子
内田康夫　戸隠伝説殺人事件
内田康夫　歌わない笛
内田康夫　新装版 死者の木霊
内田康夫　新装版 漂泊の楽人
内田康夫　新装版 平城山《ならやま》を越えた女
内田康夫　秋田殺人事件
内田康夫　孤道
和久井清水　孤道 完結編〈金色の眠り〉
歌野晶午　死体を買う男
歌野晶午　安達ヶ原の鬼密室
歌野晶午　新装版 長い家の殺人
歌野晶午　新装版 白い家の殺人
歌野晶午　新装版 動く家の殺人
歌野晶午　密室殺人ゲーム王手飛車取り
歌野晶午　新装版 ROMMY 越境者の夢
歌野晶午　増補版 放浪探偵と七つの殺人
歌野晶午　新装版 正月十一日、鏡殺し

2020年6月15日現在